Course-poursuite fatale

Linda Howard

Course-poursuite fatale

Traduit de l'américain
par Cécile Desthuilliers

Titre original :

KISS ME WHILE I SLEEP
A Ballantine Book
Published by The Random House Publishing Group, New York

1

Paris, Champs-Élysées – 4 novembre, 21 heures

Lily leva les yeux vers son compagnon, Salvatore Nervi, tandis que le maître d'hôtel les installait à la meilleure table du restaurant. Elle lui sourit. Rien n'était authentique en elle – ni son sourire de façade, ni le coloris noisette de ses yeux naturellement bleu glacier assombris par des lentilles de contact, ni le roux aux riches nuances acajou qui dissimulait sa chevelure blonde.

Lily prenait soin de retoucher ses racines chaque semaine, afin que nul ne devine sa véritable couleur. Aux yeux de Salvatore, et de tout le clan Nervi, elle était Lætitia Morel. Elle avait choisi un nom et un prénom suffisamment répandus en France pour être crédibles, sans toutefois être banals. Car Nervi possédait un sixième sens pour détecter le danger, un don qui lui avait sauvé la vie plus souvent qu'il ne devait s'en souvenir. Et pourtant...

Elle réprima un geste de nervosité. Si tout fonctionnait comme prévu, Nervi n'avait plus que quelques heures à vivre. Elle le menait par le bout du nez... ou plus exactement, par une autre partie de son anatomie. Pauvre Salvatore ! Tel serait pris qui croyait prendre !

Pour cette mission si différente des autres, elle n'avait eu que très peu de temps pour se forger un curriculum vitæ convaincant. Elle espérait que les hommes de Nervi ne fouilleraient pas trop en profondeur dans son passé… et que celui-ci n'aurait pas la patience d'attendre leur feu vert pour entamer ses « travaux d'approche ».

En temps normal, ses collègues de la CIA se chargeaient d'établir ses identités d'emprunt mais, dans le cas présent, peut-être le dernier de sa carrière, elle opérait en franc-tireur. Elle avait fait de son mieux, étant donné le bref laps de temps dont elle avait disposé. Il y avait fort à parier que Rodrigo, fils aîné de Salvatore et numéro deux du clan Nervi, s'activait à en savoir plus sur elle. Il comprendrait vite que l'existence de Lætitia Morel ne remontait pas à plus de quelques mois…

— Ah ! s'exclama Salvatore avec un soupir d'aise.

Il prit place à son tour et répondit à son sourire. Elle devait l'admettre, Salvatore était un homme superbe. Âgé d'une cinquantaine d'années, il était l'incarnation de la beauté masculine selon le canon italien : abondante chevelure sombre et lustrée, prunelles de velours, lèvres aux courbes sensuelles. Il entretenait avec soin son corps musclé, et aucun fil d'argent ne venait éclairer ses mèches noires.

— Vous ai-je dit que vous êtes plus jolie que jamais, ce soir ? demanda-t-il de sa voix aux inflexions chantantes.

Il possédait sur les doigts l'art de la séduction à l'italienne. Belles paroles, sourires enjôleurs, œillades de velours… Lily réprima un soupir de frustration. Quel dommage qu'il soit aussi maître dans l'art d'assassiner les gens de sang-froid ! D'accord, elle n'était pas un ange non plus, et le maniement des armes n'avait aucun secret pour elle. De ce point de vue, Salvatore et elle formaient un couple parfait. À un détail près : il tuait par cruauté, elle sur ordre de son gouvernement.

— Vous me l'avez dit, confirma-t-elle avec un accent parisien acquis au terme de patientes heures de répétition. Mais je ne me lasse pas de l'entendre.

Le directeur du restaurant s'approcha de leur table.

— C'est un honneur de vous recevoir, monsieur Nervi. J'ai justement mis de côté une bouteille de château-maximilien 82 pour vous.

— Parfait, déclara Salvatore, rayonnant. Grande année, 82, très grande année pour le bordeaux. Un cru exceptionnel !

Nervi, fin connaisseur en vins, savait mettre le prix pour une bouteille exceptionnelle.

— Un nectar, ajouta-t-il à l'intention de Lily. Vous m'en direz des nouvelles.

— C'est peu probable, rétorqua celle-ci. Je n'ai jamais aimé le vin.

Une bizarrerie pour une Française, mais elle avait si peu confiance dans ses connaissances en œnologie qu'elle avait jugé plus prudent de feindre une totale aversion pour le vin. De plus, elle préférait garder le contrôle de ses paroles et de ses actes ! Voilà pourquoi, si Lily appréciait à l'occasion un bon verre de bourgogne, Lætitia s'en tenait, elle, au café noir et à l'eau plate…

C'était sa troisième soirée en tête à tête avec Salvatore. Jusqu'à présent, elle avait refusé de céder à ses avances ; elle se montrait polie, voire chaleureuse, sans plus. Le jeu était dangereux, elle en avait conscience. Il était habitué à être l'objet de toutes les attentions, de toutes les sollicitations. Une femme qui demeurait imperméable à sa séduction, voilà qui était tout à fait inhabituel pour lui… et donc diablement intéressant ! Comme la plupart des hommes de pouvoir, Salvatore n'admettait pas qu'on lui résiste. Plus elle restait impassible, plus il s'enflammait.

Depuis combien de temps n'avait-il pas fréquenté une femme qui semblait se soucier comme d'une guigne de lui plaire ? Non seulement elle n'essayait pas de le flatter, mais elle s'offrait même le luxe de critiquer ouvertement certains de ses goûts ! Du jamais vu pour lui, si elle en jugeait à l'acharnement qu'il mettait à la courtiser.

Lily n'aimait pas ce jeu du chat et de la souris. Elle frémissait sous les regards insistants de Salvatore, ses inflexions sensuelles, les brefs contacts physiques qu'il s'autorisait, comme autant d'avances sur un trésor follement convoité. Sous son œil avide, elle se sentait aussi vulnérable qu'une proie, et cette fragilité la plongeait dans une rage terrible. Elle était toujours parvenue à se maîtriser, en concentrant son attention sur le rôle qu'elle avait à tenir et sur l'objectif qu'elle s'était fixé. Pourtant, il lui arrivait de devoir serrer les poings pour ne pas se jeter sur Nervi, toutes griffes dehors...

Elle l'aurait abattu de sang-froid, si cela avait été possible. Hélas, il bénéficiait d'une protection digne d'un chef d'État. Pas moyen de l'approcher sans être fouillée, même pour une rencontre en public. Lily frissonna au souvenir de leur dernière rencontre – jamais elle n'oublierait le regard lourd de Nervi sur ses courbes, tandis que le garde du corps la palpait sans ménagement...

Le chef de clan ne montait et ne descendait de sa voiture qu'à l'abri d'un portique, et refusait de se rendre où que ce soit si cet impératif ne pouvait être respecté. Elle le soupçonnait de s'échapper de temps à autre, incognito, de son hôtel particulier parisien par quelque passage secret, mais jamais elle n'avait pu localiser celui-ci. Salvatore Nervi était un gros gibier, elle le savait depuis qu'elle s'était lancé le défi de le faire tomber.

Ce restaurant était l'un de ses préférés, à cause notamment de l'entrée privée dont il disposait, utilisée par nombre de clients prestigieux. De plus, il s'agissait d'un établissement très fermé. On ne pénétrait pas ici comme on le voulait, et la liste d'attente était longue. Un lieu aussi exclusif avait son prix, mais Nervi ne rechignait pas à payer pour bénéficier d'un tel niveau de sécurité.

Ici, pas de tables devant les fenêtres, mais des colonnes savamment disposées dans la salle pour briser un éventuel tir depuis une ouverture. Pas de serveurs bavards et indiscrets, mais une armée de garçons impassibles évoluant en silence, qui emplissant un verre, qui vidant un cendrier, avant même qu'on le lui ait demandé. D'ailleurs, on s'apercevait à peine de la présence du personnel, dont l'unique but semblait être votre bien-être et la confidentialité de vos discussions...

À quelques pas de là, le long du trottoir, étaient garées une série de voitures blindées aux vitres teintées, sous la surveillance de gardes du corps armés jusqu'aux dents. La seule façon d'abattre un occupant de ce restaurant aurait été d'envoyer un missile téléguidé sur l'établissement ! Tout autre moyen était aléatoire.

À moins de connaître le talon d'Achille de l'homme à abattre.

Lily réprima un geste d'impatience. Pour l'instant, tout se déroulait comme prévu. Le poison se trouvait dans le bordeaux qu'on s'apprêtait à servir à leur table, une drogue si puissante qu'un demi-verre suffirait à tuer. Le sommelier s'était donné beaucoup de mal pour se procurer la bouteille, mais Lily s'était donné plus de mal encore pour la trouver avant lui et la placer sur son chemin au moment adéquat. Le château-maximilien n'avait été livré que la veille, lorsqu'elle avait été certaine de dîner ici ce soir avec Nervi.

Ce dernier tenterait sans doute, comme les autres fois, de la convaincre de goûter le grand cru, mais il ne s'étonnerait pas qu'elle refuse. Elle avait suffisamment clamé son dégoût pour le vin. En revanche, il aurait plus de mal à accepter qu'elle l'éconduise une fois de plus, quand il lui proposerait tout à l'heure de partager son lit. Lily frissonna. La seule idée qu'il pose la main sur elle lui était insupportable, et elle n'avait aucune envie d'assister à son agonie. D'après les estimations du Dr Speer, le poison commencerait à agir quatre à huit heures après l'ingestion. À ce moment-là, elle aurait une autre priorité : quitter le pays en toute hâte et le plus discrètement possible !

Lorsque Salvatore comprendrait ce qui lui arrivait, il serait trop tard. La toxine aurait fait son œuvre de mort et anéanti ses fonctions vitales. Foie, reins, cœur... tout son organisme serait touché. Il survivrait quelques heures, une journée peut-être, et c'en serait fini de Salvatore Nervi. Son fils Rodrigo chercherait Lætitia Morel dans toute la France, sans succès. Elle serait retournée aux limbes d'où elle était sortie quelques mois plus tôt.

Il était trop tôt pour s'en préoccuper : pour l'instant, rien d'autre ne comptait que l'élimination de l'Italien. D'elle-même, Lily n'aurait pas choisi le poison. Elle préférait les méthodes plus expéditives. Seule l'obsession de Nervi pour la sécurité l'avait contrainte à cette option. En temps normal, elle aurait abattu son ennemi à l'arme à feu, la seule en laquelle elle eût totalement confiance. Et peu importait qu'elle pût être tuée dans l'assaut : éliminer Nervi valait bien qu'elle prenne ce risque. D'ailleurs, elle ne tenait pas tant à la vie.

Elle avait renoncé à son mode opératoire habituel par certitude que celui-ci la mènerait droit à l'échec. On ne tuait pas Nervi par balle, il prenait trop de précautions pour cela. Le plus expérimenté des tireurs d'élite n'y serait pas parvenu. On pouvait bien sûr l'atteindre par une méthode de destruction massive – une bombe, par exemple –, mais des innocents l'auraient payé de leur vie, ce qu'elle ne pouvait admettre. C'était peut-être la seule différence entre elle et lui, mais elle était essentielle.

Il y avait des limites que Lily ne franchissait pas, et c'était sans doute à cela qu'elle devait de ne pas avoir sombré dans la folie. Lily avait trente-sept ans. Elle avait fait ses premières armes dans le métier à dix-huit et, depuis, elle en avait appris toutes les ficelles. D'où, peut-être, sa longévité dans la profession. Car on ne s'improvisait pas tueuse à gages.

Au début, sa jeunesse avait joué pour elle. Son teint était trop frais et ses joues trop rondes pour qu'elle semble dangereuse. Avec les années, elle avait perdu sa candeur mais gagné en expérience. Jusqu'à ce qu'une certaine lassitude s'insinue en elle. Une fragilité. Une envie de raccrocher les armes.

Elle tenait le coup, pourtant. Qui lui aurait donné envie de renoncer ? À part son job, sa vie était un désert. Une vaste étendue morne et désespérante. Elle n'avait qu'un but : faire tomber Nervi, celui qui avait ordonné l'assassinat de Zia, et d'Averill et Tina. Sa fille, ses seuls amis. Au-delà de cet objectif, c'était le néant. Rien ni personne ne l'attendait. Alors, peu importait si elle payait de sa vie la disparition de son pire ennemi.

Pour autant, Lily ne nourrissait aucune pensée suicidaire ! Non seulement elle avait l'intention de finir ce travail, mais elle entendait bien en sortir indemne. Question de fierté professionnelle. De plus, elle n'avait pas perdu tout espoir qu'un jour la souffrance s'atténuerait, et qu'elle aussi aurait droit au bonheur. Cette petite lueur qui brillait, ténue, dans la nuit noire de son existence l'aidait à continuer à vivre, malgré tout. À rester debout, au lieu de se coucher pour attendre la fin.

Oh, elle ne se berçait pas d'illusions quant à ses chances d'en réchapper. Cette mission serait peut-être sa dernière, son baroud d'honneur. Et même en admettant qu'elle y survive, elle serait définitivement grillée aux yeux des ronds-de-cuir de Washington.

Après tout, s'en prendre à Nervi était une initiative toute personnelle. Personne ne lui avait demandé d'éliminer le caïd européen! Si elle parvenait à se sauver, elle aurait aux trousses non seulement les sbires de Salvatore, mais aussi les limiers de ses propres services. Quelle différence, que les uns ou les autres mettent la main sur elle en premier? Elle était dans une impasse, et elle le savait.

Elle ne rentrerait pas chez elle, en admettant qu'elle eût un foyer. Il n'était pas question de mettre en danger sa mère et sa sœur, même si elle les avait perdues de vue depuis... depuis combien de temps, au fait? deux ans, trois? Plutôt cinq. Elle prenait de leurs nouvelles discrètement de temps à autre, mais évitait tout contact. Elles n'évoluaient pas dans le même univers. Elles appartenaient au passé – un passé définitivement révolu. Sa nouvelle famille, c'étaient ses amis, et Zia.

Avant qu'ils ne soient sauvagement assassinés.

Depuis, elle n'avait qu'une obsession : abattre leur assassin, Salvatore Nervi. Celui-ci ne faisait d'ailleurs pas mystère de son implication dans le meurtre, comptant sans doute sur ce fait d'armes pour établir sa réputation de tueur. Il ne craignait pas la police. Des relations haut placées – achetées à prix d'or – le protégeaient, non seulement en France mais à travers toute l'Europe. Dans cette partie du monde, il pouvait faire régner sa loi sans être inquiété.

Lily sortit de sa rêverie. Salvatore la regardait de l'air ennuyé de celui qui n'est pas écouté.

— Excusez-moi, dit-elle avec un sourire fautif.

— Vous semblez soucieuse...

— Ma mère est souffrante.

— Rien de grave?

— Une mauvaise chute dans l'escalier. Je crois que j'irai lui rendre visite demain. À soixante-dix ans, on a les os fragiles. Je ne me pardonnerais pas de savoir maman mal soignée.

Un habile mensonge, non seulement parce qu'il comportait une part de vérité – elle pensait effectivement à sa mère quand il lui avait posé la question – mais surtout parce qu'en Italien digne de ce nom, Salvatore avait voué, lorsqu'elle était vivante, un véritable culte à sa propre *mamma*. Les prétendues inquiétudes de Lily – pardon, de Lætitia – n'en étaient que plus convaincantes.

Comme pour confirmer ce raisonnement, Salvatore hocha la tête d'un air approbateur.

— Vous avez entièrement raison. Où vit-elle ?

— À Toulouse.

Avant une heure, Rodrigo aurait été envoyé aux nouvelles de Mme Morel mère. Autant l'expédier le plus loin possible de Paris ! L'héritier de Nervi se méfierait peut-être, et comprendrait alors qu'il s'agissait d'un leurre, mais dans la partie d'échecs qui l'opposait à Salvatore, elle n'avait pas le temps d'anticiper plusieurs coups d'avance.

— Quand comptez-vous être de retour ?

— Après-demain, si tout va bien. Sinon… ma foi, je ne sais pas.

Elle haussa les épaules d'un air évasif.

— Alors profitons de notre soirée, déclara Salvatore.

Le feu qui brillait dans son regard disait assez de quelle façon il entendait célébrer le départ de la jeune femme pour le sud de la France.

Lily s'écarta légèrement. Puis, arquant les sourcils :

— Dans la limite du raisonnable, répondit-elle.

Elle avait parlé d'un ton si froid qu'il aurait fallu être sourd pour ne pas comprendre le message : elle n'éprouvait pas la moindre envie de se retrouver dans le lit du beau Salvatore. Son détachement ne faisait qu'aviver le désir qui couvait en lui, si elle en jugeait à son expression impatiente. Peut-être sa réserve lui rappelait-elle les jeunes Italiennes qu'il avait courtisées autrefois, dans ses vertes années, ou bien son épouse, la mère de ses enfants, à présent décédée...

Le sommelier apparut, portant un flacon de vin avec autant de soin que s'il se fut agi du saint suaire, suivi d'un garçon qui tenait une bouteille d'eau minérale. Sans prêter la moindre attention au rituel de l'ouverture du bordeaux, Lily se fit servir un grand verre d'eau plate.

Du coin de l'œil, elle vit Salvatore faire signe au sommelier de lui verser le vin, puis prendre le verre pour l'élever devant lui. Elle retint son souffle. Allait-il boire ? Non. Il observa un long moment les transparences rouges et ambrées du précieux liquide, avant de le faire tourner dans le verre pour en étudier le mouvement le long des parois de cristal, puis de le porter à ses narines pour le humer avec une expression de concentration extatique.

Dieu que ce cérémonial était ridicule ! Ne pouvait-il se contenter de boire, comme tout le monde ? Lily maîtrisa un mouvement d'irritation. Il lui fallut faire appel à ses années d'entraînement pour ne pas céder à l'exaspération qui tendait ses nerfs. Tant de mois de patiente traque, à tisser son piège dans l'ombre, pour en arriver à cet instant fatal !

Enfin, l'instant attendu se produisit.

Nervi trempa ses lèvres dans le breuvage.

— Ah ! s'exclama-t-il avec délice. Un pur bonheur. De l'ambroisie !

De la ciguë, plutôt, songea-t-elle.

Le sommelier rosit de plaisir, comme s'il était personnellement responsable de la perfection du bordeaux, puis inclina la tête et se retira d'une démarche solennelle. Sa mission était accomplie... bien que pas tout à fait dans le sens que le croyait ce brave homme, se dit Lily, anxieuse de la tournure qu'allaient désormais prendre les événements.

14

— Il faut absolument que vous le goûtiez, dit Salvatore en plongeant son regard dans celui de la jeune femme.

— Croyez-moi, ce serait du gaspillage. Du vin... pouah!

— Celui-ci n'est pas comme les autres. Il vous fera changer d'avis.

— On m'a déjà dit cela, objecta Lily. On s'est toujours trompé.

— Allons, juste une petite gorgée. Pour me faire plaisir.

La flamme qui étincelait dans sa prunelle bistre contredisait son ton charmeur. Nervi perdait patience. Il ne tolérait pas qu'une femme lui résiste aussi longtemps. Pourtant, il en fallait plus pour impressionner Lily. Elle n'allait pas flancher si près du but!

— Je n'aime pas le vin, point final, décréta-t-elle.

— Parce que vous n'avez pas essayé celui-ci.

D'un geste autoritaire, il versa un peu de bordeaux dans le verre à vin de Lily et le lui tendit.

— Faisons un marché, dit-il. Vous goûtez ce vin. S'il ne vous plaît pas, je vous en donne ma parole, je ne vous demanderai plus jamais d'essayer.

Et pour cause. Il serait mort... et elle aussi, si elle absorbait le liquide aux reflets de sang qui dansait dans le verre. Elle secoua la tête en signe de refus.

— Tss tss... fit Nervi entre ses dents. Vous ne faites rien de ce que je veux. Je me demande pourquoi vous êtes ici. Vous préféreriez peut-être que je vous épargne ma compagnie une fois pour toutes?

Rien n'aurait pu lui faire davantage plaisir... à condition qu'il boive ce fichu bordeaux. Lily savait le vin assez puissant pour étendre raides morts plusieurs hommes de la corpulence de Nervi, mais la seule gorgée qu'il avait prise pour l'instant ne serait sans doute pas suffisante. Que se passerait-il s'il quittait la table ? Le sommelier rechignerait sans doute à jeter un cru aussi exceptionnel, et il y avait fort à parier que le bordeaux empoisonné se retrouverait sur la table du personnel. Impossible de faire courir un tel risque à des innocents. À sa façon, ce flacon était une bombe à retardement !

— Comme vous voudrez, dit-elle dans un soupir de résignation.

D'une main résolue, elle porta le verre à sa bouche et le leva, en prenant soin de garder ses lèvres closes. Il ne fallait pas avaler la moindre goutte. Le poison pouvait-il être absorbé par la peau ? C'était probable, car le Dr Speer lui avait bien recommandé d'utiliser des gants de latex pour injecter la drogue avec une seringue à travers le bouchon...

Refusant de s'attarder sur cette hypothèse, Lily posa son verre avec soin sur la table. Elle ne pouvait s'aventurer à le renverser par terre, car la personne qui viendrait nettoyer les dégâts entrerait inévitablement en contact avec le breuvage empoisonné. Puis elle prit sa serviette pour en tamponner ses lèvres avec soin, et la replia de façon à ne pas effleurer la tache sombre.

— Eh bien ? demanda Salvatore d'un ton impatient.

— C'est du raisin pourri, déclara Lily sans tenter de réprimer un frisson de dégoût... et surtout d'inquiétude.

Il lui jeta un regard choqué.

— Pardon ?

— Vous m'avez très bien entendue. Ce liquide n'est rien d'autre que du jus de fruits fermenté. Je n'aime pas son goût, et j'aime encore moins qu'on me menace.

— Qui vous a menacée ?

— Vous. De ne plus jamais me revoir.

Une expression d'incompréhension, puis de soulagement, se peignit sur les traits de Salvatore. Il but une nouvelle gorgée de vin, manifestement désarçonné.

— Je suis désolé, marmonna-t-il. Je n'ai pas l'habitude…

— Qu'on vous dise « non » ? demanda-t-elle en portant son verre d'eau à ses lèvres.

L'eau diluerait-elle le peu de drogue qu'elle avait absorbée ? Lily réprima un sourire désabusé. Elle n'aurait pas hésité à risquer sa vie en ouvrant le feu sur Nervi, mais la perspective d'agoniser dans d'atroces souffrances après avoir bu du poison la terrifiait. Courageuse, mais pas téméraire…

En face d'elle, Salvatore inclina la tête de côté, comme pour la jauger. S'il savait !

— Exact, dit-il dans un sourire charmeur.

Si elle n'avait pas su à quel monstre elle avait affaire, Lily aurait pu se laisser prendre. Salvatore Nervi possédait la séduction du diable. Seulement, elle avait enterré ses meilleurs amis et sa fille, froidement abattus sur l'ordre de Nervi. Averill et Tina connaissaient les risques du métier ; d'une certaine façon, elle aurait pu accepter leur mort. Mais la petite Zia était innocente.

Nervi devait payer.

Minuit

Salvatore avait vidé toute la bouteille, sans proposer de nouveau à Lily d'y goûter, au grand soulagement de celle-ci. Si elle n'avait pas été si nerveuse, la jeune femme aurait presque passé une agréable soirée, car son hôte pouvait se montrer, lorsqu'il le voulait, l'homme le plus délicieux au monde.

Lily frissonna dans l'air glacial de cette soirée de novembre. Elle se sentait un peu nauséeuse, mais cela était sans doute à mettre sur le compte de l'extrême

17

tension nerveuse qui l'habitait. On ne donnait pas tous les soirs le coup de grâce à son pire ennemi ! D'ailleurs, d'après ce qu'elle savait, il fallait au poison plus de trois heures pour agir.

— J'ai peur d'avoir mangé quelque chose qui ne passe pas, déclara-t-elle au moment de monter en voiture.

Sur le pare-brise, venaient s'écraser des flocons de neige fondue. Lily fut parcourue d'un nouveau frisson. Si tout allait bien, demain, elle pourrait prendre quelque repos bien mérité. Si tout allait bien...

— Vous n'avez pas besoin de mentir pour éviter ma compagnie, dit Salvatore.

— Je ne mens jamais, répliqua-t-elle sans la moindre diplomatie. C'est trop fatigant.

Puis, sans se soucier de la façon dont Salvatore accueillait sa réponse, elle ferma les yeux et renversa la tête en arrière. Non, ce n'était pas la tension nerveuse, comprit-elle aussitôt qu'elle se fut centrée sur ses sensations. Elle était réellement malade.

— Dites au chauffeur de s'arrêter ! s'écria-t-elle en se redressant.

Dans un crissement de pneus, la Mercedes s'immobilisa. Lily eut tout juste le temps d'ouvrir sa portière et de se pencher vers le caniveau.

— Excusez-moi, murmura-t-elle, une fois que les spasmes se furent calmés et que son estomac se fut vidé.

Sans un mot, Salvatore lui tendit un mouchoir, et elle essuya délicatement ses lèvres. Elle tremblait de tous ses membres et son cœur battait follement. Il lui semblait que ses veines charriaient de la glace. Les premiers effets du poison ?

— C'est à moi de vous présenter des excuses, répondit-il. Je pensais que vous faisiez semblant. Voulez-vous que j'appelle mon médecin personnel ?

Lily secoua la tête.

— Merci, ce sera inutile. Je préfère rentrer me coucher.

Salvatore accéda à sa requête et la déposa avenue Foch, en bas de chez elle, non sans lui extorquer la promesse de lui donner de ses nouvelles le lendemain à la première heure.

— C'est entendu, dit-elle en tapotant sa main. Je ne vous embrasse pas, je crains de vous incommoder.

Sur cette piètre excuse, elle descendit de la Mercedes, rajusta son manteau sur ses épaules et se dirigea vers l'entrée de l'immeuble cossu où Lætitia Morel louait un appartement. Sans un regard pour la voiture qui s'éloignait, Lily poussa la lourde porte, monta chez elle et se laissa tomber sur une petite bergère située dans l'entrée.

Elle n'aurait pu aller plus loin. Impossible de rassembler ses affaires et prendre le chemin de Roissy, comme cela avait été son plan initial. Elle n'en avait pas la force ! Ce qui était peut-être aussi bien, songeait-elle. En prenant le risque d'être découverte chez elle, malade, elle aurait plus de chances d'apparaître innocente aux yeux de Rodrigo. Si celui-ci découvrait qu'elle avait été souffrante à cause du poison qui avait tué son père, il ne se méfierait pas d'elle et ne s'occuperait plus d'elle une fois qu'elle serait de nouveau sur pied.

Si toutefois elle s'en sortait vivante.

2

Paris, avenue Foch – 5 novembre, 7 heures

Un bruit sourd résonna dans l'appartement. On venait d'enfoncer la porte. Lily tenta de relever la tête, mais la laissa retomber sur le tapis de l'entrée dans un faible gémissement. À travers ses paupières mi-closes, elle entrevit trois hommes, ou plutôt trois paires de pieds bottés de noir. Ils étaient armés, elle l'entendait au cliquetis caractéristique qui accompagnait chacun de leurs mouvements.

L'un d'eux s'agenouilla vers elle et la retourna sur le dos sans douceur. Lily plissa les yeux. Rodrigo. Elle tendit la main vers lui en un muet appel au secours. Elle mourait.

La nuit avait été un long cauchemar ponctué de spasmes violents et de sueurs tour à tour brûlantes et glacées. Lily n'avait jamais autant souffert ; il lui semblait que l'on enfonçait des aiguilles chauffées à blanc dans son foie, ses reins, son cœur…

Elle avait tenté de se relever pour téléphoner au SAMU, sans succès. D'ailleurs, même si elle avait pu ramper jusqu'à son sac à main pour y trouver son portable, elle aurait été incapable de composer les deux chiffres susceptibles de lui sauver la vie. Peu avant l'aube, elle s'était recroquevillée sur elle-même pour attendre la fin.

Au-dessus d'elle, Rodrigo jura en italien.

— Ne… vous… approchez pas, murmura-t-elle au prix d'un effort surhumain. C'est… peut-être contagieux.

— Aucun risque, répliqua Rodrigo dans un français parfait, avant de donner des ordres à ses deux acolytes.

Quelques instants plus tard, Lily fut enveloppée d'une couverture et Rodrigo, avec une déconcertante facilité, la souleva dans ses bras. Dans une semi-inconscience, elle comprit qu'ils sortaient de l'appartement et descendaient les escaliers. Une voiture les attendait dehors. Elle tenta de résister, en vain. Où l'emmenait-on ?

Impuissante, elle fut assise à l'arrière du 4X4, entre Rodrigo et l'un de ses hommes, tandis que l'autre prenait place sur le siège du passager. Elle ferma les yeux. Une nouvelle vague de douleur la traversait, moins fulgurante que les autres toutefois. L'air frais de la rue lui faisait-il du bien ? Renonçant à lutter, elle ferma de nouveau les yeux et posa la tête sur l'épaule de Rodrigo.

En dépit des spasmes de souffrance qui la contraignaient à l'immobilité, Lily recouvrit peu à peu ses esprits. Il lui semblait que la douleur s'atténuait. Elle n'allait peut-être pas mourir, tout compte fait. Enfin, pas à cause du poison. Rodrigo, en revanche, représentait une menace des plus sérieuses.

Quels étaient ses projets ? L'emmener hors de Paris pour se débarrasser d'elle en toute discrétion ? Non, c'était peu probable. Il lui aurait été aussi simple de l'achever dans son appartement, où personne ne l'aurait découverte avant longtemps. Il devait donc envisager de l'interroger. Pour cela, il lui faudrait lui prodiguer des soins. Lily étouffa un soupir de soulagement. Mieux valait avoir recouvré ses forces pour affronter le nouveau chef du clan Nervi. Car Salvatore, à cette heure-ci, était mort, ou mourant. Tout le pouvoir était désormais entre les mains de Rodrigo : l'empire pharmaceutique et financier de son père, mais aussi son puissant réseau d'appuis politiques.

La jeune femme s'obligea à rouvrir les yeux pour voir quelle direction ils prenaient, mais l'épuisement eut raison d'elle. Ses paupières se fermèrent malgré elle et sa tête roula sur le côté. Que lui importait de savoir où Rodrigo l'emmenait, puisqu'elle ne pouvait s'y opposer ? Elle aviserait une fois arrivée.

Dans l'habitacle, régnait un pesant silence. Les hommes ne disaient pas un mot. Quelle était la cause de cette atmosphère si tendue ? le chagrin ? la colère ? l'inquiétude ? Lily n'aurait pu le dire. Lentement, la torpeur la gagna. Elle sombra dans un sommeil lourd.

Région parisienne, villa privée des Nervi – 5 novembre, 8 heures

Le portail de la propriété s'ouvrit à l'approche de la Mercedes. Taddeo, le chauffeur, engagea la voiture dans l'étroit passage. Rodrigo attendit qu'il l'ait garée sous le portique de l'entrée et ait ouvert la porte arrière pour secouer sa passagère. La fille était encore tombée dans les pommes. Réprimant un geste d'agacement, il lui tapota les joues. Elle était blanche comme un linge. Il souleva une de ses paupières et constata qu'elle avait les yeux révulsés. Et cette odeur ! Il recula en reconnaissant la même senteur âcre que celle qui l'avait tant incommodé sur son père.

Il serra les poings. Son père... mort quelques heures auparavant, dans des souffrances indescriptibles. Rodrigo refoula un gémissement de douleur. Jamais il ne s'y habituerait. Il le faudrait, pourtant. La nouvelle du décès de Salvatore Nervi aurait vite franchi les grilles de leur «camp retranché» de la région parisienne. Rodrigo devait prendre les rênes tout de suite, avant qu'une meute de chacals ne vienne contester sa légitimité. C'est que l'empire Nervi attirait bien des convoitises… Qui sait, l'assassin serait peut-être parmi eux ?

Il n'oublierait pas de si tôt les événements de cette nuit maudite ; les cris de son père, l'impuissance de Vincenzo à le sauver, les derniers instants, pathétiques, puis le verdict du médecin de famille : assassinat par empoisonnement. Comme au bon vieux temps des Borgia…

Il n'avait pas perdu un instant. Le corps de son père était encore chaud que Rodrigo avait envoyé trois de ses hommes chercher Durand, le directeur du restaurant, pour le ramener ici, tandis qu'il partait lui-même avec Taddeo, Lamberto et Cesare afin de s'occuper de Lætitia Morel. Un beau brin de fille, celle-ci, bien qu'un peu maigre à son goût. Elle était la dernière personne qu'avait vue son père avant de tomber malade, et l'une des premières sur sa liste de suspects. Après tout, le poison était une arme de femme – traîtresse et pas toujours efficace.

Pour son père, cependant, la drogue avait fait son œuvre. Vite et bien. L'assassin allait se frotter les mains lorsqu'il apprendrait la nouvelle. S'il ne la connaissait pas déjà… Rodrigo regarda Lætitia Morel, intrigué. Pour une empoisonneuse, elle était sacrément maladroite ; elle avait failli se tuer en même temps que sa victime ! À moins qu'elle ne soit innocente ?

Il n'avait pas été certain de la trouver à son domicile de l'avenue Foch. Non parce que Salvatore l'avait averti qu'elle devait se rendre dans le sud de la France au chevet de sa mère souffrante : pour sa part, il n'accordait aucune foi à ses déclarations. Il la croyait déjà envolée dans quelque repaire discret, son forfait accompli.

Il s'était trompé, puisqu'il l'avait trouvée sur le tapis de l'entrée de son appartement, à demi inconsciente. Sans doute pouvait-il lui accorder le bénéfice du doute. Un tueur à gages confirmé ne commettrait pas la gaffe qu'elle avait faite en absorbant du poison, même en quantité assez faible pour survivre, et un débutant ne serait jamais parvenu à ses fins. On n'éliminait pas Salvatore Nervi aussi facilement.

Descendant de la Mercedes, il glissa ses mains sous les bras de la fille et la traîna hors de la voiture. Puis, avec l'aide de Taddeo, il la porta jusqu'à la maison.

— Vincenzo est là ?

On lui répondit par l'affirmative.

— Dis-lui que j'ai besoin de son aide, reprit Rodrigo tout en emportant son fardeau vers une chambre d'amis, dans une aile latérale de la vaste demeure.

Elle ne pesait pas bien lourd, songea-t-il en poussant une porte. Quel charme son père avait-il bien pu trouver à ce petit oiseau-là ? L'ayant étendue sur le lit, il l'étudia du regard. Elle était vraiment mal en point. Sa place aurait plutôt été à l'hôpital, mais il n'avait pas envie de répondre aux questions des médecins, et encore moins de la police.

Il laissa échapper un soupir fataliste. Si la fille devait vivre, elle vivrait. Si elle devait mourir, eh bien… il aurait fait tout ce qui était en son pouvoir. Après tout, Vincenzo Giordano était diplômé de la faculté, même s'il n'exerçait plus beaucoup, à part au chevet de son père. L'essentiel de son activité se déroulait dans le laboratoire solidement gardé que Salvatore avait fait construire à grands frais dans le XIIIe arrondissement parisien.

Certes, Salvatore serait peut-être en vie à l'heure qu'il était, s'il s'était rendu aux urgences de l'hôpital le plus proche. Mais il avait préféré s'en remettre à Giordano, et Rodrigo n'y avait rien trouvé à redire. Quand on s'appelait Salvatore Nervi, la discrétion était de mise, surtout lorsqu'on était en état de grande vulnérabilité.

Plus il regardait la fille, plus sa colère envers elle retombait. Avec son corps efflanqué et ses mèches en désordre sur son visage osseux, elle avait l'air d'un moineau malade. Pas de formes, pas de courbes, il n'y avait rien de sensuel en elle. Si, à la réflexion. Sa lèvre supérieure s'avançait légèrement, ce qui pouvait éventuellement lui donner un petit air piquant. Éventuellement.

Cela dit, Rodrigo ne comprenait toujours pas l'attrait qu'elle avait exercé sur son père, d'ordinaire meilleur connaisseur en matière de femmes. D'autant que Paris regorgeait de créatures de rêve! Pourtant, c'était sur elle que son père avait fixé son choix, au point d'en perdre toute prudence. Aussi incroyable que cela puisse paraître, Salvatore avait refusé d'attendre que Rodrigo ait bouclé ses investigations concernant le passé de la donzelle avant de faire sa cour. Comme un gamin amoureux. Était-ce à cause d'elle qu'il avait abaissé sa garde? Cette femme était-elle responsable, même indirectement, de sa mort?

À cette idée, la colère de Rodrigo se réveilla. Cette Lætitia Morel avait attiré le malheur sur sa famille. Elle allait le payer! Il s'approcha d'elle, les narines frémissantes de rage… avant de s'immobiliser, pris d'un doute. D'accord, étrangler cette garce dans son sommeil lui apporterait un immense soulagement. D'un autre côté, comment remonter la piste du meurtrier de son père, s'il faisait disparaître le seul témoin qui pouvait l'y mener? Il fallait laisser un sursis à la fille.

Le temps de pouvoir venger son père.

C'était d'autant plus important qu'il en allait de la réputation des Nervi. On n'assassinait pas impunément le chef de l'organisation! Rodrigo pressentait qu'il devrait frapper vite et fort, s'il voulait impressionner ses alliés et ses rivaux potentiels. Le défi était de taille. Bien des gens avaient intérêt à faire tomber un chef de l'envergure de Salvatore, que ce soit pour démanteler son empire… ou pour s'emparer de son sceptre.

La question était de savoir de quel côté chercher en priorité. Les services secrets ? Un clan ennemi ? Une ex-fiancée de Salvatore, jalouse de sa nouvelle conquête ? Après tout, Lætitia aussi avait failli laisser sa peau dans l'affaire. Rodrigo hocha la tête, songeur. Il tenait peut-être une piste…

Des coups discrets frappés à la porte ouverte le firent se retourner. Vincenzo Giordano se tenait sur le seuil de la chambre, le visage décomposé, ses boucles poivre et sel, d'ordinaire soigneusement disposées, dans le plus grand désordre. Le médecin avait pleuré comme un gosse sur le cadavre de Salvatore, son ami et confident depuis leurs plus tendres années.

D'un coup de menton, Rodrigo désigna la mince silhouette immobile sur le lit.

— Pourquoi n'est-elle pas morte ?

Vincenzo s'agenouilla devant la jeune femme pour l'ausculter.

— Elle devrait l'être, déclara-t-il gravement. Le pouls est faible, les battements de cœur irréguliers.

Il se redressa en passant ses mains sur son visage aux traits tirés par l'insomnie et le chagrin.

— Elle a dû ingérer moins de drogue que ton père.

— Vous pensez toujours qu'il s'agit d'un champignon ?

— C'est une hypothèse. Les symptômes sont concordants, mais pas la rapidité.

— Que voulez-vous dire ?

— Un empoisonnement par champignon dure au moins quarante-huit heures. Ton père a succombé en moins de six heures.

— Ce ne pourrait pas être du cyanure, ou de la strychnine ?

— Les manifestations ne sont pas celles de la strychnine. Quant au cyanure, il tue en quelques minutes et déclenche des convulsions. Rien à voir avec ce qui est arrivé à ton père. J'ai aussi envisagé l'arsenic, mais plusieurs éléments me permettent d'éliminer cette éventualité.

D'une main impatiente, Rodrigo ramena en arrière une mèche de cheveux.

— Alors il n'existe aucun moyen de savoir avec certitude par quoi il a été empoisonné ?

Vincenzo poussa un soupir las.

— Je ne peux même pas affirmer positivement qu'il s'agit bien d'un empoisonnement. Il pourrait s'agir d'une attaque virale foudroyante.

— Dans ce cas, pourquoi le chauffeur de mon père n'a-t-il pas été touché ? Il se porte comme un charme !

Une expression de compassion passa dans le regard du médecin.

— Je sais, mon petit. Pour l'instant, ce ne sont que des hypothèses. Il faudrait que, avec ton accord, j'effectue des prélèvements pour une autopsie. Je pourrais aussi comparer son analyse de sang avec celle de…

Il regarda la fille étendue sur le lit.

— Comment s'appelle-t-elle, au fait ?

— Lætitia Morel.

— Ah, oui. Salvatore est… *était* très épris d'elle. Il me parlait beaucoup d'elle.

— Il s'en serait lassé, comme des autres. Mais là n'est pas la question.

Rodrigo marqua une pause. Sur le lit, la fille n'avait toujours pas bougé.

— Vous pouvez la sauver ?

Vincenzo secoua la tête négativement.

— Non. Soit elle succombe, soit elle s'en sort. Moi, je ne peux rien pour elle. Par contre, si tu le veux bien, je vais procéder à quelques analyses.

Rodrigo acquiesça et, laissant le médecin au chevet de la jeune femme, se dirigea vers le sous-sol, où ses hommes avaient commencé l'interrogatoire de Durand.

Un interrogatoire musclé, comme il put le constater en entrant dans la pièce. Le directeur du restaurant avait le visage tuméfié, et du sang coulait de son nez. Pour le reste, Cesare et Lamberto avaient frappé au corps, là où les coups se voient le moins.

— Monsieur… Nervi ! hoqueta Durand à son arrivée. Dites à vos hommes d'arrêter… Je n'ai rien fait ! Que me reproche-t-on ?

Rodrigo prit une chaise et s'y assit à califourchon, appuyant ses coudes sur le dossier.

— Mon père a mangé chez vous quelque chose qu'il n'a pas digéré.

Les yeux du pauvre homme s'écarquillèrent de surprise. Manifestement, il ne comprenait pas. On l'avait battu comme plâtre parce que Salvatore Nervi souffrait d'indigestion ?

— Mais… mais… j'en suis tout à fait navré ! bégayat-il. Soyez assuré que je vais demander à mon comptable de rembourser au plus vite monsieur votre père ! Si vous voulez bien me relâcher…

— A-t-il mangé des champignons ?

— Attendez que je me souvienne… Non, je ne pense pas. D'ailleurs, il vous le dira lui-même ! s'exclama Durand qui, visiblement, ignorait tout du décès de son client. M. Nervi a pris un chateaubriand, et la demoiselle des filets de sole. À ma connaissance, il n'y avait de champignons dans aucune des deux assiettes.

Fronte, le chauffeur de Salvatore, se pencha vers Rodrigo pour murmurer quelques mots à son oreille. Celui-ci hocha la tête.

— Il paraît que Mlle Morel a été malade juste en sortant de votre établissement, Durand.

Ce qui signifiait qu'elle avait été la première à entrer en contact avec la drogue. À moins qu'elle n'ait réagi plus vite en raison de son plus faible poids...

— Ce ne peut pas être à cause de la cuisine de mon restaurant, protesta le directeur, visiblement touché dans sa fierté professionnelle. Et même si c'était le cas, ce serait à cause de la sole, à laquelle monsieur votre père n'a pas touché.

— Quels aliments ont-ils consommés tous les deux ?

— Aucun. À part le pain, je suppose, quoique je n'aie pas vu Mlle Morel toucher au sien.

— Et les boissons ?

— M. Nervi a bu du vin, un château-maximilien 82 exceptionnel, soit dit en passant. Son invitée a commandé une bouteille d'eau minérale. Je crois me souvenir que votre père a demandé à la demoiselle de goûter le vin, mais elle n'a pas eu l'air de l'apprécier.

— Elle en a bu beaucoup ?

— À peine une gorgée.

Rodrigo réfléchit rapidement. Le poison – si poison il y avait – était-il assez puissant pour être dangereux, même à si faible dose ? De quelle molécule pouvait-il s'agir ? Il aurait fallu le faire analyser !

— Reste-t-il du vin ?

— Non. M. Nervi a tout bu.

En soi, ce n'était pas inhabituel. Salvatore tenait bien l'alcool. En revanche, c'était très contrariant. Sans vin, pas d'analyse. À moins que...

— Et la bouteille ? Qu'en avez-vous fait ?

— Rien. Elle doit se trouver dans le casier du tri sélectif, dans la cour.

Rodrigo fit aussitôt envoyer deux hommes à Paris, avec pour mission de rapporter la bouteille de bordeaux, puis il se tourna de nouveau vers Durand.

— Bien. Vous restez mon hôte jusqu'à ce que cette bouteille ait été retrouvée et qu'on ait procédé aux analyses nécessaires.

— Pardon ? Cela peut prendre…

— Plusieurs jours, je sais. Je suis sûr que vous saurez vous montrer compréhensif.

Durand parut hésiter.

— Votre père est très souffrant ?

— Il a cessé de souffrir ce matin à l'aube. Il n'aura plus jamais mal.

Le regard du Français s'agrandit d'horreur.

— Voulez-vous dire… ?

— Qu'il est mort ? Oui.

En prononçant ces paroles, Rodrigo se leva en repoussant sa chaise et fit quelques pas dans la pièce. Mort. Son père était mort. Quant à lui, il vivrait désormais pour le venger.

Région parisienne, villa privée des Nervi – 7 novembre, 9 heures

Lily demeura pendant deux journées entre la vie et la mort. Au matin du troisième jour, elle comprit qu'elle était hors de danger. La tête lui tournait encore, et elle se sentait faible comme un nouveau-né, mais son cœur battait plus calmement et les douleurs qui traversaient ses entrailles avaient cessé de lui arracher des gémissements de souffrance.

Elle put même se rendre jusqu'à la salle de bains en se tenant aux murs, malgré les tremblements qui agitaient ses jambes. Refusant de croiser son reflet dans le miroir de la pièce ornée de marbre, elle passa de l'eau fraîche sur son visage.

Un homme était venu la voir à plusieurs reprises pour tenter de lui administrer des médicaments, qu'elle avait refusés avec le peu d'énergie qu'il lui restait. Même si on ne cherchait pas à l'achever mais à la soulager, ce dont elle était certaine, il n'était pas question d'accepter des somnifères. Si elle perdait le contrôle d'elle-même, son accent américain risquait de la trahir.

Lorsqu'elle sortit de la salle de bains, elle vit quelqu'un assis sur la chaise près du lit. Rodrigo Nervi. Vêtu de noir de la tête aux pieds. Instinctivement, elle redressa les épaules. Le père avait été un rude adversaire, le fils promettait d'être plus coriace encore. Rodrigo était plus fin que Salvatore, plus intuitif... et il n'était pas aveuglé par le désir, lui !

Elle resserra autour d'elle les pans de la robe de chambre qu'elle avait trouvée accrochée à la porte de la salle de bains, en se félicitant de l'avoir passée. Elle n'aurait pas aimé être dévêtue, ou presque, sous le regard perçant de Rodrigo.

Ce dernier possédait un charme puissant, fait de sensualité et de vivacité d'esprit, auquel bien des femmes n'étaient pas insensibles. Elle-même, si elle n'avait pas connu sa véritable personnalité... Heureusement, elle en savait assez sur lui pour frémir de dégoût à la seule idée d'un contact physique. Rodrigo jouait un rôle actif dans l'organisation Nervi, même si, à sa connaissance, il n'avait pris aucune part au triple assassinat d'Averill, Tina et Zia.

Une chance pour lui, car il aurait été le suivant sur sa liste noire.

Lily traversa la chambre jusqu'au lit d'un pas incertain, mais dut se retenir au baldaquin du lit. Elle était faible, incapable de se protéger. En l'espace d'une seconde, une ligne de conduite se dessina dans son esprit. Sa vulnérabilité pouvait devenir une arme, si elle savait s'en servir.

— Vous m'avez sauvé la vie, dit-elle sans chercher à raffermir sa voix.

Rodrigo haussa les épaules.

— Possible. D'après Vincenzo... je veux dire, le Dr Giordano, vous vous en seriez sortie toute seule. Ou vous seriez morte toute seule.

Lily acquiesça d'un air fataliste.

— Comment avez-vous eu l'idée de venir me chercher ? demanda-t-elle. C'est Salvatore qui vous a alerté ? Lui aussi a été malade ?

— Oui.

— Oh. Moins que moi, j'espère ?

— Plus. Il est mort.

Rodrigo attendait davantage de sa part qu'un sobre « Oh, mon Dieu ! ». Alors elle concentra ses pensées sur Averill et Tina, qu'elle ne reverrait plus jamais, puis sur Zia… Zia avec ses joues rondes et son rire limpide, Zia qui se jetait dans ses bras chaque fois qu'elle lui rendait visite, Zia qui n'aurait jamais dû mourir sous les balles de Nervi à l'aube de son treizième printemps… Les larmes roulèrent sur ses joues.

— Vous avez été empoisonnés tous les deux, dit Rodrigo.

Il parlait aussi froidement que s'il commentait la météo du jour. Lily n'était pas dupe. Le fils de Salvatore était dans une fureur terrible.

— Comment ? s'enquit-elle.

— La drogue avait sans doute été versée dans le vin. Une molécule de synthèse extrêmement virulente, d'après les premières analyses. Le directeur du restaurant m'a dit que vous aviez goûté le bordeaux.

— Juste une gorgée, précisa Lily en essuyant ses larmes. Je n'aime pas le vin, mais Salvatore s'est mis en colère quand j'ai refusé d'en boire, alors j'ai obéi. Je l'ai trouvé très mauvais. Si j'avais su !

— Vous avez eu de la chance. Vous auriez pu mourir, si vous en aviez pris deux gorgées au lieu d'une seule.

Lily fut parcourue d'un frisson au souvenir du calvaire qu'elle avait enduré. Dire qu'elle avait seulement été en contact avec le liquide !

— Qui a fait ça ? Un malade mental ? Un terroriste frappant à l'aveugle ? N'importe quel client aurait pu être tué !

— Je ne crois pas. Je suis convaincu que c'est bien mon père qu'on visait. Sa passion pour le vin n'était pas un mystère. Un grand cru qui arrive la veille du jour où il réserve dans un grand restaurant, c'est suspect, non ?

— Oui, mais le sommelier aurait pu réserver la bouteille pour n'importe quel amateur.

— Pour s'attirer les foudres de mon père, lorsqu'il aurait appris que le vin avait été proposé à un autre ? Durand n'aurait pas pris ce risque. Quelque chose me dit que le coupable est un familier de ce restaurant, et qu'il connaît bien mon père.

— Je ne comprends pas… murmura Lily d'un ton songeur. La bouteille a été ouverte devant nous. Personne n'aurait pu y verser de poison sans qu'on le remarque.

— On peut avoir injecté la drogue à l'aide d'une seringue hypodermique. Le trou aurait été trop fin pour être décelé à l'œil nu. Quoi qu'il en soit, je pense que ni Durand, ni le sommelier ne sont coupables.

Lily raffermit sa prise sur le montant du baldaquin. Elle était debout depuis plusieurs minutes, ses jambes ne la portaient plus. Rodrigo dut remarquer sa faiblesse car il l'invita à se recoucher d'un geste poli.

— Vous n'êtes pas encore en état de rentrer chez vous, dit-il. Vous pouvez rester ici aussi longtemps que nécessaire.

Puis, se levant :

— Si vous avez besoin de quoi que ce soit, n'hésitez pas à le demander.

— Merci. Je suis désolée, pour Salvatore. Il était… il était…

Il était un monstre et un assassin, mais un monstre et un assassin *mort*. Lily invoqua de nouveau le visage rieur de Zia. Ses yeux s'embuèrent.

— Merci, fit Rodrigo d'un ton inexpressif, avant de quitter la chambre.

Lily s'interdit tout geste de soulagement après son départ. Qui sait si la pièce n'était pas truffée de micros et de caméras ? Elle se recoucha dans l'espoir de trouver le sommeil. Elle avait besoin de reprendre des forces pour s'éclipser au plus vite de ce nid de vipères.

Avant que Rodrigo ne découvre que Lætitia Morel n'avait jamais existé.

3

Italie, campagne toscane – 9 novembre, 15 heures

Rodrigo se tenait devant la tombe de son père, que l'on venait d'enterrer dans le caveau familial auprès de sa défunte épouse. À son côté se trouvait Damone, son jeune frère. Leurs parents étaient désormais unis dans la mort comme ils l'avaient été dans la vie, avant le tragique décès de leur mère. Le caveau était littéralement enfoui sous les fleurs.

Le soleil brillait dans un ciel parfaitement dégagé. C'était une de ces journées d'hiver comme il n'y en a qu'en Toscane, lumineuses et sereines. Tout le contraire des émotions qui assaillaient Rodrigo…

— Qu'est-ce qu'on va faire, maintenant ? demanda Damone en essuyant son visage ruisselant de larmes.

— Trouver l'assassin et l'éliminer.

Ils s'éloignèrent à pas lents du caveau, situé dans un petit enclos non loin de la chapelle personnelle des Nervi.

— Il faut aussi que j'annonce le décès de papa dans la presse, ajouta Rodrigo. La nouvelle risque de provoquer des remous et la société va peut-être y perdre quelques revenus, mais rien d'alarmant. D'ailleurs, les royalties du vaccin devraient bientôt commencer à rapporter. Quelque chose me dit que ce bon vieux Vincenzo a trouvé le jackpot.

— Il a rattrapé le temps perdu, finalement ?

Responsable financier du groupe Nervi, Damone gérait la fortune du clan depuis ses bureaux de Lausanne. Il semblait surpris de la rapidité avec laquelle Vincenzo avait repris ses tests dans le laboratoire de la rue Corvisart.

— Pas aussi vite que je l'aurais voulu, mais il progresse à grands pas. D'après lui, on devrait pouvoir déposer la demande d'autorisation de mise sur le marché dès l'été prochain.

— Alors il a mis les bouchées doubles…

Un incident survenu au laboratoire de recherche du Dr Giordano avait détruit bon nombre d'éprouvettes, retardant de plusieurs mois la mise au point du vaccin.

— Lui, et toute son équipe…

Et ils auraient travaillé plus encore si Rodrigo l'avait jugé utile ! Ce vaccin était trop important pour se faire coiffer au poteau par un concurrent.

— Tiens-moi informé du déroulement de l'affaire, dit Damone d'un air pensif.

Pour des raisons de sécurité, les deux frères étaient convenus de ne pas se revoir avant que l'assassin de leur père n'ait été retrouvé et éliminé. Comme un seul homme, ils se tournèrent vers la tombe de leurs parents, avant de se jeter dans les bras l'un de l'autre.

— Je n'arrive pas à y croire, dit Damone.

— Je sais. Moi non plus. Je te jure que celui qui a fait ça va le regretter.

Après une dernière accolade, ils se séparèrent. Chacun monta dans une voiture différente, qui les conduisit jusqu'à l'aérodrome familial, où deux jets privés les attendaient pour les ramener, l'un à Lausanne, l'autre à Paris.

Rodrigo avait trouvé une certaine consolation dans la compagnie de son frère, le seul membre de sa famille encore en vie, mais à présent que chacun retournait à ses préoccupations, ses soucis revenaient. Sa recherche de l'assassin de leur père n'avait pas progressé d'un pouce. Vincenzo continuait d'analyser le poison dans l'espoir de trouver un indice. Quant à lui, il avait mis ses hommes à l'affût des principaux partenaires de son père, et même de quelques personnages haut placés dans les sphères industrielles, financières et politiques. Le meurtrier se trouvait forcément parmi eux.

Région parisienne, villa privée des Nervi – 16 novembre, 10 heures

— Tu vas ramener Mlle Morel chez elle, ordonna Rodrigo à Taddeo.

Une semaine avait passé depuis son retour d'Italie. Lætitia pouvait maintenant se lever, elle avait retrouvé des couleurs. Elle n'était pas une invitée encombrante, car elle passait le plus clair de son temps dans sa chambre, mais Rodrigo n'avait qu'une hâte : que cet endroit redevienne le havre de paix qu'il était en temps normal.

Il ne fallut que quelques minutes à Taddeo pour sortir la voiture du garage et aider la jeune femme à porter le sac qui contenait ses affaires, qu'on était allé chercher dans son appartement le lendemain de son arrivée.

Après le départ de Taddeo et de la Française, Rodrigo se rendit au bureau de Salvatore, désormais le sien, et s'assit derrière le grand bureau de bois sculpté. Un dossier se trouvait sur la table, le rapport où Vincenzo résumait les informations qu'il avait pu déduire de l'analyse pratiquée sur la bouteille retrouvée dans le bac à verre du restaurant parisien.

Selon le médecin, le poison était d'origine chimique et provoquait les mêmes symptômes que ceux causés par certains champignons, ce qui l'avait d'abord entraîné sur cette fausse piste. L'orellanine, la molécule toxique qu'il soupçonnait d'être responsable de la mort de Salvatore, attaquait les organes internes, en particulier le foie, les reins et le cœur, ainsi que le système nerveux. Jusque-là, cette description correspondait à ce qui était arrivé.

En revanche, l'orellanine agissait très lentement. Les symptômes n'apparaissaient pas avant une dizaine d'heures, puis la victime paraissait se rétablir, avant de décéder subitement quelques mois plus tard. On ne connaissait pas d'antidote à cette substance.

Le Dr Giordano évoquait une autre molécule, le minoxidil, qui provoquait les mêmes symptômes mais dont les effets étaient fulgurants. Selon lui, le poison versé dans le bordeaux était une combinaison des deux, et seuls quelques rares chimistes au monde étaient capables de l'élaborer. Ces spécialistes, qui ne travaillaient pas pour de grandes firmes pharmaceutiques, étaient très discrets et facturaient cher leurs interventions. L'assassin de son père avait dû débourser une petite fortune pour se procurer le poison.

Rodrigo tapota nerveusement le dossier du bout des doigts. En toute logique, l'homme qu'il recherchait était un concurrent de Salvatore, appartenant à l'industrie chimique ou pharmaceutique, et possédant assez d'argent pour s'offrir un meurtre sur mesure.

Pourtant, il ne voulait pas perdre de vue Lætitia Morel. Quelque chose en elle l'intriguait, bien que ses investigations n'aient rien révélé de suspect à son encontre. Au demeurant, le fait qu'elle ait frôlé la mort la mettait hors de tout soupçon. De plus, elle avait pleuré à l'annonce de la mort de Salvatore. Les larmes ne se commandent pas. Quelque chose le mettait mal à l'aise, cependant. Comme si elle lui cachait un secret. Il avait cherché à soulever son masque impénétrable, sans résultat.

Peut-être s'agissait-il d'une mauvaise intuition ? Il fallait se concentrer sur du concret. Sa seule chance était d'identifier celui qui avait mis la bouteille sur le chemin de Jacques Durand et de son sommelier, mais les recherches ne donnaient rien de ce côté. L'étude des factures et du bordereau de livraison menait à une impasse : le sommelier avait acheté le bordeaux auprès d'un négociant fantôme.

D'où il s'ensuivait que l'assassin avait des connexions dans le commerce du vin *et* dans celui du poison. Il – Rodrigo supposait qu'il s'agissait d'un homme – connaissait les habitudes de sa victime. Il possédait également des dons de faussaire, car les papiers à en-tête du négociant étaient d'une véracité à couper le souffle. Tout ceci trahissait à coup sûr un professionnel du crime.

Malgré cela, Rodrigo se méfiait toujours de Lætitia. Et il ne voulait pas écarter trop vite l'hypothèse du meurtre passionnel. Qui sait de quoi est capable une femme amoureuse ? Personne n'échapperait à ses soupçons tant qu'il n'aurait pas mis la main sur le coupable. Il avait enquêté sur le passé de toutes les conquêtes de son père, y compris celles d'une seule nuit. Il y en avait un certain nombre, car depuis la mort de sa femme vingt ans auparavant, Salvatore avait multiplié les aventures. Une façon, peut-être, de s'étourdir pour oublier son chagrin…

D'après ce qu'il savait, aucune d'entre elles n'avait les moyens de se procurer le vin – le bordeaux valait une petite fortune à lui seul – et encore moins la drogue, dont l'achat nécessitait, en outre, d'avoir ses entrées dans des réseaux très fermés.

D'autre part, il ne fallait pas négliger le passé de Lætitia. Un ex-fiancé jaloux aurait-il pu s'en prendre à Salvatore ? C'était possible. Rodrigo avait interrogé la jeune femme, sans obtenir d'autre réponse que « Non, il n'y a personne ». Si la donzelle s'imaginait qu'il en resterait là ! Sa discrétion n'avait fait qu'aviver sa curiosité. Vivait-elle comme une nonne ? C'était peu probable, malgré les refus qu'elle avait opposés à Salvatore. Protégeait-elle quelqu'un ? Rodrigo serra les poings. Si c'était le cas, celui-ci avait du souci à se faire. Et elle aussi...

Jusqu'à présent, il n'avait pu mener sur elle des investigations aussi poussées qu'il l'aurait voulu. Salvatore, dans son impatience, avait brûlé les étapes de l'habituelle procédure de contrôle. À présent, Rodrigo s'en voulait d'avoir relâché son attention. Il avait trouvé la fille Morel trop insignifiante, et son père avait payé pour son manque de vigilance. Bien sûr, rien ne prouvait que Lætitia soit impliquée dans le meurtre, mais Rodrigo ne pouvait se défaire de l'idée qu'elle avait un rapport, même lointain, avec l'affaire.

D'un geste bref, il décrocha son téléphone et composa un numéro. Il ne lui fallut que quelques secondes pour donner ses instructions. À partir de cet instant, il saurait tout des faits et gestes de Lætitia Morel. Où elle allait, qui elle voyait, qui l'appelait... rien ne lui demeurerait secret.

Paris, avenue Foch – 16 novembre, midi

Le premier soin de Lily en rentrant chez elle fut de soumettre son appartement à une inspection en règle et de rechercher d'éventuels micros, caméras et dispositifs de surveillance. À son soulagement, elle ne trouva rien. Rodrigo ne se méfiait pas d'elle.

Ce qui ne signifiait pas pour autant qu'elle était en sécurité. Les questions du jeune homme concernant son passé n'avaient fait que renforcer sa détermination : elle devait quitter Paris au plus vite. Avant que les hommes de Nervi ne découvrent que Lætitia Morel n'avait pas de passé... et ne mettent un terme aussi brutal que définitif à son avenir.

Si son appartement avait été fouillé durant son absence – et elle ne doutait pas qu'il l'eût été –, les hommes de Nervi n'avaient pas mis la main sur le sac de voyage qu'elle avait préparé en vue de son départ. Lily s'approcha de la malle calée devant une ancienne cheminée murée par une rangée de briques. Ayant déplacé la malle, elle inspecta les joints. Ils étaient dans le même état que la dernière fois, faussement salis par ses soins pour donner l'impression que le mortier datait de plusieurs années. Personne n'aurait pu deviner qu'elle avait cassé le parement de briques pour loger son «kit de survie» dans la cheminée inutilisée.

Lily prit le marteau et le poinçon qu'elle rangeait dans une boîte à outils sous l'évier de la cuisine, et entreprit de briser le mortier qui maintenait l'une des briques. Ceci achevé, elle descella les autres briques les unes après les autres, jusqu'à ce qu'elle dispose de suffisamment d'espace pour passer le bras dans l'ouverture et en retirer une série de sacs et de boîtes soigneusement emballés dans du plastique.

Il y avait aussi un dossier où elle rangeait les preuves de ses différentes identités d'emprunt, qu'elle choisissait en fonction du pays où elle devait opérer : passeports, cartes de crédit, permis de conduire… Dans un sac se trouvaient trois perruques, ainsi que différentes tenues. Une petite caisse de métal était remplie d'argent liquide – dollars, euros, livres sterling et autres. Enfin, le dernier paquet dissimulait un téléphone portable sécurisé.

Lily prit celui-ci et en vérifia la batterie. Presque vide. Elle brancha l'appareil sur une prise électrique, puis s'assit par terre, le dos contre le mur, épuisée. Elle avait espéré pouvoir partir dès le lendemain, mais elle avait présumé de ses forces. Elle tenait à peine sur ses jambes. Il lui faudrait attendre encore au moins quarante-huit heures pour quitter Paris en toute discrétion.

Jusqu'à présent, elle avait tablé sur la décision de Rodrigo de garder secrète la mort de son père, sans doute afin de prendre un certain nombre de précautions. Désormais, le temps était compté. Il suffisait que quelqu'un à Langley, dans les bureaux de la CIA, scanne un cliché de Lætitia Morel et l'entre dans un ordinateur pour que la base de données biométriques l'analyse et le compare aux milliers d'autres qu'elle contenait.

L'information ne tarderait pas à s'afficher sur tous les écrans de la CIA : Lætitia Morel et l'agent Lily Mansfield se ressemblaient comme deux jumelles. Il n'en faudrait pas plus pour qu'elle ait la CIA aux trousses. Or, les moyens dont disposait l'Agence étaient bien supérieurs à ceux de l'organisation Nervi.

Pour des raisons qui lui échappaient, Salvatore n'avait jamais été inquiété. L'Italien devait avoir une utilité quelconque à un niveau qui dépassait Lily, et personne ne verrait d'un bon œil la liberté qu'avait prise celle-ci de l'éliminer. Autant dire qu'elle risquait d'être activement recherchée dans les heures à venir, si elle ne l'était pas déjà.

Malgré la disparité de leurs ressources, Nervi et la CIA seraient au coude à coude, le premier possédant sur la seconde l'avantage de savoir où se trouvait Lily. Ce qui n'était peut-être pas une bonne chose pour Rodrigo, à la réflexion. Celui-ci la sous-estimait dangereusement. La CIA, elle, savait *qui* était Lily Mansfield.

La jeune femme secoua la tête, songeuse. Elle avait besoin de prendre l'air. S'étant chaudement vêtue pour affronter le froid de l'hiver parisien, elle sortit et prit la direction du marché qui se tenait dans une rue voisine.

À peine avait-elle fait un pas sur le trottoir qu'elle repéra un espion. Enfin, si l'on pouvait qualifier ainsi l'amateur qui se dissimulait derrière un journal sportif, dans la voiture grise garée à hauteur de l'immeuble. Où étaient les autres ? Sans doute un second larron attendait-il dans la petite rue sur laquelle donnait l'arrière-cour. Quant au troisième, elle n'allait probablement pas tarder à le croiser.

Tous ses sens aux aguets, elle choisit quelques fruits sur un étalage. Ah, là-bas. L'homme aux cheveux noirs. Il n'avait rien à faire sur ce marché… rien, sinon la prendre en filature avec la discrétion d'un présidentiable en campagne. Où Nervi recrutait-il donc son personnel ?

Lily paya ses achats et reprit le chemin de son appartement, en prenant soin de garder le pas lent d'une convalescente. Inutile de faire savoir à ses poursuivants qu'elle recouvrait peu à peu ses forces. Plus on la croirait faible, moins on se méfierait d'elle.

Une fois de retour, elle déposa son sac sur la table de la cuisine, prit le téléphone à présent rechargé et, s'étant enfermée dans la salle de bains, alluma les robinets de la baignoire afin de couvrir ses paroles, au cas où un micro parabolique aurait été braqué sur son appartement. Le risque était faible, mais dans son métier, seuls les plus paranoïaques survivaient.

Elle réserva un aller simple en classe affaires pour Londres, coupa la connexion, rappela et prit un autre vol qui décollerait moins d'une demi-heure plus tard pour… Paris, où on ne la chercherait plus. Ensuite, elle aviserait.

Langley, Virginie, siège de la CIA – 17 novembre, 7 heures

Susie Pollard, qui travaillait dans l'équipe du matin, n'en croyait pas ses yeux. Non ! Ce n'était pas… ? Elle se pencha vers l'écran, incrédule. Si, c'était bien *elle*. La marge d'incertitude du logiciel de reconnaissance biométrique de la CIA était de moins de un sur un milliard. Autant dire que l'ordinateur ne se trompait jamais. Le cœur battant, la jeune femme imprima le portrait qui s'affichait sur son moniteur et traversa le bureau en direction du box de sa chef de service.

Wilona Jackson ouvrit des yeux ronds lorsque Susie lui tendit la sortie laser. Puis elle rajusta ses lunettes, fronça les sourcils, avant d'émettre un petit sifflement admiratif.

— Bingo! murmura-t-elle en se levant et en s'emparant du document. Bon boulot, Susie. J'apporte immédiatement ceci là-haut.

Langley, Virginie, siège de la CIA – 17 novembre, midi

Franklin Vinay, directeur des opérations, posa sur son bureau le rapport en provenance d'Europe dont il venait de prendre connaissance. Le chef de l'organisation Nervi – on ne disait jamais le clan, même si on savait à quoi s'en tenir – avait trouvé la mort dans des circonstances douteuses. La date exacte du décès n'était pas précisée, mais ses fils l'avaient enterré dans leur fief italien avant d'annoncer la nouvelle ce matin même.

Sa dernière sortie en public avait été une soirée dans un restaurant parisien, une douzaine de jours auparavant. Le caïd semblait alors en bonne santé, ce qui laissait supposer que sa fin rapide pouvait ne pas être accidentelle. Bien sûr, tout était possible : crise cardiaque, attaque cérébrale… Chaque jour, des gens bien portants succombaient en quelques minutes.

Pourtant, Franklin ne croyait pas à cette hypothèse. Pour une bonne raison : d'après le programme de reconnaissance biométrique, la dernière conquête du caïd européen n'était autre que l'un des meilleurs agents de la CIA. Liliane Mansfield avait teint ses cheveux, dissimulé ses yeux sous des lentilles colorées, mais c'était bien elle.

Plus alarmant, elle venait de perdre un couple d'amis et leur fille adoptive, quelques mois auparavant. Des collègues de la jeune femme, tués sur ordre de Salvatore Nervi. Liliane en avait été très affectée, ce n'était pas un secret. En un mot, tout laissait supposer que la mort du chef italien était son œuvre. Sa vengeance.

Franklin secoua la tête, consterné. L'agent Mansfield savait que la CIA ne pourrait la laisser agir à sa guise. Certes, Nervi était un répugnant personnage, mais il avait toujours eu la finesse de se rendre utile aux uns comme aux autres, et il avait dans sa poche quelques politiciens assez haut placés, ce qui lui garantissait une relative impunité. Il collaborait régulièrement avec l'Agence, lui fournissant de précieux renseignements. En échange, on fermait les yeux sur ses activités.

Cette source d'informations était probablement tarie, désormais. Il faudrait des années pour établir avec son héritier d'aussi satisfaisantes relations de travail. Ce dernier, un dénommé Rodrigo, était notoirement soupçonneux, cultivait le secret et semblait incapable de jouer le jeu du partenariat avec l'Agence. Il ne restait qu'à espérer qu'avec l'expérience, il finirait par faire preuve du même pragmatisme que son père...

Franklin abhorrait le clan Nervi. Travailler avec ces gens était une épreuve. Derrière leur vitrine légale – une firme pharmaceutique dirigée par un mystérieux Dr Giordano –, ils dissimulaient toute une série d'activités plus ou moins crapuleuses. Ils étaient à l'image du dieu Janus, un visage souriant d'un côté, un masque terrifiant de l'autre.

La spécialité des laboratoires Nervi était la recherche dans le domaine viral et immunitaire. Franklin esquissa une grimace ironique. Vaccin contre le cancer sur le devant de la scène, arme bactériologique en coulisses. Le clan inondait les principales organisations caritatives de donations, mais finançait en sous-main des groupuscules terroristes.

À titre personnel, Franklin considérait que la disparition de Salvatore Nervi était une bonne chose pour l'humanité. Sur le plan professionnel, en revanche, il n'avait d'autre choix que de faire rechercher l'agent Mansfield pour lui demander des explications.

À contrecœur, il se tourna vers son ordinateur et entra le nom de la jeune femme. Aussitôt, le dossier de celle-ci s'afficha à l'écran. D'après son analyse psychologique elle semblait éprouver, depuis un an ou deux, des difficultés grandissantes à mener à bien ses missions. Non pas que ses capacités fussent en cause ; Liliane était l'un des meilleurs éléments de l'Agence. Il fallait plutôt chercher du côté personnel.

Franklin répartissait ses agents en deux groupes : ceux qui accomplissaient leurs contrats sans états d'âme et ceux dont la conscience se rebellait devant l'horreur de leur métier, même s'ils étaient par ailleurs persuadés du bien-fondé de leur action. Liliane faisait partie des seconds. Avec le temps, elle avait fini par ne plus supporter son job, qui consistait tout de même à éliminer son prochain. Franklin la comprenait. On devait se lasser d'être toujours celui qui fait le sale boulot pour la sécurité des autres.

Signe avant-coureur de la crise, Mansfield avait rompu les ponts avec sa famille, et on ne lui connaissait aucune liaison. Même si la discrétion s'imposait, l'isolement n'était pas une bonne chose pour quelqu'un dans sa situation.

Franklin s'en voulait. Il aurait dû agir plus tôt. Repérer le malaise de la jeune femme, orienter celle-ci vers des tâches moins oppressantes. À présent, il était trop tard ; le mal était fait. Il fallait gérer la situation avant que Liliane ne lâche définitivement prise…

Il appela John, son assistant, pour lui demander de convoquer l'agent Swain au plus vite. Heureux hasard, ce dernier, rentré d'Amérique du Sud quelques jours auparavant, se trouvait justement dans le bâtiment. Tout n'était peut-être pas perdu.

Une demi-heure plus tard, John frappa à la porte.

— L'agent Swain est ici, monsieur.

— Très bien. Faites-le entrer.

Lucas Swain entra, plus nonchalant que jamais. Avec son allure de cow-boy et sa démarche tranquille, il ne semblait jamais pressé. Franklin le trouvait parfois agaçant, mais les dames raffolaient de ce personnage, pour qui la vie paraissait n'être qu'une vaste partie de plaisir. Pourtant, il était l'un des meilleurs dans son domaine.

Comme toujours, un sourire flottait sur son visage rasé de près. Il salua Franklin et prit place sur le siège que celui-ci lui indiquait. Son visage avenant lui valait la sympathie de la plupart des gens, ce qui l'avait souvent aidé à mener à bien ses missions. On ne se méfiait pas de lui. Pourtant, sous ses airs flegmatiques, il était l'efficacité en personne.

Après une dizaine d'années en Afrique du Sud où il avait prouvé une fois de plus ses qualités, il était de retour au pays, le teint plus bronzé que jamais et le corps toujours aussi musclé.

Pourtant, nota Franklin avec une satisfaction égoïste, le poids des années commençait à se faire sentir sur lui aussi. De petites rides soulignaient ses yeux bleus et quelques fils d'argent se mêlaient à sa chevelure châtaine. Ce qui ne nuisait en rien à son charme, d'ailleurs. Les femmes devaient adorer ses faux airs de Clint Eastwood. Dix contre un qu'elles le trouvaient à croquer !

Franklin réprima un soupir de lassitude. S'il commençait à considérer que ses agents masculins étaient *à croquer*, c'était le début de la fin…

— Du nouveau? demanda Swain en croisant ses longues jambes tendues devant lui sans plus de façons.

— Oui, en Europe. L'un de nos agents est en train de fondre un fusible. Elle a tué l'un de nos informateurs, Salvatore Nervi. Il faut faire cesser cette folie immédiatement.

Franklin lui tendit le rapport, que Swain parcourut d'un regard rapide.

— Le mal est fait. Que voulez-vous arrêter?

— Nervi n'était pas le seul impliqué dans la mort des amis de l'agent Mansfield. Elle a sorti la hache de guerre, elle n'en restera pas là. Je la crois capable de mettre à mal tout notre réseau.

Swain parut réfléchir.

— À l'heure qu'il est, miss Mansfield doit déjà avoir trouvé refuge dans quelque coin discret de la planète. Si elle est aussi exceptionnellement douée qu'on le dit dans ce rapport, je ne vois pas qui pourrait la retrouver. D'autant qu'elle dispose d'un solide entraînement. Il vous faudra au moins un homme bionique pour la localiser et la ramener ici.

— Très drôle, grommela Franklin, amusé malgré lui par cette image. Mais ceci n'est pas un feuilleton télé.

— Dommage. Alors envoyez Medina.

Une lueur ironique éclairait la prunelle de Swain.

— Il est en mission au Moyen-Orient, répliqua Franklin, savourant son effet.

À ces mots, Lucas se redressa dans son siège, tout son flegme envolé.

— Attendez un instant… Medina existe?

— Exact.

— Il n'apparaît pas sur les fichiers!

Puis, se mordant les lèvres:

— Enfin, je suppose.

— Mon petit doigt me dit que vous faites plus que supposer, marmonna Franklin. Avouez, vous avez cherché ?

— Tout le monde a cherché.

— Et c'est pour cela qu'il est absent des bases de données. Pour sa sécurité. Donc, comme je vous le disais, il est déjà occupé sur une opération stratégique. D'ailleurs, je ne ferais pas appel à lui pour récupérer un agent.

— Façon polie de me faire comprendre qu'il est plus important que moi, rétorqua Lucas avec un sourire bonhomme.

— Disons plutôt que vous ne possédez pas les mêmes talents. Vous êtes l'homme de la situation, Swain. Votre avion décolle ce soir pour Paris. Voici ce que j'attends de vous...

4

Paris, avenue Foch – 18 novembre, 8 heures

Lily avait consacré la journée de la veille à un petit programme personnel de remise en forme : alimentation légère et vitaminée à base de fruits frais, étirements en douceur, relaxation. À présent que ses forces lui revenaient, elle pouvait passer à l'étape suivante de son plan : un rapide aller et retour pour Londres afin de brouiller sa piste.

Elle prépara son sac de voyage en s'assurant qu'elle n'oubliait rien qui soit susceptible de la trahir. Elle laissait dans la penderie les vêtements luxueux de Lætitia Morel, et sur les murs les photos de parfaits inconnus qu'elle avait glissées dans des cadres à deux sous.

En revanche, elle avait soigneusement lavé avec une lotion désinfectante ce qu'elle avait touché – poignées de portes, combiné du téléphone… – afin d'en éliminer toute empreinte digitale. Elle avait montré le même soin dans la résidence des Nervi, essuyant les meubles et ses couverts avec une serviette, ôtant les cheveux de sa brosse pour les jeter dans les toilettes, de façon à laisser le moins possible de traces susceptibles d'être relevées et analysées.

Elle n'avait rien pu faire pour l'échantillon de sang que le Dr Giordano avait prélevé sur elle. Cependant, il n'était pas aussi facile d'identifier quelqu'un à partir de son ADN, notamment en l'absence d'une base de données exhaustive. Elle aurait préféré récupérer le sang qu'on lui avait pris, mais Giordano aurait trouvé une telle demande des plus étranges. Si elle avait été en Californie, elle aurait pu prétendre appartenir à quelque secte interdisant le don du sang, mais la Française Lætitia Morel était nécessairement trop cartésienne pour se livrer à de telles fantaisies.

Autrefois, elle aurait souri à cette idée. Mais sa joie de vivre s'était définitivement éteinte le jour où Averill, Tina et Zia avaient été rayés de la liste des vivants. Les semaines passaient, mais le vide qu'ils avaient laissé derrière eux ne se refermait pas. Avec les années, le cercle des proches de Lily s'était réduit à cinq personnes. Sa mère et sa sœur, qu'elle ne voyait plus, et Averill et Tina, ainsi que Zia.

Elle avait eu une brève liaison avec Averill, autrefois. Quelques instants de passion pour oublier la dureté de la vie. Plus tard, à l'occasion d'une mission en tandem, elle avait fait la connaissance de Tina, et une indéfectible amitié s'était immédiatement nouée entre elles. Elles riaient des mêmes choses, se comprenaient à demi-mot, partageaient les mêmes rêves. Un jour, quand ce foutu job serait fini, elles rencontreraient quelqu'un de bien, auraient des enfants, monteraient leur affaire. Pas nécessairement dans cet ordre, d'ailleurs.

Ce jour était venu pour Tina lorsque Lily lui avait présenté Averill. Celui-ci était tombé amoureux fou dès le premier regard et le coup de foudre avait été réciproque. Ils s'étaient mariés dans la foulée, puis avaient acheté un appartement à Paris, avant de déménager en région parisienne. Ils travaillaient de moins en moins pour l'Agence. Lily leur rendait visite aussi souvent que le lui permettait son emploi du temps.

Un jour, elle était arrivée chez eux avec un bébé dans ses bras. Elle avait trouvé la petite fille, seule, malade, mourant de faim, dans un champ de ruines en Croatie. C'était juste après que le pays eut déclaré son indépendance, à l'époque où le chaos en Yougoslavie venait de commencer. Personne n'avait pu, ou voulu, renseigner Lily sur la mère du bébé. Elle avait vite compris qu'elle avait le choix entre abandonner la petite fille à une mort certaine ou l'emmener avec elle, avec tous les risques que cela comportait.

En moins de quarante-huit heures, elle avait commencé à éprouver pour cette enfant un amour aussi viscéral que si elle l'avait elle-même mise au monde. Elle avait bien failli ne jamais pouvoir quitter la Croatie, encombrée d'un bagage aussi inhabituel, mais elle y était parvenue. Elle s'était réfugiée en Italie, d'où il lui avait été plus facile de se faire envoyer de faux papiers pour le bébé, qu'elle avait prénommée Zia.

Lily était restée trois mois dans la péninsule, le temps que Zia retrouve des forces. Les premiers temps avaient été difficiles, car l'enfant se raidissait dès qu'on la touchait, hurlait des heures durant, surtout à la tombée de la nuit, et rejetait presque tous ses biberons. Elle souffrait d'un retard de croissance, et Lily avait craint pour son développement intellectuel. Finalement, rassurée sur l'avenir de Zia, elle avait pris le chemin de la France. De chez Averill et Tina.

Une affection très vive s'était nouée entre le couple et la petite fille, si bien que Lily, qui devait repartir en mission, leur confia Zia sans hésiter. Les missions s'enchaînèrent, et Zia resta chez Averill et Tina. Au fond, c'était mieux ainsi. Lily ne pouvait pas s'occuper d'un enfant, et Zia s'épanouissait chez ses nouveaux parents. Lorsqu'elle atteignit l'âge de quatre ans, il fallut la scolariser. En commun accord avec Lily, Averill et Tina firent donc réaliser de faux papiers afin de pouvoir adopter « légalement » Zia.

Pendant treize ans, Zia avait été le grand bonheur de Lily, son enfant, sa vie. On l'avait assassinée.

Pourquoi Averill et Tina avaient-ils voulu reprendre du service ? Après toutes ces années, ils n'étaient plus dans la course, ils auraient dû le savoir. S'ils avaient besoin d'argent, il leur suffisait de lui en demander, elle leur aurait donné tout ce qu'elle avait ! Au terme de presque vingt années de bons et lucratifs services, Lily possédait sur un compte en Suisse plus qu'il ne lui en fallait pour vivre. Cet argent aurait dû servir à ses amis. Mais ils n'avaient pas voulu ou pas osé demander, et ils l'avaient payé de leur vie. Ainsi que Zia.

À présent, il ne restait presque plus rien sur le compte suisse. Une bonne partie des économies de Lily avait servi à organiser l'assassinat de Nervi. Il avait fallu acheter le poison et la bouteille, mais aussi louer un appartement dans un quartier huppé de la capitale et investir dans une garde-robe conséquente. On n'appâtait pas Salvatore Nervi en jean et baskets.

Lily savait se rendre séduisante, même si elle était consciente de ne pas être une beauté. Si le charme n'avait pas opéré, elle aurait trouvé une autre solution. C'était son métier, non ? Par chance, Nervi avait mordu à l'hameçon. Tout s'était déroulé comme elle l'avait prévu... jusqu'au moment où Salvatore l'avait obligée à goûter le vin.

Aujourd'hui, il ne lui restait plus qu'un dixième de ses économies, son cœur était en si mauvais état qu'elle devrait sans doute être opérée, et Rodrigo Nervi l'avait fait placer sous surveillance. Pour ne rien dire de la CIA, qui était sans doute en train d'envoyer à ses trousses son plus fin limier.

D'un point de vue purement statistique, ses chances de s'en sortir étaient infimes. Impossible d'utiliser ses identités factices, de trouver refuge dans l'un de ses habituels points de chute, et plus encore d'appeler à l'aide. Elle ne pouvait se fier à personne. Qui

53

l'Agence expédierait-elle à sa recherche ? Elle n'en avait pas la moindre idée. Un simple négociateur qui n'aurait pour mission que de la ramener au siège afin qu'elle comparaisse en commission de discipline ? Un de ses collègues mandaté pour l'éliminer à vue ? Lily penchait pour la seconde hypothèse. Sa seule option était de ne pas se laisser prendre. Elle avait tout perdu, sauf sa fierté professionnelle.

Elle attendit aussi longtemps que possible avant d'appeler un taxi pour l'aéroport. Dès que les espions comprendraient où elle se rendait, ils appelleraient Rodrigo. Celui-ci avait peut-être déjà posté des hommes à Roissy, Orly, et dans les principales gares parisiennes. Le risque devait être de cinquante pour cent. D'un autre côté, l'aéroport Charles-de-Gaulle était vaste, et Rodrigo ne savait pas vers quel terminal elle se dirigerait. Elle avait donc ses chances de semer ses poursuivants.

Elle tablait sur la légèreté de son bagage et le manque de discrétion de son départ pour endormir la méfiance de Nervi. Certes, il serait intrigué quand ses hommes lui feraient leur rapport, mais il ne verrait là rien d'alarmant. N'était-elle pas supposée rendre visite à sa mère dans le sud de la France ? Une fois à bord, elle serait sauve. Même si Nervi vérifiait la liste des passagers – et elle ne doutait pas qu'il le ferait tôt ou tard –, il ne trouverait pas la moindre Lætitia Morel.

Lily referma la porte de son appartement et descendit l'escalier pour attendre le taxi dans le hall de l'immeuble, d'où elle pouvait surveiller la rue sans être vue. Quelque temps auparavant, elle aurait piqué un sprint jusqu'à la plus proche borne de taxis, certaine d'échapper aux hommes de Nervi. Aujourd'hui, son cœur était trop fragile pour tenter un tel exploit.

Le Dr Giordano l'avait avertie qu'une de ses valves cardiaques avait été endommagée par le poison. Sa faiblesse n'était-elle que passagère ? Faudrait-il recourir à une opération ? Il était trop tôt pour le savoir. Lily se donnait un mois pour retrouver l'excellente condition physique qui avait toujours été la sienne. À supposer qu'elle soit toujours en vie dans un mois. Échapper à Rodrigo Nervi était une chose, se soustraire aux poursuites de la CIA en était une autre...

Un taxi noir ralentit et stationna à la hauteur de l'entrée de l'immeuble, l'arrachant à ses réflexions.

— En piste ! murmura Lily en poussant la lourde porte vitrée.

Une fois assise sur la banquette arrière, elle prit dans son sac un petit poudrier équipé d'un miroir et observa les environs. Là, juste derrière eux, la Mercedes de Nervi. Le véhicule ralentit, le temps pour un homme de bondir à l'intérieur, et repartit dans le sillage du taxi. Dans la petite glace, Lily vit l'un de ses poursuivants parler dans un téléphone portable. Rodrigo était au courant de son départ.

Durant la trentaine de kilomètres qui les séparaient de leur destination, la Mercedes resta derrière le taxi sans modifier son allure. Lily ignorait si elle devait se sentir insultée. Rodrigo la croyait-il assez stupide pour ne pas remarquer le manège de ses hommes ? D'un autre côté, elle savait qu'il ne vient pas à l'esprit des gens ordinaires qu'ils puissent être surveillés, ce qui n'incite pas leurs poursuivants à déployer des précautions particulières. Cette hypothèse semblait indiquer que Rodrigo ne la considérait pas comme dangereuse et ne la faisait suivre que par simple routine.

Une fois dans le hall de l'aéroport, Lily se dirigea d'un pas tranquille vers le guichet de la British Airways. D'après son passeport, elle se nommait Alexandra Wesley et était citoyenne britannique – une fausse identité qu'elle avait forgée plusieurs années auparavant, à l'insu de l'Agence. Dans son job, on n'était jamais trop prudent.

Le temps qu'elle passe les contrôles de sécurité, les passagers de son vol avaient été appelés pour l'embarquement. Résistant à la tentation de tourner la tête, Lily regarda discrètement à la lisière de son champ de vision. L'homme au portable, celui qui avait bondi dans la Mercedes, était là. Il ne tenta pas de s'approcher d'elle, mais elle constata qu'il parlait de nouveau au téléphone.

Une fois à bord, elle se détendit un peu. Son siège se trouvait près d'un hublot. Sa voisine était une jeune femme d'une trentaine d'années vêtue avec recherche. Jusque-là, rien d'alarmant, songea Lily en bouclant sa ceinture de sécurité.

Une demi-heure plus tard, l'avion survolait le nord de la France. Lily échangea quelques paroles polies avec sa voisine, utilisant un accent londonien cultivé plus facile pour elle que l'accent français, puis elle ferma les yeux. Peu avant l'arrivée à Londres, elle prit son sac fourre-tout et se pencha vers sa compagne de vol.

— Excusez-moi, murmura-t-elle d'un ton gêné. Puis-je me permettre de vous demander un service ?

La femme acquiesça d'un air intrigué.

— Voilà. Je m'appelle Alexandra Wesley. Vous avez peut-être entendu parler de la Wesley Engineering ? C'est la société de mon mari, Gerald. Il se trouve que je le quitte, et qu'il n'est pas du tout d'accord. Il est d'un naturel très jaloux, voyez-vous... Il a envoyé des hommes à ma poursuite pour me ramener à la maison.

Sa voisine semblait un peu gênée, comme si elle n'appréciait pas qu'une étrangère dévoile ainsi ses soucis conjugaux. Pourtant, une lueur de compassion éclaira son visage.

— Ma pauvre... Que puis-je faire pour vous aider ?

— C'est très simple. Quand nous quitterons l'avion, pourriez-vous prendre ce sac et vous rendre aux toilettes les plus proches ? Je vous suivrai pour le récupérer.

Une expression d'inquiétude passa sur le visage de la femme, ce qui était assez compréhensible en cette époque de terrorisme.

— Il contient un déguisement, chuchota Lily en ouvrant le sac pour la rassurer. Voyez vous-même. Perruque, vêtements, chaussures… rien d'autre. Si on me voit entrer aux lavabos avec ce sac, on se doutera qu'il peut contenir de quoi changer mon apparence. Si je n'ai que mon sac à main, les hommes qui me suivent n'y verront que du feu.

Elle se tordit les mains et se composa un air inquiet, pendant que sa voisine inspectait le contenu du sac avec méfiance. Apparemment rassurée par cet examen, la femme posa le fourre-tout à ses pieds. Puis elle tapota la main de Lily avec chaleur.

— Je suis avec vous. Si ces hommes vous suivent toujours, vous prendrez un taxi avec moi. Ils n'oseront pas s'en prendre à vous en public.

— Merci, dit Lily sans dissimuler son soulagement.

Si elle avait voyagé à côté d'un homme, elle n'aurait pas pris le risque de demander de l'aide. Elle aurait improvisé. Toutefois, elle était résolue à saisir toutes les chances que lui offrait le destin. Des agents de la CIA pouvaient l'attendre à Heathrow, qui seraient autrement moins faciles à duper que les amateurs que Nervi avait lancés à sa poursuite.

D'un autre côté, la CIA ne se risquerait pas à une arrestation en public. L'Agence n'avait pas pour habitude d'impliquer les gouvernements locaux dans des affaires purement internes qui réclamaient un maximum de discrétion.

Lily regarda par le hublot. L'Airbus avait déjà entamé sa descente sur Londres.

— Ne vous inquiétez pas, lui dit sa voisine avec chaleur. Tout se passera bien. Comment saurai-je si ces hommes vous ont repérée ?

— Quand je vous retrouverai aux lavabos, je vous dirai où ils se trouvent. Puis je partirai avant vous. S'ils sont toujours là quand vous sortirez à votre tour, c'est que la ruse aura fonctionné.

— Bravo ! s'exclama la femme, les yeux brillants d'excitation.

Elle devait avoir l'impression de vivre des instants d'exception. Lily, elle, aurait préféré moins d'émotions fortes. Ce n'était pas bon pour son cœur.

La femme débarqua avant elle. Lily la vit se diriger vers les toilettes les plus proches d'une démarche parfaitement naturelle. Elle s'en sortait très bien !

Comme elle s'y attendait, Lily vit deux hommes postés sans discrétion à l'arrivée des voyageurs. En moins d'une heure, la durée du vol, Rodrigo avait eu le temps d'envoyer deux de ses hommes à Heathrow. Pourtant, ceux-ci ne prenaient pas plus de précautions que leurs collègues de France pour ne pas être remarqués. Rodrigo ne se méfiait toujours pas d'elle. Elle prit la direction des lavabos, consciente d'être suivie à une vingtaine de pas par les deux sbires de Nervi.

Sa compagne de vol l'attendait dans les toilettes.

— Alors ? demanda-t-elle en lui tendant le sac.

— Ils sont deux. Le premier est grand et large de carrure, il porte un costume gris. Il se trouve juste en face de la porte, adossé à un mur. L'autre est plus petit, les cheveux très courts, habillé en bleu. Il a pris position une quinzaine de mètres plus loin dans le hall.

— Entendu. Allez vite vous changer.

Lorsqu'elle rejoignit sa complice quelques instants plus tard, Lily avait échangé son tailleur noir et ses talons plats contre un petit haut rose fuchsia, un caleçon long turquoise et une veste à franges assortie. Une paire de cuissardes à talons aiguilles et une perruque rouge ébouriffée complétaient sa tenue.

La femme ouvrit de grands yeux.

— Incroyable !

Lily sourit, puis s'approcha du miroir pour maquiller ses lèvres et ses joues de rose vif. Ayant accroché à ses oreilles des boucles ornées de plumes fluorescentes, elle chaussa ses lunettes de soleil teintées de rose.

— Votre avis ?

— Vous êtes méconnaissable ! Moi-même, je n'y aurais vu que du feu, et je savais que vous alliez vous déguiser. Au fait, je m'appelle Rebecca. Rebecca Scott.

Lily serra la main que lui tendait son alliée improvisée. Puis elle prit une profonde inspiration.

— J'y vais, dit-elle. Merci pour tout, Rebecca !

Elle poussa la porte des lavabos et s'engagea dans le hall en redressant les épaules. Les deux espions de Nervi la suivirent du regard. Comme tout le monde autour d'elle. Sans paraître les voir, elle agita la main dans une direction imprécise et s'écria :

— Hou hou, je suis là !

Dans la foule qui se pressait alentour, personne ne pourrait deviner à qui elle s'adressait.

En passant à la hauteur du second espion, elle vit celui-ci sursauter en reportant son regard vers les toilettes, comme s'il craignait d'avoir, dans un moment de distraction, laissé filer sa proie.

C'était le moment de passer à l'étape suivante. Lily accéléra le pas. Nouvelle halte dans les toilettes situées près de l'entrée de l'aéroport, nouvelle transformation. Cette fois-ci, elle avait de longs cheveux noirs, un jean noir, un gros pull-over noir et des chaussures plates. Elle avait ôté toute trace de maquillage et s'était débarrassée de ses boucles d'oreilles. Le billet d'avion et le passeport qu'elle tenait entre ses mains étaient au nom de Marielle Saint-Clair.

Trois quarts d'heure plus tard, elle embarquait à bord du premier vol pour Paris, en classe économique. Elle ferma les paupières et s'adossa confortablement dans son fauteuil.

Pour l'instant, tout allait bien.

5

Région parisienne, villa privée des Nervi – 18 novembre, midi

— Ce que je veux comprendre, dit Rodrigo en frappant son bureau d'un coup de poing rageur, c'est comment vous avez pu la perdre de vue !

À l'autre bout de la ligne, son correspondant londonien répondit d'un ton flegmatique :

— Je vous répète qu'elle est entrée aux toilettes et n'en est jamais ressortie.

— Vous n'avez envoyé personne voir si elle y était ?

— Si, après un certain temps.

— Combien de temps exactement ?

— Mes hommes m'ont contacté après une vingtaine de minutes, sir. Puis nous avons dû attendre l'arrivée d'une recrue féminine. Je ne pouvais pas faire entrer un de mes hommes dans les toilettes pour dames sans faire un esclandre.

Rodrigo serra le poing. La fille Morel ne s'était pas désintégrée, bon sang ! Ces bougres d'amateurs l'avaient laissée filer et ne voulaient pas reconnaître leur erreur…

Au fond, la disparition de Lætitia n'avait pas grande importance. Dès qu'il aurait reçu les informations qu'il attendait encore à son sujet – fichue bureaucratie ! –, il se désintéresserait de la donzelle. Ce qui le contrariait, c'était le manque de professionnalisme de ses hommes.

— Il y a un autre point qui m'intrigue, poursuivit son chef de la sécurité pour l'Angleterre.

— J'écoute?

— Dès que j'ai appris que mes hommes l'avaient perdue, j'ai fait une recherche auprès des douanes. Aucune miss Morel n'a transité par Heathrow.

Rodrigo sursauta dans son fauteuil de cuir.

— Que voulez-vous dire?

— Je veux dire que nous n'avons aucune trace d'elle. Pas même sur la liste des passagers du vol Paris-Londres. Elle est bien descendue de l'avion, cela, mes gars peuvent en témoigner, mais elle n'a plus été localisée depuis. La seule explication, c'est qu'elle ait quitté Londres par un autre avion, mais je n'en ai aucune preuve.

Une sueur glacée parcourut l'échine de Rodrigo.

— Cherchez dans cette direction, monsieur Murray, dit-il, pris d'un horrible soupçon. Je veux savoir où elle est.

— J'ai déjà passé au crible toutes les listes de passagers en partance, sir. Miss Morel ne figure ni parmi ceux à l'arrivée, ni parmi ceux au départ. Elle a littéralement disparu.

— Très bien, répondit Rodrigo en raccrochant... avant d'assener de nouveau un formidable coup de poing sur le bureau, faisant trembler les statuettes de marbre.

La garce. La triple garce! Elle s'était jouée de lui!

D'un geste rapide, il composa le numéro de son contact au ministère de l'Intérieur. Il n'eut pas besoin de se présenter, on savait qui il était. Il aboya une demande, patienta quelques instants, avant d'ajouter:

— Eh bien, vous l'avez? Il me faut cette information sans délai.

— Je comprends, monsieur, mais...

— Mais vous ne trouvez pas trace de cette Lætitia Morel, c'est ça ? grommela-t-il.

— Écoutez, je fais tout ce qui est possible pour…

— Inutile, vous ne la trouverez pas.

Il raccrocha brusquement. Plus de doute, à présent. La fille Morel avait tué son père. Sinon, pourquoi, et surtout *comment* aurait-elle pu disparaître aussi vite ? Elle avait empoisonné son père, et à présent elle disparaissait, son contrat achevé. Car elle était mercenaire, c'était évident. Elle devait disposer d'une infrastructure considérable pour avoir mené à bien une telle opération et avoir échappé à la surveillance de vigiles chevronnés. De plus, elle était bien plus expérimentée qu'elle en avait l'air.

Il s'était laissé prendre comme un bleu !

Aussi, si elle n'avait pas eu l'air tellement quelconque ! Cela faisait partie du plan, sans doute, ainsi que son indifférence aux avances de Salvatore. Oui, il commençait à reconstituer le puzzle… On avait choisi cette fille pour son apparence inoffensive. Si elle avait été trop jolie, cela aurait senti le coup fourré. Lui-même avait relâché sa vigilance en la voyant accueillir avec une telle froideur la passion de Salvatore. Qui se serait méfié d'elle ?

Elle avait poussé la conscience professionnelle jusqu'à prendre elle-même un peu du poison mortel afin d'égarer les soupçons. Ses supérieurs devaient être contents d'elle… Qui étaient-ils, au fait ? Aucune idée, mais il avait bien l'intention de remonter jusqu'à eux.

Rodrigo réfléchit. Puisque Murray n'avait retrouvé personne du nom de Morel et qu'on était certain qu'elle avait pris l'avion, son nom figurait nécessairement sur la liste des passagers. Il ne restait qu'à enquêter sur chacun de ses compagnons de vol pour retrouver sa piste. Une énorme tâche, mais il n'avait pas d'autre choix. Et lorsqu'il l'aurait retrouvée, quel que soit le temps que cela lui prendrait, il lui ferait payer son acte odieux. Elle devait souffrir autant que son pauvre père avait souffert. Quand il en aurait fini avec elle, non seulement il saurait pour qui elle travaillait, mais elle regretterait amèrement d'être venue au monde.

Il en faisait le serment. Son père serait vengé.

Paris, avenue Foch – 18 novembre, 15 heures

Lucas Swain parcourut silencieusement les pièces de l'appartement que Lily Mansfield, alias Lætitia Morel, avait quitté. Certes, ses vêtements étaient suspendus dans la penderie, il restait de la nourriture dans le placard de la cuisine et l'évier contenait encore la vaisselle du petit déjeuner. Mais cela ne suffisait pas à tromper Lucas. Il savait reconnaître un travail de professionnel. Il ne restait pas une seule empreinte digitale, même sur la cuiller qui traînait sur la table de la cuisine. Tout avait été essuyé avec soin.

D'après les renseignements qu'il avait lus sur Lily Mansfield, les vêtements qu'elle avait laissés ne correspondaient pas à son style. Ils appartenaient à Lætitia Morel, et comme celle-ci n'avait plus de raison d'être, Lily s'en était débarrassée, comme un serpent quitte son ancienne peau pour muer. Salvatore Nervi étant mort, Lætitia Morel pouvait retourner aux limbes d'où elle venait…

Ce qu'il ne s'expliquait pas, c'était le temps que Lily avait mis à quitter cet appartement. Nervi était décédé depuis plus d'une semaine à présent, mais la concierge avait été formelle : Mlle Morel était encore dans son appartement ce matin. La preuve, un taxi était venu la chercher en début de journée. Elle ne devait pas aller bien loin, car elle n'avait sur elle qu'un sac fourre-tout.

Bon sang, il ne l'avait ratée que de quelques heures !

Bien entendu, la brave femme n'avait pas laissé Lucas entrer dans l'appartement de Mlle Morel. Il avait dû y pénétrer par ses propres moyens.

Avisant une coupe de fruits sur une console, il choisit une pomme et y mordit à belles dents. Il était affamé. Par curiosité, il ouvrit le réfrigérateur. Encore des fruits, une laitue, quelques yaourts nature. Il referma la porte, déçu. Pourquoi les femmes seules n'avaient-elles jamais rien à manger chez elles ? Pas de pizzas, pas de steaks, pas de frites... De quoi se nourrissait-elle ?

Il s'assit pour finir sa pomme, puis en prit une seconde, tout en réfléchissant. Quel était le plus sûr moyen de mettre la main sur Lily Mansfield avant qu'elle ne commette d'autres dégâts ? D'après son dossier, elle aimait la France, dont elle parlait couramment la langue, ainsi que l'Angleterre. Se sachant poursuivie dans le premier pays par l'héritier Nervi, elle avait sans doute opté pour le second. À l'heure qu'il était, elle devait se trouver de l'autre côté de la Manche.

À moins que, ayant d'abord suivi le même raisonnement que lui, elle ne soit partie pour un coin du monde où personne ne songerait à la chercher. Qui sait, elle était peut-être en route pour le Japon ? Lucas secoua la tête. Si c'était le cas, il n'avait aucune chance.

Le plus sage était de s'en remettre à la logique et de prendre la direction qu'elle avait le plus de chances de suivre. Il aviserait ensuite.

Il existait trois façons de traverser la Manche. Le ferry, le train et l'avion. Il décida de miser sur ce dernier choix, moyen le plus rapide de fuir d'éventuels poursuivants. Londres n'était pas la seule destination sur le territoire de Grande-Bretagne, mais c'était la plus proche de Paris, c'est donc celle qu'il retint.

Restaient deux possibilités, Heathrow ou Gatwick. Lucas se décida pour le premier. Des deux, c'était l'aéroport le plus grand et le plus fréquenté, celui où il était le plus facile de se perdre.

Lucas prit son portable sécurisé et composa une série de chiffres. Son attente ne fut pas longue.

— Murray à l'appareil.

— Ici Swain. J'ai besoin d'un renseignement. Il se pourrait qu'une certaine Lætitia Morel ait transité par Londres ce matin…

— Encore ?

Une bouffée d'adrénaline monta dans ses veines. Il avait visé juste. Il se redressa dans son siège, tous ses sens en alerte.

— Que voulez-vous dire ? demanda-t-il prudemment.

— On m'a posé la même question ce midi.

— *On ?*

— L'héritier Nervi. Au fait, vous savez que le père est décédé ? Nous devions prendre la jeune femme en filature à sa descente d'avion. J'ai envoyé deux hommes, elle les a semés. Ils l'ont vue entrer dans les toilettes pour dames et elle n'en est pas ressortie. La douane n'a aucune trace d'elle, ni à l'arrivée, ni au départ. Cette miss Morel semble avoir plus d'un tour dans son sac.

— Vous ne croyez pas si bien dire. Avez-vous dit tout ceci à Nervi ?

— Bien entendu. J'ai pour ordre de collaborer avec lui, n'est-ce pas ? Enfin, jusqu'à un certain point. Il ne demandait d'ailleurs rien de plus qu'une simple surveillance. Je ne pouvais pas le lui refuser.

— On ne vous reproche rien, Murray. Vous faites votre job.

À présent, songea Lucas, Nervi avait trois nouvelles cartes dans son jeu. D'abord, il savait que Lætitia Morel n'existait pas. Ensuite, il avait compris qu'il n'avait pas affaire à une débutante. Enfin, il avait déduit qu'elle était, selon toute probabilité, l'assassin de son père.

Il était plus urgent que jamais de la retrouver... ne fût-ce que pour la soustraire à la vengeance de Rodrigo.

Première étape, établir par quel subterfuge elle avait quitté les lavabos. La solution la plus simple étant la meilleure, Lucas opta pour un déguisement. Assorti d'une autre identité d'emprunt, évidemment. Lily était une fille organisée.

— Elle a dû changer son apparence, déclara-t-il à voix haute.

— C'est aussi mon avis, bien que je n'en aie rien dit à M. Nervi. Il est assez intelligent pour y penser lui-même. Même s'il n'est pas spécialiste en la matière, il aura bien l'idée de me demander de visionner les bandes vidéo des caméras de sécurité installées dans le hall de l'aéroport.

— Ce que vous avez fait, je suppose ?

— Bien entendu. Rien dans nos accords ne m'empêche de prendre des initiatives. Immédiatement après que mes hommes m'ont signalé la disparition de miss Morel, je me suis procuré des copies de ces vidéos.

— Votre verdict ?

— Mystère et boule de gomme. J'ai eu beau regarder avec attention, je n'ai pas vu cette jeune femme.

Lucas consulta sa montre.

— Je vous rejoins par le premier vol pour Londres, dit-il avant de couper la connexion.

Londres, aéroport d'Heathrow – 18 novembre, 20 heures

Lucas n'arriva que dans la soirée, en raison d'une grève surprise des contrôleurs aériens. Il était conscient que chaque minute perdue pour lui était une minute gagnée pour Lily, mais il se fit une raison et s'accorda quelques heures de sommeil. Il en aurait besoin pour affronter la nuit et les jours à venir!

Lily Mansfield promettait d'être une rude adversaire. Elle connaissait les méthodes de l'Agence, possédait à coup sûr plusieurs points de chute et comptes en banque soigneusement dissimulés en Europe, et disposait d'un certain nombre d'identités d'emprunt, pas toutes connues de la CIA, qu'elle pourrait utiliser à sa guise.

Charles Murray l'attendait à Heathrow, comme prévu. L'Anglais était de taille moyenne, assez mince, avec des cheveux courts grisonnants et des yeux vifs et perçants. Ce retraité de la Royal Air Force, que Salvatore Nervi avait recruté quelques années auparavant comme chargé de la sécurité en Angleterre, était l'un des contacts les plus fiables que possédait l'Agence sur le territoire britannique depuis bientôt deux décennies.

Lucas, qui l'avait côtoyé à plusieurs reprises et nourrissait la plus grande estime pour son calme et son esprit de déduction, entretenait avec lui des relations presque familières – dans la mesure où un citoyen de Sa Gracieuse Majesté est capable de familiarités.

— Si vous voulez bien me suivre, dit Murray après lui avoir brièvement serré la main.

— Comment vont Victoria et les enfants? demanda Lucas en lui emboîtant le pas.

— Vicky est resplendissante, comme toujours. Quant aux enfants, ils sont terriblement… adolescents.

— Courage, mon vieux. Croyez-en mon expérience, ça ne dure que quelques années.

— Vous voulez dire qu'ils finissent par redevenir humains?

— Parole d'honneur. C'est juste une question de patience.

— Je vous remercie. Et les vôtres ?

— Le plus dur est passé. Chrissy est entrée au lycée, Sam à l'université. Ils ne s'en sortent pas trop mal.

Surtout pour des gamins dont les parents avaient divorcé peu après la naissance de la seconde, et dont le père ne faisait que de rares sauts à la maison, entre deux missions en Amérique du Sud. Il devait reconnaître qu'Amy avait beaucoup fait pour leur équilibre, notamment en veillant à ce qu'ils gardent une bonne image de lui. Amy et lui avaient clairement expliqué aux enfants qu'ils n'étaient pour rien dans leur séparation, que papa et maman les aimaient toujours mais ne pouvaient simplement plus vivre ensemble.

De fait, la situation n'avait pas fondamentalement changé pour eux avec le divorce. Ils étaient restés dans la même maison, avaient continué de fréquenter la même école et de voir leur père au même rythme qu'autrefois. Amy, en revanche, avait pu rencontrer un homme un peu plus disponible, même si elle ne s'était jamais remariée. Lui avait poursuivi sa vie d'errance.

— Nous arrivons, annonça Murray en ouvrant une porte marquée de l'inscription « Service » et en s'engageant dans un étroit couloir.

Il saisit discrètement un code sur un clavier et, ayant poussé une porte d'acier massif, invita Lucas à le suivre dans une grande salle aux murs couverts d'écrans. Toute une équipe de surveillance observait les images de l'aéroport, où se pressait une foule dense malgré l'heure tardive.

Swain suivit Murray dans une petite pièce adjacente, où d'autres moniteurs permettaient de visionner les bandes vidéo. Son guide l'invita à prendre place devant un ordinateur et s'installa à son côté. Puis il entra quelques données sur le clavier, et le fond d'écran fut remplacé par un gros plan de Lily Mansfield à sa descente du vol Paris-Londres, le matin même.

Lucas se pencha vers l'image. Lily ne portait aucun bijou, pas de montre, rien qui soit susceptible de la trahir. Elle était vêtue d'un tailleur sombre et de chaussures plates de couleur noire. Il la trouva plus maigre que sur son dossier, et très pâle. Avait-elle été malade ? Il regarda attentivement la bande vidéo suivante, où on la voyait entrer dans les toilettes pour dames. Plusieurs femmes en sortirent, mais aucune ne lui ressemblait.

— Impossible, marmonna-t-il. On peut repasser la bande au ralenti ?

Murray pianota sur le clavier. Cette fois-ci, Lucas observa avec un soin particulier le sac à main de couleur noire de Lily. Il n'avait rien de particulier ; des millions de femmes devaient posséder le même. Il nota pourtant tout ce qui pouvait aider à le reconnaître – la boucle, les anses, les poches extérieures... Puis il attendit que le sac réapparaisse sur l'écran. Il en vit passer de toutes les tailles, de toutes les formes, jusqu'à ce que... oui, c'était bien celui-ci !

La femme qui le portait était grande, vêtue de façon voyante et très sexy. Comme si elle voulait à tout prix qu'on la remarque. Petit détail : elle ne portait pas seulement le sac à main noir, mais aussi un fourre-tout qu'elle n'avait pas à sa descente d'avion. C'était à n'y rien comprendre. À moins que...

Lucas claqua des doigts.

— J'y suis ! On recommence depuis la sortie de l'avion. Je veux voir *tous* les passagers.

Murray s'exécuta. Lucas étudia attentivement chaque voyageur, en particulier les sacs que portaient ceux-ci.

— Là, dit-il en désignant une silhouette. Cette femme.

L'Anglais se pencha à son tour vers l'écran.

— Eh bien ?

— Regardez son sac.

— Le grand fourre-tout en toile ?

Lucas hocha la tête.

— Je ne vois pas le rapport, dit Murray.

— Alors observez bien son manège.

Swain tendit le doigt vers le moniteur pour désigner une femme d'une trentaine d'années, vêtue de façon très élégante. Elle marchait devant Lily, dont elle était séparée par plusieurs passagers. Les deux hommes la virent entrer dans les toilettes, suivie de quelques autres, dont Lily. Puis la femme en sortit quelques minutes plus tard. Sans le fourre-tout.

— Tout s'explique, murmura Lucas. Elle a laissé le fourre-tout dans les toilettes. Il contenait le déguisement. Revenez un peu en arrière… là. Voilà miss Morel. C'est elle qui porte le fourre-tout, à présent.

Murray ouvrit des yeux ronds.

— Mon Dieu ! Cette créature ?

Il désigna la beauté sculpturale en veste à franges et cuissardes à talons aiguilles qui faisait se retourner toutes les têtes sur son passage.

— Exact. Vous l'avez vue entrer dans les toilettes ?

— Non, mais je ne la cherchais pas. Entre nous, j'aurais eu du mal à la manquer.

— Pour la bonne raison qu'elle n'y est jamais entrée. En tout cas, pas habillée ainsi.

Une fois de plus, il ne pouvait qu'apprécier le sang-froid de Lily. Qui, cherchant à passer inaperçu, aurait choisi un accoutrement aussi voyant ? C'était à de tels détails qu'on reconnaissait une vraie pro. Pas de doute, Lily Mansfield en était une.

— Observez le dessin de la bouche : sa lèvre supérieure est légèrement retroussée, comme chez miss Morel. Son nez à peine busqué est aussi le même…

Murray haussa les sourcils, manifestement partagé entre l'admiration et l'incrédulité.

— Voilà ce que j'appelle du travail d'artiste.

— À présent, dit Lucas, voyons ce que va faire miss Technicolor. Avons-nous les vidéos des caméras situées plus loin dans le hall ?

Murray hocha la tête et fit défiler un menu sur l'écran. Un nouveau fichier s'afficha. On y voyait Lily traverser le hall, entrer dans les toilettes situées près de la sortie... mais ne pas en sortir.

— Et c'est reparti ! s'exclama Lucas. Cherchons de nouveau ces fichus sacs.

Après avoir scruté l'écran plusieurs minutes, ils identifièrent enfin la jeune femme. Elle avait cette fois-ci de longs cheveux noirs, un pantalon noir, un col roulé noir. En revanche, elle portait toujours le sac à main noir et le grand fourre-tout en toile.

Intrigué, Lucas suivit sa frêle silhouette qui se faufilait à travers la foule en direction des portes d'embarquement. Elle avait bien pris un autre avion. Il plissa les yeux pour lire sa nouvelle destination. Paris.

— La peste ! siffla-t-il entre ses dents.

Puis, se tournant vers Murray :

— Vous pouvez m'avoir les noms des passagers de ce vol ?

Ce qui était une question pour la forme. Fournir des informations était le job de Murray, non ? Quelques minutes plus tard, Swain parcourait la liste des voyageurs qui avaient pris l'avion de dix heures cinquante pour Paris. Ni Lætitia Morel ni Lily Mansfield ne s'y trouvait. Il fit la grimace. À présent, il allait falloir négocier avec les autorités parisiennes, moins coopératives que Murray...

— Soyez gentil, Murray, pas un mot à Nervi.

Non seulement il n'aimait pas que l'on piétine ses plates-bandes, mais il aurait détesté l'idée de rendre service à une ordure telle que Rodrigo Nervi. Respecter l'obligation qui lui était imposée de ne pas entraver les actions du clan italien, soit. Mais qu'on ne compte pas sur lui pour faire du zèle.

— À quel sujet ? répliqua l'Anglais d'un air faussement naïf. Je ne vois vraiment pas de quoi vous parlez.

Swain lui décocha un clin d'œil complice. S'il avait plus d'alliés comme Murray... Puis il réprima un soupir de lassitude. La seule idée de devoir attendre qu'une place se libère sur un vol pour Paris le déprimait. En espérant que son avion ne serait pas retardé pour cause de nouvelle grève surprise. Swain adorait la France, mais trouvait les Français parfois exaspérants...

— Je présume que vous rentrez sur Paris ? demanda Murray.

— Exact.

— Dans ce cas, je connais quelqu'un qui peut vous y conduire rapidement.

D'un hochement de tête, Lucas l'invita à poursuivre.

— Cela ne vous dérange pas de voyager sur le siège arrière ?

— Pardon ?

— L'un de mes amis est pilote.

Swain le regarda sans comprendre.

— Que pilote-t-il, exactement ? un tandem ? un kayak ?

— Un avion de chasse.

6

Paris, Montmartre – 18 novembre, 15 heures

Lily poussa la porte de l'appartement qu'elle sous-louait rue Lepic. Plutôt un studio, à vrai dire, mais il comportait une salle de bains avec une vraie baignoire – un luxe inattendu dans ce vieil immeuble tout de guingois. C'était ici qu'elle entreposait ses effets personnels et venait se réfugier entre deux missions éprouvantes. Ici, elle s'appelait Claudia Weber et était de nationalité allemande.

Claudia étant blonde, Lily avait fait une halte dans un petit salon du quartier pour retrouver sa couleur naturelle. Elle en avait profité pour faire raccourcir un peu ses cheveux, usés par les teintures à répétition. Lorsqu'elle contempla son reflet dans le miroir de la salle de bains, elle sourit. Elle se retrouvait enfin, avec ses mèches couleur de blé et ses yeux bleu pâle ! À présent, elle pouvait croiser Rodrigo Nervi sans crainte d'être reconnue. Ce qui était une bonne chose : cela risquait effectivement de lui arriver un de ces jours.

Elle déposa ses bagages au pied du lit et s'y assit, épuisée. Son aller-retour à Londres l'avait vidée de ses forces. Elle savait qu'elle aurait dû vérifier que son appartement n'avait pas été truffé de micros en son absence, mais elle n'en avait pas le courage. Elle tremblait de fatigue. Si elle pouvait dormir une heure, rien qu'une heure, elle serait d'attaque pour une inspection en règle.

En dépit de sa faiblesse, elle était soulagée. Les sombres prédictions du Dr Giordano, qui avait pronostiqué un risque élevé de malaise cardiaque en cas d'exercice soutenu, ne s'étaient pas réalisées. Bien sûr, elle n'avait pas eu à fournir d'effort physique intense, mais globalement elle était satisfaite de ses progrès.

Elle s'étendit sur le lit et ferma les yeux. Dans le silence de l'appartement, elle tenta de se concentrer sur les battements de son cœur. Avec son stéthoscope, le Dr Giordano y avait décelé un léger souffle. Pour sa part, elle n'entendait que l'habituelle petite musique, sans plus, mais elle n'avait pas de stéthoscope.

Elle sombra peu à peu dans un demi-sommeil, tandis que son esprit dérivait vers les événements des jours et des semaines qui venaient de s'écouler. Cela avait été une période riche en émotions. L'annonce du décès d'Averill, Tina et Zia, la patiente traque dans le sillage de Salvatore Nervi, la mise au point du piège dans lequel il allait tomber, les derniers instants d'extrême tension quand Jacques Durand avait apporté le château-maximilien sur leur table au restaurant... Puis la nuit de souffrance épouvantable, sa retraite forcée dans la propriété des Nervi, et enfin cette virée à Londres pour égarer ses poursuivants... Il lui avait fallu ses presque vingt ans d'expérience pour endurer tout cela sans craquer nerveusement.

Le plus dur, à présent, serait d'accepter l'idée de ne plus jamais revoir ses amis. Elle ne s'expliquait toujours pas ce qui les avait poussés à reprendre du service. Elle ne savait même pas qui les avait recrutés. La CIA ? Impossible, elle l'aurait su. Le MI-6 ? Ses contacts en Grande-Bretagne l'en auraient informée.

Elle penchait plutôt pour un client privé. Quelqu'un qui, ayant eu maille à partir avec Nervi, avait chargé Averill et Tina de nuire au chef de clan, d'une façon ou d'une autre. Il ne devait pas être difficile de découvrir qui pouvait en vouloir à l'Italien. Établir la liste de ses ennemis les plus dangereux prendrait un peu de temps. Quelques semaines, voire plusieurs mois. Ensuite, il faudrait trouver lequel, parmi eux, avait eu l'idée de faire appel à Averill et Tina.

Ceux-ci étaient retirés des affaires depuis si longtemps que tout le monde n'avait pas entendu parler de leur réputation de professionnalisme. Sans doute fallait-il chercher de ce côté : le mystérieux client avait peut-être travaillé avec eux autrefois ? Dans ce cas, il devait savoir qu'on ne faisait pas appel à un tueur à gages travaillant pour la CIA, mais qu'on s'adressait, pour plus de discrétion, aux « retraités » de l'Agence.

Lily comprenait qu'on les ait approchés, car ils avaient été les meilleurs à leur époque. Ce qu'elle ne s'expliquait pas, c'est qu'ils aient accepté. Sauf erreur de sa part, ils ne manquaient de rien. Pourquoi ne lui avaient-ils pas au moins demandé son avis avant d'entreprendre cette mission ? À présent, elle ne savait pas où chercher.

Mais elle ne comptait pas en rester là, bien sûr. La mort de Salvatore Nervi n'était que le premier acte de sa vengeance. C'était toute l'organisation qui devait tomber.

Dire qu'elle avait dîné avec Averill et Tina moins d'une semaine avant leur assassinat et qu'elle n'avait rien soupçonné ! À moins qu'ils n'aient pas encore été contactés par leur mystérieux client ? Non, c'était peu probable. On ne montait pas en trois jours une opération contre l'organisation Nervi.

Il y avait une autre éventualité : qu'ils aient réagi à une menace, au lieu d'agir dans un but bien déterminé. Après tout, leur motivation n'était pas nécessairement l'argent. Averill et Tina n'étaient pas des poltrons. Ils ne craignaient pas pour leur vie. Pour celle de quelqu'un d'autre, en revanche... quelqu'un qui leur aurait été très cher... quelqu'un comme... Zia !

Mais bien sûr ! Comment n'y avait-elle pas pensé plus tôt ? Lily se redressa sur son lit, le cœur battant. C'était à cause de Zia que ses amis avaient repris les armes, parce qu'ils voulaient la protéger. Pour elle, ils auraient affronté un tigre à mains nues...

Évidemment, elle n'avait pas de preuve, juste une solide intuition, mais cette explication était la seule plausible. Ni l'argent, ni la vengeance personnelle, ni l'idéologie n'étaient des motivations valables aux yeux de ses amis. Seuls l'amour et l'amitié comptaient pour eux.

Elle tenait une piste.

Lily frotta son front, comme pour clarifier ses idées. Voyons, quelle était l'activité principale des sociétés détenues par Nervi ? La recherche pharmaceutique, chimique et biologique. Puisque Tina et Averill avaient agi dans l'urgence, ils avaient dû avoir connaissance d'un risque imminent. Pourtant, malgré leur échec, aucun événement notable ne s'était produit dans le domaine médical ou biologique...

Stop ! Qui lui disait qu'ils avaient échoué ? Peut-être avaient-ils eu le temps d'accomplir leur mission ? Dans ce cas, Nervi ne les aurait fait assassiner que par vengeance, ou pour l'exemple.

Selon toute probabilité, l'un des laboratoires de Nervi était en cause. Le caïd en possédait plusieurs à travers l'Europe. Il fallait chercher de ce côté, étudier la presse pour voir si aucun fait marquant n'était survenu dans l'un des centres de recherche qu'il finançait, durant la semaine qui s'étendait entre sa dernière rencontre avec ses amis et le jour de leur mort. Même si Salvatore savait museler les médias, elle pourrait peut-être trouver une allusion à... eh bien, elle ne savait quoi.

Lily avait mené une enquête discrète auprès des voisins. Averill et Tina ne s'étaient pas absentés de chez eux pendant cette semaine, Zia n'avait pas manqué l'école. L'événement qu'elle cherchait avait donc eu lieu dans la région parisienne ou la proche province.

Dès le lendemain, elle commencerait ses recherches. Elle se rendrait dans un cybercafé, dans un autre quartier, où elle pourrait travailler en toute tranquillité. Pour l'instant, le plus sage était de se reposer. Elle allait avoir besoin de toute son énergie.

Amsterdam – 18 novembre, 23 heures

Décidément, Internet était une invention fantastique, songea Rodrigo, assis dans l'obscurité. Il suffisait de savoir à qui s'adresser, ce qui était son cas, pour obtenir toutes les informations que l'on pouvait désirer… même les plus confidentielles.

Il avait commencé par demander à son équipe d'établir la liste des chimistes capables de mettre au point le poison qui avait tué son père. On les comptait sur les doigts des deux mains. Muni de cette information, il avait fait étudier les mouvements bancaires des intéressés. Comme il s'y attendait, l'un d'entre eux avait justement déposé un très gros chèque, peu de temps auparavant. Un dénommé Walter Speer, ressortissant allemand installé à Amsterdam.

Speer venait de s'offrir une Porsche, ce que ne lui auraient jamais permis ses modestes appointements de professeur de chimie dans une institution de la ville. Grâce à Internet, cela avait été un jeu d'enfant pour les espions de Rodrigo de trouver la banque du chimiste, puis de s'infiltrer dans le système informatique de l'établissement. Speer avait déposé un chèque d'un million de dollars américains sur son compte, un mois plus tôt.

Que venaient faire les Américains dans cette histoire ? Cela, Rodrigo ne se l'expliquait pas. Vu les accords avantageux pour eux que Salvatore avait acceptés, ils n'avaient aucune raison de faire disparaître ce dernier. Cela n'avait aucun sens !

Il aurait la réponse à cette question. Lætitia Morel lui dirait tout dès qu'il aurait mis la main sur elle… c'est-à-dire très bientôt, si le Pr Speer se montrait coopératif. Rodrigo regarda le cadran phosphorescent de sa montre. Presque minuit. Speer n'allait pas tarder.

Dès que ses hommes avaient pu lui fournir l'adresse du chimiste, Rodrigo avait fait affréter son jet personnel, direction Amsterdam, où il avait atterri en début de soirée. Deux heures plus tard, il s'était introduit dans l'appartement du professeur pour attendre son retour.

Soudain, des pas lourds se firent entendre dans l'escalier, suivis d'un bruit de clés. Speer entra dans la pièce d'une démarche titubante. Il puait l'alcool.

À peine eut-il allumé une lampe que Rodrigo se jeta sur lui, poing levé. L'assaut fut aussi violent qu'inégal. Non seulement Speer avait été attaqué par surprise, non seulement il était en état d'ébriété, mais il n'avait visiblement aucune expérience en matière de pugilat. En outre, Rodrigo était plus jeune, plus grand et plus rapide.

Après l'avoir roué de coups, il assit le professeur contre le mur d'un geste sec. Le malheureux saignait du nez, ses yeux étaient tuméfiés et ses lunettes pendaient d'un côté de son visage, les verres brisés. Il leva un regard où se lisait un mélange de peur et d'incompréhension.

Avant la correction qu'il venait de lui infliger, songea Rodrigo avec amusement, l'homme avait un physique assez quelconque – cheveux bruns, silhouette trapue, traits solides mais réguliers. Il lui faudrait quelques semaines pour retrouver son apparence habituelle.

— Je me présente… dit-il dans un allemand rudimentaire.

Il était peu à l'aise avec la langue de Goethe, mais savait se faire comprendre dans les situations d'urgence. D'ailleurs, il était certain que Speer fournirait tous les efforts nécessaires pour une bonne entente. Rien de tel que l'amitié entre les peuples pour faire avancer les affaires. Les siennes, surtout, songea Rodrigo en massant ses poings douloureux.

— Je m'appelle Rodrigo Nervi.

À ces mots, une lueur d'effroi passa dans le regard de Speer. La communication passait parfaitement. L'homme était ivre, mais pas assez pour avoir perdu tout bon sens.

— Il y a un mois, reprit Rodrigo, vous avez reçu un chèque d'un million de dollars. De qui, et pourquoi ?

— Je… je… pardon ? bégaya le chimiste en ôtant ses lunettes pour les essuyer, avant de se rendre compte de l'inutilité de son geste.

— L'argent. Qui vous l'a donné ?

— Une femme. Elle ne m'a pas dit son nom.

Rodrigo leva son poing fermé.

— Vous en êtes certain ?

— Puisque je vous le dis, répondit l'autre d'un ton apeuré.

— Décrivez-la-moi.

— Rousse, les yeux bruns. Je n'ai pas fait très attention à elle.

— Quel âge ?

Speer parut fouiller dans ses souvenirs.

— Une trentaine d'années ?

Il avait parlé d'un ton interrogatif, comme s'il n'était pas certain de ses souvenirs. Rodrigo, lui, était affirmatif. La femme en question était bien Lætitia

Morel… enfin, l'intrigante qui se faisait appeler ainsi. Il était sur la bonne piste. Pourvu que ce couard de Speer puisse lui donner des indices !

— Vous avez préparé un poison pour elle.

Speer tremblait de peur, mais une étincelle de fierté professionnelle éclaira son regard.

— Un chef-d'œuvre, si je puis me permettre. J'ai réussi à associer les propriétés de plusieurs toxines. Une dose infime suffit pour tuer à coup sûr. Le temps que les symptômes apparaissent, il est trop tard pour injecter un contrepoison. Qui n'existe pas, d'ailleurs.

— Merci pour ces informations, professeur.

Rodrigo lui sourit, d'un sourire glacial qui aurait dû terrifier l'homme s'il avait eu les idées plus claires.

— Je vous en prie, répliqua-t-il, gonflé d'orgueil.

Ce furent ses dernières paroles. Lorsque Rodrigo quitta l'appartement quelques minutes plus tard, Speer gisait sur le plancher, la nuque brisée.

7

Étendu sur son lit, les bras repliés sous sa tête, Lucas Swain récapitulait les informations dont il disposait. Premièrement, Lily Mansfield semblait être une femme inventive, audacieuse, pleine de ressource. Elle allait lui donner du fil à retordre. Tant mieux, il adorait le sport ! Deuxième point, Salvatore Nervi avait tué les meilleurs amis de Lily. Deuxième point *bis*, Lily avait tué Nervi. Lucas ne l'en blâmait pas, il avait toujours haï ce personnage. En troisième lieu, Lily pouvait se trouver à peu près n'importe où, à l'heure qu'il était. Cachée à Londres, en route pour les États-Unis, ou tranquillement endormie dans la chambre d'à côté...

Cela dit, son retour à Paris devait obéir à une logique. *Quelque chose* obligeait Lily à revenir ici. Sinon, pourquoi aurait-elle pris, en se déguisant dans les toilettes de l'aérogare, le risque d'être reconnue tôt ou tard grâce aux caméras de surveillance ? Elle aurait pu quitter Heathrow, procéder à son changement d'apparence dans un lieu discret, puis prendre un vol pour la capitale française un peu plus tard. Par conséquent, non seulement elle avait de bonnes raisons de rentrer à Paris, mais elle voulait être de retour *très vite*.

Avant que... avant quoi, au juste ? Qu'était-elle supposée faire ici, à présent qu'elle avait abattu l'assassin de ses amis ? Visiter le Louvre ? Faire ses courses de Noël ?

Seule explication possible : elle venait poursuivre sa vengeance. D'après son dossier, avec la mort de ses amis, elle avait tout perdu. Qui sait de quoi était capable une femme en détresse comme elle ? Rien ne permettait d'affirmer que le meurtre de Nervi n'était pas le premier d'une série d'assassinats... voire d'actes terroristes. Non, cela ne collait pas. Lily Mansfield n'était pas une exaltée. Il en voulait pour preuves la patience et la prudence avec lesquelles elle avait tissé son piège autour de Nervi. Plusieurs mois s'étaient écoulés entre le décès d'Averill et Christina Joubran et l'empoisonnement du chef italien.

Bien. Elle était pressée de rentrer, envisageait probablement de s'en prendre de nouveau aux Nervi, et souhaitait faire vite. Peut-être, tout simplement, parce qu'elle voulait frapper le clan Nervi avant que sa tête ne se reconstitue ? Profiter du désarroi créé par le décès de Salvatore ? Oui, c'était assez logique.

Le fils aîné, Rodrigo, semblait avoir pris les rênes de l'organisation, mais il n'avait pas encore consolidé sa position par un geste quelconque... comme, par exemple, mettre la main sur celle qui avait tué son père. Sans doute l'héritier des Nervi s'employait-il activement à rechercher Lily. En d'autres termes, c'était une course contre la montre, doublée d'une lutte à mort.

Lucas consulta sa montre. Huit heures trente, soit deux heures et demie du matin en Virginie. Il était encore trop tôt pour appeler Frank Vinay et le tenir au courant. En attendant, il allait effectuer quelques petites recherches préalables, histoire de savoir par où commencer.

Son intuition lui soufflait de regarder du côté des Joubran. Par chance, il possédait une bonne mémoire des noms et des faits. Averill et Tina avaient autrefois travaillé pour l'Agence. Ils s'étaient retirés depuis une douzaine d'années et avaient adopté une petite fille. Il était canadien, elle américaine, mais ils s'étaient installés ici, en France.

Quel événement avait pu les mettre en travers du chemin de Nervi ? D'après les informations dont il disposait, Lucas savait que l'Italien était soupçonné de mettre au point des armes bactériologiques dans le secret de ses laboratoires. Les Joubran en avaient-ils eu vent ? Avaient-ils décidé d'intervenir seuls ? Impossible, ils n'auraient pas pris de tels risques. S'ils avaient été aussi inconscients, ils auraient été tués depuis longtemps.

Quoique… Son raisonnement était idiot : on les avait *effectivement* tués.

Lucas se leva pour prendre une douche, puis il appela le service d'étage afin qu'on lui apporte son petit déjeuner. Le Bristol, situé non loin des Champs-Élysées, n'était pas l'hôtel le plus économique de Paris, mais il présentait l'avantage d'être équipé d'un parking et de servir des repas chauds à toute heure. Lucas avait besoin de pouvoir garer la voiture qu'il avait fait louer la veille au soir, et il était incapable de se concentrer le ventre vide. De plus, il adorait les salles de bains carrelées de marbre du Bristol.

Alors qu'il mordait dans ses croissants, une idée lui traversa l'esprit. Les Joubran n'avaient pas agi de leur propre initiative. Quelqu'un leur avait proposé un contrat. Deux possibilités : soit ils avaient été démasqués et tués avant d'avoir pu accomplir leur mission… soit ils avaient réussi et n'avaient été abattus qu'après, par mesure de rétorsion. Cette hypothèse était plus vraisemblable, puisque leur fille était au nombre des morts.

Si Lily savait qui avait recruté ses amis et pourquoi, elle possédait toujours une longueur d'avance sur lui. Sinon – ce qui était plus probable puisque, à l'époque du triple meurtre, elle était en mission loin de Paris – elle devait se poser les mêmes questions que lui. Par exemple, tenter de savoir si rien d'anormal ne s'était produit dans les laboratoires du groupe Nervi vers le mois d'août dernier.

La meilleure façon de trouver Lily Mansfield était donc d'enquêter sur les Joubran.

Il aurait pu se rendre directement auprès des autorités françaises pour gagner du temps, mais Frank avait été clair : il fallait travailler dans la plus grande discrétion. Question de diplomatie internationale. Les Français n'apprécieraient pas d'apprendre que Nervi, ressortissant italien mais très lié à la France, avait été assassiné sur le sol national par une tueuse à gages de la CIA.

Il composa sur son portable sécurisé les coordonnées de Langley, ainsi que les numéros d'identification et de validation habituels. Cela prenait un peu de temps, mais la connexion était ainsi parfaitement confidentielle. L'agent de service, un certain Patrick Washington, nota les renseignements qu'il demandait.

— Un instant, dit-il.

Lucas dut patienter une dizaine de minutes avant que le jeune homme ne reprenne la ligne. Que fichait-il, bon sang ? Il était parti se chercher un café ?

— Excusez-moi, reprit Washington, j'ai dû procéder à quelques vérifications.

Au hasard, sur un dénommé Lucas Swain ?

— Bon, j'ai vos infos. Il y a effectivement eu un incident dans l'un des laboratoires du groupe Nervi, le 25 août dernier. Une explosion suivie d'un incendie. D'après les rapports, il y a eu très peu de dommages matériels.

Le 25 ? Tiens, tiens… Les Joubran avaient été tués le 28.

— Vous avez l'adresse de ce laboratoire ?

— Je vous donne ça tout de suite... Il se trouve dans Paris même, rue Corvisart. C'est près de la place d'Italie.

— Son nom ?

— Rien d'original, c'est le Laboratoire Nervi. Il vous faut autre chose ?

— Oui, l'adresse des Joubran, Averill et Christina. Ils ont travaillé pour nous dans les années quatre-vingt-dix.

— Un instant... la voilà.

Patrick lui donna une adresse en banlieue parisienne, que Lucas nota dans sa mémoire. Moins il laissait de traces écrites, moins il prenait de risques.

Ayant raccroché, il regarda par la fenêtre. La pluie tombait sur les toits de Paris. Il détestait cela. Qu'il pleuve à Londres ou à Calcutta, cela ne le dérangeait pas. Le crachin londonien et la mousson étaient dans l'ordre des choses. En revanche, pour une fois qu'une mission l'amenait à Paris, Swain aurait aimé voir la Ville lumière sous le soleil ! Il poussa un soupir fataliste. Ce ne serait pas pour aujourd'hui. En plus, il avait oublié de prendre un imperméable.

Allons, tout n'était pas perdu ! Il allait au moins s'offrir un autre plaisir dont il rêvait depuis des années : celui de conduire une Jaguar. Swain quitta sa chambre en vérifiant qu'il ne laissait rien de compromettant derrière lui et prit l'ascenseur jusqu'au parking en sous-sol, où l'attendait le bolide livré à l'aube par la société de location.

En s'installant derrière le volant, il huma avec délice l'odeur de cuir qui flottait dans l'habitacle. Il ne connaissait rien de plus excitant que le parfum d'une voiture de luxe... sauf peut-être celui d'une femme désirée.

La circulation parisienne était aussi folle que dans son souvenir. Chaque conducteur roulait selon son code de la route bien personnel ; la priorité à droite semblait être passée de mode et l'usage du clignotant devenu une grave faute de goût. D'où il résultait que seuls les plus audacieux, ou les plus inconscients, parvenaient à s'imposer, les plus rudes concurrents restant, comme dans la plupart des capitales qu'il avait visitées à travers le monde, la caste des chauffeurs de taxi. Les chaussées rendues glissantes par la pluie ajoutaient à ce tableau un petit côté sportif tout à fait excitant.

Au terme d'un parcours digne du Paris-Dakar, à ceci près que Lucas assurait à la fois le rôle du pilote et celui du copilote, il parvint dans la banlieue proche de Paris où avaient résidé les Joubran. D'après ses estimations, leur maison serait un passage obligé pour Lily Mansfield dans les jours, voire les heures à venir. C'était donc le lieu le plus indiqué pour mettre fin à leur petit jeu de course-poursuite et lui demander quelques explications.

Il gara son bolide un peu plus haut dans la rue et attendit.

8

Région parisienne, villa de Rodrigo Nervi –
19 novembre, 10 heures

Rodrigo raccrocha le téléphone d'un geste brusque. Si cela continuait, il allait étrangler quelqu'un ! Non seulement Murray et sa bande d'incapables avaient laissé filer la fille Morel, mais ils n'avaient pas été fichus de l'identifier sur les bandes vidéo de l'aéroport. L'Anglais avait eu l'honnêteté d'admettre qu'elle était peut-être déguisée, mais de façon si professionnelle que personne ne pouvait la reconnaître...

Bon sang, elle n'allait pas s'en sortir aussi facilement ! Il avait dressé une véritable muraille autour de son père, et voilà qu'une petite femme de rien du tout avait trouvé la faille pour se faufiler jusqu'à ce dernier. Il était furieux, désespéré, blessé au plus profond de lui-même. À cause de cette garce, son père était mort et l'empire paternel était en danger. Elle allait payer !

Puisque ce manchot de Murray l'avait perdue, il se chargerait personnellement de la retrouver. C'était une question de dignité... et de survie.

À présent, il s'agissait de réfléchir, et bien. Comment remonter sa piste ? En l'identifiant. Comment l'identifier ? Par ses empreintes digitales. Où trouver celles-ci ? Pas dans la chambre qu'elle avait occupée ici : le ménage avait été fait depuis son passage. Rodrigo soupira. Dire qu'il n'aurait eu qu'à prendre ses empreintes lorsqu'elle était là ! Il avait commis des erreurs de débutant. Il était temps de se ressaisir…

Il fallait chercher dans son appartement. Ce n'était pas un problème, il avait ses entrées dans la police parisienne. Un coup de téléphone et il donna ses instructions. La réponse lui parvint dans l'heure : on n'avait pu relever aucune empreinte digitale. Tout l'appartement avait été soigneusement essuyé.

Rodrigo refoula un grognement de frustration. Cette fille était une diablesse !

— On a d'autres moyens d'identifier un individu ? demanda-t-il à son correspondant, la gorge serrée par la colère.

— Oui, à condition que la personne soit déjà dans les fichiers. C'est vrai pour les empreintes digitales, mais aussi pour les tests ADN, les analyses biométriques, la reconnaissance vocale ou l'examen de la rétine. Si vous n'avez pas d'échantillon de comparaison, vous ne pouvez rien affirmer.

— Je comprends… marmonna Rodrigo en essayant de clarifier ses pensées.

Il n'avait pas d'enregistrement de la voix de Lætitia Morel. Par contre, il possédait des clichés de son visage.

— Qui dispose de logiciels de reconnaissance biométrique ?

— Interpol, bien sûr, mais aussi les grandes institutions comme Scotland Yard, le FBI ou la CIA.

— Ils mettent leurs bases de données en commun ?

— Dans l'ensemble, oui. Enfin, vous savez ce que c'est, on préfère toujours garder certaines infos pour soi… Quoi qu'il en soit, si cette femme est une criminelle, Interpol aura forcément quelque chose sur elle. Au fait…

— Oui ?

— D'après la concierge, vous n'êtes pas le seul à rechercher cette personne. Un homme s'est présenté hier, un Américain. Il n'a pas révélé son nom et elle n'a pas su m'en donner une description précise, mais j'ai pensé que cela vous intéresserait.

— Merci.

Que cela signifiait-il ? Rodrigo raccrocha, pensif. Lætitia Morel, ou quel que soit son nom, avait payé Speer en dollars américains. L'Américain était-il le commanditaire du meurtre de Salvatore ? Non, c'était absurde. S'il l'avait payée, il devait savoir où la contacter. D'ailleurs, pourquoi l'aurait-il recherchée puisqu'elle avait accompli sa mission avec succès ? Cet homme n'avait peut-être rien à voir avec l'affaire. Sans doute un ami venu prendre des nouvelles...

Rodrigo composa un autre numéro qu'il connaissait par cœur.

— Georges Blanc, répondit-on.

Rodrigo n'avait jamais rencontré l'homme, mais sa voix s'accordait parfaitement à sa personnalité, tout en calme et en efficacité. Il ne connaissait personne qui soit aussi compétent que Blanc.

— Si je vous envoie par e-mail le scan d'un portrait, demanda-t-il sans même le saluer, pouvez-vous le soumettre à un logiciel de reconnaissance biométrique ?

Inutile de perdre du temps en présentations, Blanc savait forcément à qui il avait affaire.

— Oui, répondit ce dernier.

Pas de questions, pas de tergiversations. Si tout le monde pouvait se montrer aussi simple !

— Parfait, vous aurez le fichier dans quelques minutes.

Sans un mot de plus, Rodrigo raccrocha. Puis, prenant dans un dossier intitulé « Lætitia Morel » un portrait de la jeune femme, il posa celui-ci sur le scanner, lança le programme de numérisation, fit glisser l'icône de l'image dans un message électronique et envoya le tout sans commentaires à l'adresse e-mail de son correspondant. Il ne lui avait pas fallu plus de trois minutes.

Le téléphone sonna quelques secondes plus tard. Blanc confirmait que le fichier était bien arrivé à Lyon, au siège d'Interpol.

— Je vous rappelle dès que j'ai des informations.

— Ne tardez pas, dit Rodrigo. Ah, autre chose ! Il se peut que la personne recherchée ait des liens avec les USA. Vous avez un contact là-bas, non ?

— Exact. Je l'appelle dès que possible pour lui demander de vérifier dans leurs banques de données.

— En toute confidentialité, précisa Rodrigo.

Un rire bref et sans joie lui répondit. Georges Blanc n'était pas quelqu'un à qui l'on donnait des leçons de discrétion.

9

Bravant les bourrasques de vent glacé chargées de pluie, Lily se dirigeait d'un pas rapide vers un cyber-café situé non loin de la place de la Bastille. Elle marchait la tête nue, sa chevelure blonde bien en vue… au cas où des hommes de Nervi, ayant remonté sa trace, auraient traîné dans son sillage. Ils cherchaient une brune, ils ne remarqueraient pas une blonde. Du moins, s'ils étaient aussi peu clairvoyants que ceux qui avaient monté la garde devant l'appartement de l'avenue Foch.

Elle sourit. Elle avait eu une chance folle de leur échapper lors de son aller-retour express à Londres. Ou plutôt, elle avait eu une chance folle que Nervi charge de tels maladroits de la prendre en filature. À présent qu'il avait, selon toute probabilité, compris qu'elle était l'assassin de Salvatore, il allait passer à la vitesse supérieure.

Pourtant, ce n'était pas Nervi qui l'inquiétait le plus. À l'heure qu'il était, l'Agence avait dû faire le rapprochement entre le décès inexpliqué de Salvatore Nervi, le meurtre de Tina et Averill, et sa propre disparition. On avait sûrement déjà expédié quelqu'un à sa recherche pour la ramener au pays… morte ou vive.

Elle avait choisi le cybercafé au hasard sur un annuaire. Dans son job, c'était une règle de survie :

elle ne fréquentait jamais deux fois le même endroit si elle pouvait l'éviter. Une règle absolue qu'elle comptait bien appliquer tant que son «expédition punitive» contre le clan Nervi ne serait pas terminée. Ensuite… s'il y avait un «ensuite», elle aviserait.

Elle connaissait bien la France et aimait sa douceur de vivre, mais si elle posait un jour ses valises, ce serait au pays. Elle n'avait à présent qu'un rêve : mener une existence paisible, avoir des voisins, des amis, une vie sociale. Ne plus jamais éliminer une vie humaine comme on écrase un insecte.

Elle frissonna de dégoût. Elle ne supportait plus d'être ce qu'elle avait été depuis si longtemps : une tueuse. La première fois avait été la plus pénible. Elle était si jeune, alors ! La seconde expérience avait été un peu moins difficile, la troisième presque acceptable, jusqu'à ce qu'elle abatte ses cibles sans la moindre émotion.

Jamais elle n'aurait pu pratiquer ce métier sans une confiance aveugle en ses supérieurs. On ne lui aurait pas demandé d'éliminer un innocent ! Pourtant, elle était peu à peu devenue ce qu'elle avait toujours redouté : une machine à tuer. Elle avait perdu son humanité. Un peu de son âme, aussi…

Comme chaque fois que ces pensées traversaient son esprit, Lily fut prise de panique. Et si elle n'était plus apte à une vie normale ? Donner la mort était pour elle un geste si spontané ! Qu'arriverait-il le jour où elle se querellerait avec un voisin irascible ? Elle sortirait son arme, viserait et… Non !

Une sueur froide la fit frissonner. Lily prit une profonde inspiration pour retrouver son calme… et sursauta en entendant l'avertisseur d'un taxi qui venait de piler devant elle, au beau milieu de la chaussée. Elle avait traversé sans regarder. Qu'était devenue sa légendaire prudence ? Il était temps que tout cela cesse…

Lorsqu'elle y réfléchissait, elle entrevoyait quatre scénarios possibles. Dans le meilleur des cas, elle découvrirait qu'Averill et Tina avaient eu de solides raisons pour s'en prendre à Nervi et l'horreur de la découverte – quelle qu'elle soit – obligerait la CIA à prendre ses distances vis-à-vis de l'Italien. Elle ne se verrait plus confier de missions, bien entendu, car un tueur à gages qui s'en prenait pour raisons personnelles à un partenaire de l'Agence, même sulfureux, était trop dangereux. Elle n'aurait plus de travail, ce qui la ramenait à ses inquiétudes concernant sa capacité à mener une vie ordinaire.

Autre hypothèse moins favorable, son enquête sur l'empire des Nervi ne la mènerait nulle part, et elle devrait finir sa vie dans l'anonymat d'une identité factice en priant pour que la CIA ne la retrouve jamais. Là encore, mêmes interrogations existentielles sur ses facultés de rebondir…

Troisième éventualité, elle parviendrait à faire tomber les Nervi mais serait tuée dans l'action. Une perspective encore moins réjouissante que les deux premières, mais au moins ne mourrait-elle pas pour rien. Si sa vie n'avait pas eu de sens, sa mort en aurait.

Dernier cas de figure, le pire, elle serait abattue avant d'avoir trouvé quoi que ce soit. C'était hélas le plus probable des quatre, mais elle refusait de l'envisager. Au fond, elle était une incorrigible optimiste…

Elle poussa la porte du cybercafé et parcourut la salle d'un regard rapide. Tout semblait tranquille. Elle ôta son imperméable en prenant soin de ne pas laisser voir le calibre 22 qu'elle portait dans un holster à hauteur de sa cheville, sous son pantalon large. Elle avait eu la désagréable sensation d'être nue pendant les semaines où elle avait fréquenté Salvatore et où elle n'avait pu porter son arme, de crainte d'être fouillée par ses gardes du corps. Ce poids à la cheville lui donnait une impression de sécurité.

Elle repéra un ordinateur libre dans le fond de la salle, d'où elle pourrait voir sans être vue. S'étant installée, et ayant discrètement vérifié que personne ne l'observait, elle se connecta sur le site d'un grand quotidien national français. Elle commença ses recherches à la date du 21 août, le jour où elle avait dîné avec Averill et Tina, et parcourut les articles jusqu'au 28 août, date de leur assassinat.

La seule mention du groupe Nervi concernait des affaires de finance internationale sans grand intérêt. Ce n'était pas ce qu'elle cherchait. Lily quitta le site et examina ceux d'une dizaine d'autres titres nationaux, puis locaux, sans trouver plus de renseignements. Elle commençait à se décourager lorsque, trois heures plus tard, un entrefilet dans un journal financier attira son attention. Elle relut la brève, le cœur battant. Exactement ce qu'elle espérait !

L'information tenait en deux lignes laconiques. Le 25 août, dans un laboratoire parisien du groupe Nervi, avait eu lieu une explosion « de faible intensité, très localisée, qui ne remettait pas en cause la prochaine mise au point d'un vaccin par l'équipe de recherche ».

Tiens, tiens… Les explosifs, c'était la spécialité d'Averill. Elle entendait encore son ami exposer ses théories sur la manière de doser la puissance de la déflagration afin de n'endommager que le strict nécessaire. Pourquoi détruire tout un quartier quand on ne visait qu'une maison ? un immeuble entier alors qu'une seule pièce suffisait ? Lily sourit. Dans son genre, Averill avait été un artiste. Le caractère « très localisé » de l'explosion était sa signature. Quant à Tina, elle n'avait pas son pareil pour passer outre les systèmes de sécurité les plus performants. Comme, par exemple, celui d'un laboratoire de recherche pharmaceutique…

Lily n'avait aucune preuve formelle, mais elle était sûre qu'Averill et Tina étaient derrière le mystérieux incident. Elle procéda ensuite à quelques recherches supplémentaires sur les laboratoires détenus par le groupe Nervi, ce qui fut l'occasion d'apprendre des détails qui pourraient s'avérer précieux par la suite. En revanche, elle ne trouva pas d'autres informations sur le Dr Giordano, qui supervisait la recherche médicale de l'organisation.

Elle coupa la connexion, satisfaite. Sa séance de travail sur Internet avait été plus longue que prévu, mais tout à fait fructueuse. Lily étira ses muscles douloureux. Malgré une nette amélioration de son état de santé, elle ressentait encore les effets de l'intoxication dont elle avait été victime.

Dehors, une petite pluie fine avait remplacé les averses du début de journée. Lily rassembla ses affaires, passa à la caisse et sortit dans la rue. Elle ouvrit son parapluie, réfléchit un bref instant, puis prit la direction opposée de celle par laquelle elle était venue. Elle n'aimait pas laisser les habitudes s'installer.

Meudon – 19 novembre, 11 heures

Lucas Swain regarda le pavillon de banlieue qu'avaient habité les Joubran, indécis. Une jeune femme venait de franchir la porte, où elle avait dit au revoir à une dame d'un certain âge et à deux jeunes enfants. Il n'avait pas prévu qu'une autre famille se serait installée aussi rapidement dans l'ancienne résidence du couple assassiné ! Inutile, désormais, de s'introduire dans la maison pour une fouille en règle : tous les indices auraient disparu.

Il descendit de sa voiture et se mit en marche vers le centre-ville. Il allait jeter un coup d'œil au voisinage, histoire de poser quelques questions aux personnes que les Joubran avaient dû fréquenter. Même s'ils menaient une vie très calme, ils devaient bien faire leurs courses.

Il marchait depuis quelques minutes lorsqu'il s'immobilisa au beau milieu du trottoir en se frappant le front. Comment n'y avait-il pas pensé ? Si Lily venait ici dans les jours prochains pour mener sa propre enquête, les personnes interrogées ne manqueraient pas de lui signaler qu'un Américain était passé avant elle pour poser les mêmes questions. Ce n'était pas le moment de la faire fuir !

Il avait reçu dans la matinée un appel de Murray, lui signalant que Lily était rentrée en France sous le nom de Marielle Saint-Clair mais que, vérification faite, l'adresse inscrite sur son passeport correspondait à celle d'une poissonnerie. Un échantillon de son sens de l'humour ? Une chose était sûre, elle n'utiliserait plus cette identité.

Il s'assit sur un banc public, découragé. Comment trouver Lily, à présent ? Paris était une grande ville, qu'elle connaissait mieux que lui. Son seul espoir était qu'elle vienne ici, dans la ville où avaient vécu ses amis. Et même en supposant qu'elle le fasse, encore faudrait-il qu'il la reconnaisse sous sa nouvelle apparence. Autant dire qu'il avait une chance sur un million...

Meudon – 19 novembre, 14 heures

Après un déjeuner léger dans un restaurant japonais, Lily avait pris le métro jusqu'à la gare Montparnasse et, de là, un train de banlieue qui l'avait amenée non loin de chez Averill et Tina. La pluie avait cessé ; un timide soleil tentait de percer les nuages de cet après-midi gris et froid.

Ce n'était pas la première fois qu'elle revenait ici depuis la mort de ses amis, mais la même détresse l'étreignit. Lily savait qu'une famille s'était installée dans la maison tant aimée, là où ceux qui lui étaient le plus chers au monde avaient vécu.

Elle ne supportait pas l'idée que d'autres les aient remplacés. Tout aurait dû rester en l'état, par respect pour leur mémoire. Bien sûr, elle était venue discrètement, un soir, juste avant que la police ne pose les scellés, prendre quelques souvenirs. Les peluches et la poupée de Zia, ses livres préférés, l'album photo qu'elles avaient réalisé ensemble, Tina et elle…

Elle ne savait pas ce qu'étaient devenues les affaires de Tina et Averill. Des parents éloignés avaient dû être contactés par la police pour venir les récupérer. À présent, il n'était plus possible de chercher des indices de ce côté.

Lily alla frapper aux portes des voisins pour tenter d'en savoir plus. Elle l'avait déjà fait début septembre, lorsqu'elle avait appris la tragédie, mais à l'époque elle ne savait pas quelles questions poser. Elle ne craignait pas d'être mal reçue. Ici, on la connaissait, au moins de vue.

Ses premières tentatives se montrèrent infructueuses. Personne ne se souvenait d'avoir vu un étranger chez les Joubran vers la fin du mois d'août, pour la simple raison que tout le monde était encore en vacances, à la mer ou à la campagne. La chance finit par sourire à Lily quand elle frappa à la porte de Mme Bonnet, deux maisons plus loin.

Mme Bonnet, qui était octogénaire et passait le plus clair de son temps à tricoter près de sa fenêtre, avait bien vu un homme chez les Joubran quelques jours avant la rentrée des classes.

— Très jeune, très beau, très bien habillé. Comme un acteur de cinéma, précisa la vieille dame.

— Vous pourriez me donner plus de détails ? demanda Lily, le cœur battant.

— Eh bien… il était mince, assez grand. Les cheveux noirs. Il est resté plusieurs heures.

Rodrigo ? L'un des membres de sa garde rapprochée ? Lily regretta de ne pas disposer de photographies de Nervi et de ses proches. Elle posa d'autres questions, mais la voisine ne se souvenait de rien d'autre. C'était mieux que rien, pourtant, songea Lily en la remerciant chaleureusement.

Plongée dans ses pensées, elle reprit le chemin de la gare. Qui pouvait être ce jeune homme brun ? Rodrigo lui-même ? Peu probable ! S'il était venu, il aurait attendu la nuit pour plus de discrétion. Le commanditaire de l'explosion du laboratoire ? C'était déjà plus vraisemblable, mais cela ne l'avançait guère. On ne retrouvait pas un homme avec si peu d'indices !

Après tout, peut-être ne s'agissait-il que d'un ami. Peut-être faisait-elle fausse route depuis le début. Peut-être n'y avait-il jamais eu de mission. Peut-être… Non. Averill, Tina et Zia n'avaient pas été tués par hasard. Il y avait quelqu'un derrière ce meurtre, et elle devait savoir qui. Elle ne trouverait pas la paix tant qu'elle n'aurait pas compris pourquoi ses amis étaient morts.

10

Georges Blanc croyait à l'ordre et au respect de la loi. Il croyait aussi au bon sens et à la souplesse d'esprit quand les circonstances l'imposaient.

Il détestait l'idée de fournir des informations aux Nervi mais il avait une famille à protéger. Et puis, il fallait bien payer les frais d'études de son aîné dans une université aux USA. Trente mille dollars par an, même avec un taux de change favorable pour l'euro, cela restait une somme.

Lorsqu'il avait été contacté par les Nervi, une dizaine d'années auparavant, il avait commencé par refuser leur offre, Alors Salvatore, sans se départir de son amabilité d'homme du monde, avait égrené une liste à vous glacer le sang des malheurs qui pouvaient vous arriver sans prévenir. Votre maison pouvait brûler, les freins de votre voiture lâcher dans une descente, vos enfants être enlevés à la sortie de l'école pour ne vous être rendus que contre une solide rançon... en admettant qu'on ait la délicatesse de vous les rendre.

Georges n'avait pas joué les héros. Il avait accepté le marché qu'on lui proposait, ce qui lui permettait de tripler son salaire sans autre contrepartie qu'un renseignement de temps à autre. L'argent lui était versé sur un compte en Suisse, qui ne servait qu'à payer les études de son fils aîné. Pour le reste, Georges avait pris soin de conserver le même niveau de vie qu'avant, afin de ne pas attirer l'attention. Il ne puisait jamais dans ces réserves pour lui-même. Question de dignité. Il gardait l'argent pour sa femme et ses enfants, si un jour il lui arrivait malheur.

Il travaillait avec Rodrigo depuis déjà plusieurs années. Il aurait préféré avoir affaire à Salvatore lui-même. Le fils était plus résolu que le père, plus rusé, et nettement plus cruel.

Georges alluma une cigarette et consulta sa montre. Treize heures, soit sept heures du matin à Washington. La bonne heure pour appeler aux USA. Par mesure de précaution, il utilisa son portable.

Son correspondant décrocha dès la seconde sonnerie.

— Je vous envoie une photo, dit-il. Pourriez-vous la soumettre à votre logiciel d'analyse biométrique aussi vite que possible ?

Ni lui ni son collègue ne s'appelaient par leur prénom, qu'ils ne connaissaient d'ailleurs pas, et jamais ils ne passaient par le réseau téléphonique classique. Trop dangereux.

— Pas de problème, répondit l'autre.

— Envoyez-moi les résultats par la voie habituelle.

Ils raccrochèrent sans un mot de plus. Georges ne savait rien de son contact américain, mais il se doutait que celui-ci avait les mêmes raisons que lui de collaborer avec les Nervi. Ils étaient dans la même galère. Pourtant, ils n'avaient jamais tenté de lier connaissance. Les affaires sont les affaires.

Région parisienne – 19 novembre, 15 heures

— Ma question est pourtant simple, Vincenzo. Je veux savoir si notre vaccin sera disponible pour la prochaine épidémie.

Rodrigo avait devant lui, sur son bureau, un épais rapport sur le sujet, mais seule la conclusion l'intéressait : la date à laquelle le vaccin contre la grippe aviaire serait disponible. Il avait obtenu de plusieurs grandes organisations de santé publique des subventions pour mettre au point ce vaccin. Les sommes en jeu étaient colossales !

Dans la course contre la montre qui les opposait à leurs rivaux, les laboratoires Nervi possédaient un atout de taille : le Dr Giordano. Celui-ci avait renoncé à sa carrière de praticien pour s'adonner à sa passion, l'étude des virus. Dans ce domaine, on le considérait comme l'un des experts les plus fiables, voire comme un génie.

Le vaccin contre la grippe aviaire butait contre un solide écueil. Il fallait, pour le développer, inoculer le virus à des œufs. Or, la maladie était fatale aux oiseaux ! Celui qui trouverait le moyen de contourner ce problème décrocherait le jackpot. Autant dire que le groupe Nervi avait toutes les raisons de se mettre sur les rangs. Le marché était encore plus porteur que celui des opiacés…

Jusqu'à présent, le virus de la grippe aviaire n'avait pas réussi à se transmettre d'homme à homme. Il passait d'un animal malade à un être humain, lequel en mourait ou survivait, mais n'était jamais contagieux. Dans l'état actuel des choses, il n'y avait pas de risque d'épidémie.

Pourtant, les observatoires de veille sanitaire avaient constaté une évolution du virus. D'après les experts, la prochaine pandémie serait due au virus de la grippe aviaire, contre lequel les humains n'avaient pas développé d'immunité, n'ayant jamais été en contact avec lui auparavant. Lors de chaque nouvelle saison grippale, les organisations mondiales de santé retenaient leur souffle. Jusqu'à présent, le monde avait eu de la chance.

Si le virus s'avérait capable d'évoluer génétiquement afin de devenir transmissible entre êtres humains, le laboratoire qui pourrait proposer un vaccin s'assurerait une position de numéro un sur le marché mondial.

Le Dr Giordano fit une moue éloquente.

— Si nous ne subissons pas de nouveau contretemps, ce que je ne peux pas garantir, le vaccin sera prêt pour la fin de l'été prochain.

L'explosion du mois d'août avait réduit à néant plusieurs années de recherches. Vincenzo était parvenu à isoler un virus et, après bien des difficultés, à développer une méthode pour produire en série un vaccin statistiquement fiable. La déflagration avait détruit non seulement les vaccins déjà réalisés mais aussi les ordinateurs, les sauvegardes, les dossiers – bref, une masse d'informations essentielles qu'il avait fallu reconstituer en partant de zéro.

Enfin, pas tout à fait. L'expérience aidant, le Dr Giordano était allé plus vite, cette fois. Ce qui ne suffisait pas à apaiser les inquiétudes de Rodrigo. Cette année, le virus restait relativement peu offensif. Que se passerait-il la saison prochaine ? Il fallait au moins six mois pour produire le vaccin en quantité suffisante et le mettre sur le marché. Si d'ici à la fin de l'été, le virus mutait pour se propager d'humain à humain et que le vaccin n'était pas au point, le groupe Nervi perdrait une occasion unique de s'assurer une position de leader incontesté dans le domaine pharmaceutique.

La maladie se propagerait à travers la planète à une vitesse fulgurante, tuant des millions de gens sur son passage. Cependant, ceux qui survivraient auraient eu le temps de développer des défenses immunitaires, de sorte que la souche virale cesserait de représenter un danger pour l'humanité.

Si le laboratoire disposait d'assez de stocks pour vacciner la planète entière, c'était la fortune assurée.

Une fortune colossale… à condition d'avoir la chance que le virus attende encore au moins une année pour muter.

— C'est votre travail de vous assurer qu'il n'y aura pas de nouveau retard. Une opportunité comme celle-ci ne se présente qu'une fois dans une vie. Nous ne devons pas la manquer.

À aucun prix. Et si le bon Dr Giordano ne se montrait pas à la hauteur du défi, on ferait appel à quelqu'un d'autre. Rodrigo ne s'embarrassait pas de sentimentalité comme son père. Il ne croyait qu'à l'efficacité.

— Peut-être, répliqua Vincenzo. Peut-être pas…

— Que voulez-vous dire ?

— Ce que j'ai réalisé avec ce virus, je peux le reproduire dans d'autres circonstances.

— La question restant de savoir si *moi*, je peux reproduire ces circonstances, tonna Rodrigo. Nous ne devons pas rater cette occasion ! Si tout se passe comme je le veux, personne ne devinera jamais rien. On nous accueillera en sauveurs de l'humanité.

Comme le médecin détournait le regard, Rodrigo frappa du poing sur la table.

— Ne faites pas votre rosière, Vincenzo ! Tant que l'Organisation mondiale de la santé financera nos recherches, personne ne s'étonnera que nous disposions du vaccin en quantités élevées au moment opportun. Mais il ne peut pas y avoir une pandémie tous les ans, ou même tous les cinq ans. On finirait par se poser des questions…

À travers le monde, des dizaines de laboratoires travaillaient à la mise au point du vaccin contre la souche que les spécialistes soupçonnaient de s'avérer la plus virulente pour la saison suivante. Bien sûr, en général, les chercheurs disposaient d'outils assez fins pour ne pas se tromper dans leurs suppositions. Le problème, avec les pandémies, c'était qu'elles étaient causées par des virus sur lesquels on n'avait pas parié… voire qu'on n'avait même pas rencontrés. Les vaccins disponibles ne protégeaient donc pas contre eux. On travaillait au jugé. Un pari, en quelque sorte.

Rodrigo, lui, n'aimait pas les jeux de hasard. Il préférait savoir qui était son ennemi… quitte à le choisir lui-même, une fois assuré de disposer des moyens de le combattre.

En moyenne une fois tous les trente ans, un virus mutait et prenait les scientifiques par surprise. La dernière pandémie de grippe était celle de 1968-69, à Hongkong. Logiquement, la suivante aurait dû survenir depuis plus de cinq ans. Autant dire qu'elle était imminente. Il suffisait donc d'attendre qu'elle se déclare… puis de l'aider à se répandre au plus vite à travers la planète afin de créer une demande aussi élevée que possible. Rodrigo appelait cela « optimiser le potentiel d'une situation donnée ».

Salvatore avait dû user de toute son influence pour emporter la subvention de l'OMS, prétexte idéal pour justifier de recherches particulièrement avancées dans un domaine précis. Rodrigo savait que le vaccin que développait le Dr Giordano était la chance de sa vie. Ils ne produiraient pas assez pour protéger tout le monde, mais peu importait, les bénéfices seraient déjà fabuleux. D'ailleurs, Rodrigo estimait qu'une petite cure d'amaigrissement ne ferait pas de mal à la courbe démographique mondiale.

Afin d'éviter que l'incident du mois d'août se reproduise, il avait réorganisé toute la sécurité du labo. Bien entendu, Salvatore avait fait éliminer les deux saboteurs qui étaient venus poser les explosifs, ainsi que leur gamine. Peut-être un peu trop vite, d'ailleurs. Rodrigo n'avait pas eu le temps de les questionner sur le commanditaire de l'attentat, ce qu'il regrettait. Il adorait les interrogatoires et s'en chargeait toujours personnellement.

Qui pouvait avoir loué les services des Joubran ? Un rival ? À sa connaissance, aucun laboratoire concurrent ne travaillait sur le même projet. Un confrère jaloux ? Le groupe Nervi n'était pas assez important pour représenter une menace. Pour l'instant, du moins.

Existait-il un lien entre les dommages infligés au labo et la mort de Salvatore ? Trois mois à peine s'étaient écoulés entre les deux événements. Soit on lui avait jeté le mauvais œil, songea Rodrigo en se signant machinalement, soit il avait affaire à un seul et même ennemi. La femme Joubran avait été tueuse à gages. Lætitia Morel l'était certainement aussi. Faisaient-elles partie d'une vaste machination contre ses intérêts ?

C'était peu probable, à la réflexion. Les deux agressions n'étaient pas de la même nature. Dans un cas, on s'en était pris à l'activité du groupe, ce qui laissait supposer qu'il s'agissait d'un rival. Dans l'autre, c'était la personne de son père qui avait été visée. Rodrigo avait déjoué tant d'attentats contre son père ! Celui-ci n'était pas, en lui-même, significatif. Lætitia Morel avait eu plus de chances que les autres, voilà tout.

La question qui s'imposait était de savoir qui, parmi les firmes pharmaceutiques concurrentes, travaillait aussi sur le virus de la grippe aviaire, connaissait l'état d'avancement des recherches menées par Vincenzo… et avait les moyens de louer un couple de professionnels comme les Joubran.

La sonnerie du téléphone l'arracha à ses réflexions. Vincenzo se leva pour partir, mais Rodrigo le retint d'un geste. Il avait encore des questions à lui poser. Il décrocha.

— J'ai la réponse à votre question, annonça la voix froide de Blanc. Il n'y avait rien chez nous, mais nos amis aux USA l'ont identifiée. Il s'agit de Liliane Mansfield, citoyenne américaine et tueuse à gages.

Rodrigo fut parcouru d'une sueur glacée.

— Ce sont *eux* qui ont commandité le meurtre de mon père?

La CIA se retournait contre lui? C'était à n'y rien comprendre…

— Non. D'après mon contact, les gens de l'Agence sont furieux et la recherchent activement. Ils ont envoyé quelqu'un en Europe à sa poursuite.

L'Américain qui était venu fureter à l'appartement de l'avenue Foch, songea Rodrigo. Au moins, ce mystère s'éclaircissait. Ce qu'il aurait aimé savoir, c'était si cet agent était chargé d'abattre la fille ou de la ramener au pays pour y être présentée en conseil de discipline.

Cette seconde hypothèse le contrariait au plus haut point. Il s'était juré de tuer de ses propres mains la meurtrière de son père… ce qui serait impossible si les Yankees l'attrapaient avant lui.

— Je veux être informé des résultats de son enquête chaque fois que nos amis en auront.

— Je vais voir ce que je peux faire. Autre chose qui peut vous intéresser : cette femme était très proche du couple Joubran.

Rodrigo serra le poing. Il tenait la pièce manquante. Le puzzle commençait à s'assembler.

— Bon travail, dit-il. Envoyez-moi une copie de toutes les informations dont vous disposez sur elle.

— Je vous expédie ça en fichier joint dès que possible, assura Blanc.

C'est-à-dire le soir, une fois qu'il serait rentré chez lui. Par mesure de précaution, il n'utilisait jamais les ordinateurs d'Interpol pour faire passer des notes confidentielles.

Rodrigo coupa la connexion et s'adossa dans son fauteuil. Alors c'était cela… La vengeance. Au moins, il comprenait. Celui qui avait engagé les Joubran pour détruire le laboratoire devait se frotter les mains.

Sans le vouloir, il avait déclenché une réaction en chaîne qui avait conduit à la mort de son père.

— Lætitia Morel s'appelle Liliane Mansfield, expliqua-t-il à l'intention de Vincenzo. C'est une tueuse à gages. Elle était amie avec les Joubran.

Les yeux du docteur s'écarquillèrent de surprise.

— Elle aurait pris du poison volontairement ? Alors qu'elle savait le risque qu'elle encourait ? Elle ne manque pas de cran !

Rodrigo ne partageait pas l'admiration du médecin. Il ne pouvait chasser de sa mémoire les dernières heures qu'avait vécues son père, sa mort épouvantable, privée de toute dignité. Jamais il ne pardonnerait à celle qui l'avait tué.

Elle avait probablement quitté le pays, à présent que son crime était accompli. Il n'avait plus aucune chance de la rattraper. L'intervention des Américains était une aubaine, finalement. Avec les moyens considérables dont ils disposaient, ils auraient tôt fait de la retrouver, et grâce à Blanc, Rodrigo en serait immédiatement informé. Il ne lui resterait plus qu'à s'emparer de la fille avant qu'elle ne soit embarquée pour les USA, puis de s'occuper d'elle à sa façon.

Avant qu'il en ait fini avec elle, elle le supplierait de la tuer pour abréger ses souffrances.

11

Rodrigo regarda, interdit, le visage qui s'affichait
sur son écran. Cette femme ne pouvait pas être Lætitia Morel! Clignant des yeux, il s'approcha du moniteur. Bon sang, elle savait se déguiser! Ses cheveux
étaient blonds, droits, ses iris d'un bleu très clair. Elle
ressemblait à une fille du Nord, avec ses pommettes
hautes et son visage au dessin net.

Il s'adossa dans son fauteuil, pensif. Ainsi, c'était
elle qui avait tué son père. Non pas Lætitia Morel, qui
n'existait pas, mais Liliane Mansfield. Non pas la bru-
nette insignifiante au regard terne, mais la blonde à
l'air résolu, presque dur. Nom de nom, elle aurait pu
entrer dans la pièce sans qu'il la reconnaisse!

Il commençait à comprendre le charme qu'elle
avait exercé sur Salvatore. Elle possédait bien plus de
personnalité qu'il ne l'avait supposé. Son père, lui,
l'avait vu. Elle était forte, solide. Dangereuse.

Une adversaire à sa mesure.

Il imprima les pages suivantes pour les lire plus à
son aise. Le *curriculum vitae* de miss Mansfield était
des plus simples : elle était tueuse à gages depuis ses
dix-sept ou dix-huit ans pour le compte de la CIA.
Rodrigo n'était pas choqué qu'un gouvernement fasse
appel à des assassins ; c'est plutôt le contraire qui

l'aurait surpris. Il mit l'information de côté : elle pourrait servir un jour dans ses négociations avec le gouvernement américain.

Tiens ? Elle avait de la famille. Sa mère, Elizabeth Mansfield, vivait à Chicago. Quant à sa jeune sœur, Diandra, elle habitait dans l'Ohio avec son mari et ses deux enfants. Si Liliane lui échappait, il pourrait toujours faire pression sur elle par ce moyen. Puis il lut qu'elle avait perdu les siens de vue depuis des années et secoua la tête, déçu. Manifestement, la famille ne comptait pas pour elle. Il y avait des gens qui n'avaient pas de valeurs...

La page suivante confirmait ce que lui avait dit Blanc au téléphone : les Américains n'étaient pour rien dans le meurtre de son père. La fille Mansfield avait agi de sa propre initiative, pour venger ses amis. La CIA s'inquiétait pour son état mental et avait envoyé l'un de ses meilleurs agents à sa poursuite.

D'après les éléments de l'enquête, elle avait pris un avion pour Londres quelques jours après l'assassinat... avant de revenir à Paris. Rodrigo réprima un cri de surprise. Elle était encore en France ? Il parcourut la suite du paragraphe, le cœur battant. L'agent à sa poursuite, qui la recherchait activement dans Paris et sa banlieue, avait de bonnes raisons de croire qu'elle préparait une nouvelle attaque contre le groupe Nervi.

Rodrigo sentit son sang se glacer dans ses veines. Elle était ici, en région parisienne. Non loin de lui, peut-être à sa portée. Sans les informations de Blanc, il n'en aurait rien su. Sa sécurité personnelle était-elle menacée ? Instinctivement, il regarda par la fenêtre, protégée par d'épais barreaux. Allons, c'était ridicule ! Ce n'était pas à sa personne que Liliane Mansfield s'en prendrait, mais à ses intérêts.

Il réfléchit rapidement. À quoi s'attaquerait-elle en priorité ? Le groupe Nervi possédait de nombreux établissements en Europe – bureaux, sociétés, laboratoires… Stop. Le labo de Vincenzo. C'était là qu'elle allait frapper. Là où ses amis avaient porté le premier coup. Là où ils avaient été abattus. Elle verrait certainement une sorte de justice idéaliste à achever leur travail – détruire les souches mises en culture, effacer les données informatiques, incendier le bâtiment… il la croyait capable de tout.

Rodrigo pouvait se permettre de faire une croix sur les bénéfices espérés sur la vente du vaccin, ses finances étaient assez solides pour s'en passer. En revanche, ce qu'il ne supporterait pas, c'était de perdre la face. Un autre incident au laboratoire, et l'OMS se poserait des questions sur la sécurité des locaux du groupe. Au mieux, on lui retirerait ses subventions. Au pire, on viendrait inspecter les locaux. Cela, il ne pouvait se le permettre. Personne ne devait fourrer son nez dans le laboratoire. Vincenzo pourrait peut-être dissimuler les recherches très spéciales qu'il y menait, mais la perte de temps serait sans doute fatale à la bonne réalisation de leurs projets.

Ah, elle pouvait se vanter d'avoir choisi son moment ! songea-t-il, maussade, en rangeant les feuilles dans leur chemise. Il venait d'enterrer son père et de prendre la direction d'un empire à l'organisation mouvante, tout le monde guettait son premier faux pas. Certes, il avait déjà pris en charge un certain nombre de dossiers, mais il n'avait pas encore fait ses preuves comme dirigeant du groupe. De plus, s'il lui arrivait malheur, personne ne pourrait le remplacer au pied levé, comme il l'avait fait pour son père.

Et il était déjà débordé de travail. Cette semaine, il avait une expédition de plutonium pour la Syrie à organiser, des opiacés à livrer dans différents pays, une vente d'armes à négocier avec les Chinois, sans parler de l'activité normale d'un dirigeant d'entreprise dans le secteur chimique et pharmaceutique.

Pourtant, il faisait de la capture de Liliane Mansfield une priorité absolue. Il ne laisserait pas cette garce bafouer son honneur !

Paris, rue Corvisart – 19 novembre, 17 heures

Lucas ralentit en arrivant à la hauteur du laboratoire. L'installation de sécurité était assez classique, du moins vue de l'extérieur. Ceinturé d'une grille haute, le bâtiment était en brique rouge, avec de petites fenêtres munies de barreaux. L'entrée était surveillée par des gardiens, un parking situé sur la gauche accueillait une cinquantaine de véhicules.

Il n'eut pas le temps d'en voir plus. Sa Jaguar était trop repérable pour qu'il effectue un second passage, même rapide. Il gara sa voiture un peu plus loin et, par téléphone, demanda à Sean, le collègue de Patrick qui assurait la permanence de nuit à l'Agence, de lui trouver plus de renseignements sur la sécurité du laboratoire.

En attendant, il se rendit à pied dans le petit square situé face à l'entrée du bâtiment. Lorsque Sean le rappela une vingtaine de minutes plus tard, il s'était posté sur un banc au soleil, d'où il pouvait surveiller à loisir le manège du gardien.

De jour, lui expliqua son correspondant, la sécurité était réduite à la surveillance des entrants. De nuit, l'espace entre les grilles et le bâtiment était éclairé et un vigile patrouillait, accompagné d'un berger allemand. Pour le reste, leur informateur à Paris n'en savait pas davantage.

Lucas raccrocha, songeur. Le chien n'effraierait pas Lily. Elle était tireuse d'élite, après tout. Depuis la rue, ou même depuis ce square, elle pourrait en toute discrétion endormir le gardien et l'animal à l'aide de cartouches de somnifères.

112

Ou, si elle manquait de temps, les abattre.

Il laissa son regard errer autour de lui. En apparence, il se reposait, malgré le froid qui régnait. En réalité, tous ses sens étaient en alerte. Les entrées et sorties étaient-elles fréquentes ? Y avait-il une faille dans la procédure d'accueil ? Lily pouvait-elle se trouver dans les parages ? D'après ses estimations, elle avait de fortes chances de venir ici, dans l'espoir d'y trouver la clé du meurtre de ses amis.

Qui sait, elle pouvait même venir cet après-midi ? Il n'avait pas eu de chance ce matin à Meudon, il en aurait peut-être ce soir... La seule question qui le souciait était son apparence. Elle était passée maître dans l'art du déguisement. Parviendrait-il à la démasquer ? Tiens, il allait parcourir le square pour observer de près les visages des passants. Quels que soient la couleur de ses cheveux ou le style de son maquillage, il saurait bien l'identifier s'il la croisait.

Il avait au moins une certitude : il reconnaîtrait le dessin de ses lèvres entre mille.

Paris, rue Corvisart – 19 novembre, 17 heures

Le laboratoire n'avait rien d'extraordinaire, songea Lily. Une bâtisse de brique rouge, une grille, des fenêtres munies de barreaux, un parking. D'ailleurs, des murs d'enceinte et des miradors n'auraient fait qu'attirer l'attention. Cela ressemblait bien à la logique Nervi : cacher des activités douteuses derrière une apparente banalité.

Les difficultés commenceraient à l'intérieur. Détecteurs de mouvements, de chaleur, de poids, rayons laser, scanners de reconnaissance d'empreinte digitale pour les zones les plus confidentielles... qui sait ce qu'elle trouverait ? Salvatore n'avait dû reculer devant aucune dépense pour protéger les travaux du Dr Giordano.

Le quartier était assez calme, malgré la présence de quelques cafés et boutiques. Lily mordit dans le pain au chocolat qu'elle venait d'acheter dans une boulangerie, non loin de là. Elle se sentait nettement mieux, aujourd'hui. Sa virée à Meudon l'avait mise en appétit.

Il y avait du monde dans le square, malgré le froid. Une jeune mère avec son petit garçon, un vieil homme qui promenait son chien, un homme d'une trentaine d'années assis sur un banc, qui semblait attendre quelqu'un. Plus loin, un couple passait, main dans la main, tandis que deux jeunes gens jouaient au ballon.

Lily prit un bloc-notes dans son sac et entreprit d'esquisser un plan du square, notant où se trouvaient les bancs, les principaux arbres, les statues, ainsi que le bassin au milieu. Puis elle tourna la page pour tracer une vue d'ensemble du laboratoire et prit soin d'indiquer l'emplacement des portes et fenêtres par rapport à l'entrée principale. Il faudrait en faire autant pour les trois autres côtés du bâtiment.

Le lendemain, elle louerait une moto et attendrait que le Dr Giordano quitte son travail pour le suivre jusque chez lui. En temps normal, elle aurait fait appel à ses contacts pour savoir où il habitait, mais on n'était pas en temps normal. Elle ne pouvait prendre le risque qu'un ex-collègue trop zélé signale sa présence à l'Agence.

Elle ne comptait pas demander au médecin, qui était le directeur du laboratoire, de lui servir de guide pour une « visite personnalisée » des lieux. Rien ne disait qu'il collaborerait facilement. Certaines personnes avaient le don de jouer les héros au plus mauvais moment, et elle avait toujours eu horreur de la torture. Éliminer un être nuisible pour la société était une chose. Faire souffrir son prochain, même coupable, pour lui soutirer des informations en était une autre.

Si elle tenait à savoir où habitait Vincenzo Giordano, c'était uniquement à titre d'information. Cela pourrait lui être utile par la suite. Pour ce qui était de s'introduire dans le laboratoire, elle trouverait bien un moyen. Elle n'était pas spécialiste en la matière, n'ayant eu affaire jusqu'alors qu'à des installations des plus basiques, mais aucun système de sécurité n'était infaillible. Il existait toujours un moyen de s'infiltrer.

Les jeunes gens avaient cessé de taper dans leur ballon et l'un d'eux parlait dans un téléphone portable, tandis que le second observait le bloc-notes de Lily. Une sueur froide la parcourut. Ils la surveillaient !

Elle rangea rapidement ses affaires dans son fourre-tout, se leva, puis feignit de laisser tomber le sac près de son pied droit. Avec autant de naturel que possible, elle se pencha alors pour le ramasser et, l'utilisant comme écran, glissa la main dans sa botte pour en sortir son calibre 22. Ensuite, son arme dissimulée derrière son sac, elle se redressa et s'éloigna des deux jeunes gens.

Dans sa poitrine, son cœur s'affolait tel un oiseau en cage. D'habitude, elle était le chasseur.

Désormais, elle était la proie.

12

Lily s'élança vers la sortie au pas de course. Avec un peu de chance, elle pourrait distancer ses deux poursuivants... Non, trop tard! Une balle siffla à ses oreilles dans un claquement sonore. Elle plongea vers le sol pour s'abriter derrière une statue puis, roulant sur elle-même, posa un genou à terre.

Au moins, songea-t-elle, elle n'avait pas perdu ses réflexes. Elle se garda bien de lever la tête pour tenter de voir ses assaillants. Après un coup d'œil circulaire, elle leva son arme et tira dans la direction d'où était venu le coup de feu. Sa balle gifla le sable au pied des deux hommes, qui bondirent dans les fourrés.

Lily entendit des hurlements de panique, des crissements de freins sur la chaussée. En moins d'une minute, le square s'était vidé de ses visiteurs. Elle regarda derrière elle. Personne. Elle était tranquille de ce côté, du moins pour l'instant. Un bruit de pas attira son attention. Se penchant avec prudence, elle vit les deux gardiens du laboratoire, l'arme au poing, traverser la rue et s'approcher au pas de course.

Elle leur décocha aussitôt une balle, les envoyant rouler dans la poussière. Mentalement, elle fit un petit calcul. Elle avait dix balles très exactement, moins les deux qu'elle venait d'utiliser. Plus que huit. Flûte! Pourquoi n'avait-elle pas pris de munitions?

Les deux jeunes hommes ne se montraient pas. Pour qui travaillaient-ils, l'Agence ou Rodrigo? Elle penchait pour la première hypothèse, étant donné la rapidité avec laquelle ils l'avaient trouvée. Elle n'avait pas été suffisamment vigilante et se le reprochait. Pourquoi n'avait-elle pas repéré plus tôt leur manège? Elle n'irait pas loin si elle laissait sa méfiance s'endormir!

Après quelques instants de silence, tous deux firent feu de nouveau dans sa direction. Le premier la manqua, mais elle entendit un bruit de verre brisé derrière elle, suivi d'un cri. Quelqu'un avait été blessé. Le second toucha la statue, projetant un jet de pierre pulvérisée au visage de Lily.

Elle répliqua par un nouveau tir – et de trois! – avant de jeter un coup d'œil en direction des vigiles. Le premier s'était réfugié derrière un arbre, le second près d'une poubelle. Comme ils ne faisaient pas mine de passer à l'assaut, elle reporta son attention vers les jeunes gens. L'un des deux s'était déplacé vers sa gauche.

Quatre armes contre une, la situation n'était pas brillante. D'autant que la police n'allait pas tarder à arriver, si elle en jugeait aux hululements de sirènes qui se rapprochaient. Dans la rue, un embouteillage s'était formé, les conducteurs étant sortis de leur voiture pour se mettre à l'abri quand les premiers coups de feu avaient retenti. Lily ne voyait qu'une issue: se ruer vers la file de véhicules immobilisés, puis la longer jusqu'à une boutique où elle pourrait trouver refuge, en espérant qu'il y aurait une sortie sur l'arrière, ou bien «emprunter» un deux-roues, plus facile à manipuler dans les rues de Paris. Son cœur ne lui permettrait pas de courir jusqu'à ce qu'elle soit en sécurité.

Elle allait s'élancer lorsqu'un bruit de moteur lancé à pleine puissance l'arrêta. Tournant la tête, elle vit une voiture remonter la rue à vive allure, à cheval sur le trottoir, puis passer en force l'entrée du square, arrachant les grilles au passage, avant de foncer sur l'allée centrale.

Droit vers elle.

Lily la regarda, hypnotisée, avant de comprendre qu'elle n'avait qu'une seconde pour bondir et éviter le choc. Elle plia les jambes, rassembla toutes ses forces… mais la Jaguar amorça un virage sur les chapeaux de roues avant de piler net entre elle et ses assaillants. Le puissant véhicule vira sur lui-même, entraîné par la vitesse, projetant un nuage de terre et de sable.

Par quel côté prendre la fuite, à présent? Lily hésita une fraction de seconde. Déjà, le chauffeur s'était penché pour ouvrir la portière côté passager. Elle l'entendit crier :

— Montez vite !

Sans réfléchir, elle obéit. Ce n'est qu'une fois assise qu'elle prit conscience que l'homme s'était exprimé en anglais. Elle recula instinctivement en le voyant brandir devant son visage une arme gros calibre et tirer… en direction des fourrés.

Elle sursauta au son de la déflagration puis, dans un réflexe, jeta la cartouche vide, brûlante, qui venait de s'éjecter sur ses genoux. L'homme enfonça l'accélérateur tout en imprimant au véhicule un virage à quatre-vingt-dix degrés. Lily entendit le fracas de balles qui ripaient sur la carrosserie, le crissement des pneus qui manquaient de prise sur le sable, suivi d'un bruit de verre fracassé, celui de la vitre arrière qu'une balle venait de faire voler en éclats.

La Jaguar accéléra enfin, projetant la jeune femme contre la portière, avant de bondir en avant dans un rugissement de moteur poussé au maximum. Jouant du volant avec maestria, le conducteur remonta l'allée centrale du parc, franchit l'entrée en roulant sur les grilles arrachées, vira sur la droite et longea la rue comme il était arrivé, à cheval sur le trottoir, tout en louvoyant entre les bancs publics, les arbres et autres obstacles.

Au terme d'un gymkhana aussi éprouvant pour les nerfs de Lily que pour le moteur, l'homme donna un dernier coup de volant et s'engagea dans une ruelle adjacente à pleine vitesse.

Lily laissa échapper le soupir qu'elle retenait depuis de longues minutes... avant de se figer d'horreur. Une voiture arrivait en face, à peine moins vite qu'eux. Les deux engins freinèrent dans un hurlement de gomme surchauffée, tandis que le conducteur l'évitait à la dernière seconde.

Lily rouvrit les yeux. Elle était sauve, mais pour combien de temps ? Sans ralentir l'allure, l'homme venait de tourner dans une allée si étroite qu'il aurait suffi de tendre la main pour toucher les murs de part et d'autre. Pourquoi ne ralentissait-il pas ? Ils allaient se tuer ! Et pas moyen de quitter la voiture, il n'y avait pas assez d'espace pour ouvrir une portière ! Elle allait le supplier de s'arrêter lorsqu'elle fut de nouveau projetée sur le côté. Il avait bifurqué vers un large boulevard pour s'insérer dans la circulation avec un calme parfait. Il laissa échapper un éclat de rire.

— Ça, c'est de la bagnole ! s'exclama-t-il d'un ton de satisfaction profonde.

Un fou en liberté, pensa Lily, effrayée. Elle ne savait pas pour quelle raison il l'avait sauvée, et peu lui importait. Il était temps de lui fausser compagnie.

Il avait laissé tomber son automatique sur le tapis de sol. C'était le moment de passer à l'action ! Elle leva son Beretta, qu'elle n'avait pas lâché, en direction de l'homme.

— Garez-vous le long du trottoir et laissez-moi descendre.

Il ne parut même pas l'entendre. Lily allait répéter son ordre quand il répondit :

— Rangez cette pétoire, vous allez vous blesser. De plus, vous semblez oublier que je viens de vous sauver la vie.

Tiens, il semblait déjà moins exalté. D'après son accent, il était américain. Était-il celui que la CIA avait envoyé à sa recherche ? Si c'était le cas, songea Lily, on n'envisageait pas de la descendre. Sinon, il aurait laissé les deux hommes de main de Rodrigo – elle les avait entendus parler en italien – se charger du sale boulot et serait rentré au pays faire son rapport.

— Merci, dit-elle. À présent, faites ce que je vous demande. Ne m'obligez pas à tirer.

— Cela ne me viendrait même pas à l'idée.

L'homme lui adressa un sourire désarmant, avant de reprendre :

— Si ça ne vous ennuie pas, on va d'abord s'éloigner un peu. Au cas où vous ne l'auriez pas remarqué, j'ai pris quelques risques pour vous sortir de là, je n'ai pas envie de me faire arrêter par la maréchaussée. D'autant qu'une Jaguar avec une vitre arrière brisée, ça ne passe pas inaperçu.

Lily le regarda, décontenancée. Non seulement il paraissait parfaitement indifférent à l'arme qu'elle braquait sur lui, mais il avait l'air de s'amuser comme un gosse. D'où venait-il ? de l'Agence ou d'un asile de fous ?

— Vous avez déjà séjourné en hôpital psychiatrique ? demanda-t-elle prudemment.

— Pardon ?

Elle répéta sa question, sans autre résultat que de déclencher un énorme éclat de rire.

— Vous êtes sérieuse ? Vous me prenez vraiment pour un cinglé ?

— Il faut l'être pour rire comme vous le faites. Je ne vois pas le plaisir que vous trouvez à cette situation.

— Je conduis une Jaguar à cent à l'heure dans les rues de Paris en tirant sur des méchants et j'ai une blonde du tonnerre assise à côté de moi. Je vous assure que j'ai connu des moments plus tristes.

Prise au dépourvu, Lily éclata de rire à son tour.

— Vous devriez boucler votre ceinture, dit-il. Ça ne vous empêchera pas de braquer votre artillerie sur moi, si vous y tenez vraiment.

Lily regarda son arme, hésitante. Son sauveur – car après tout, il l'avait arrachée à la fusillade du square, même si elle ne connaissait pas ses intentions – passa la main sur sa nuque. Elle vit du sang sur son poignet.

— Vous avez été touché ?

— Juste un éclat de verre.

C'était le moment. Profitant de son inattention, elle tendit la main vers l'arme qu'il avait laissé tomber entre les deux sièges. Aussitôt, elle sentit ses doigts se refermer sur son poignet.

— Pas touche ! dit-il sans même baisser les yeux. C'est à moi.

En un instant, toute sa jovialité avait fait place à une froide résolution. D'une certaine façon, Lily préférait cela. À présent, elle savait à qui elle avait affaire. Elle se rencogna contre la portière, non par crainte de lui, mais afin de mettre le plus de distance possible entre eux… et peut-être aussi de l'empêcher de s'emparer de son Beretta dans un de ces gestes fulgurants dont il semblait avoir le secret.

Peut-être avait-elle un peu peur, à la réflexion. Ce qui était une bonne chose. Elle ne connaissait pas cet homme, et dans son job il ne fallait se fier à personne.

— Vous n'avez pas besoin de vous comporter comme si j'étais fou à lier, reprit-il. Je n'ai pas l'intention de vous faire de mal. En revanche, si vous m'abattez pendant que je conduis, je ne réponds de rien.

— Qui êtes-vous ?

— Lucas Swain, pour vous servir. En général, on m'appelle Swain, mais si vous préférez Lucas, ne vous gênez pas…

— Pour qui travaillez-vous ?

— Moi-même. Les horaires de bureau, très peu pour moi. Je viens de passer dix ans en Amérique du Sud, et j'ai eu envie de voir l'Europe.

De fait, son visage était tanné par le soleil. Elle observa son compagnon, perplexe. S'agissait-il d'un aventurier ? d'un mercenaire ? d'un tueur à gages ?

— Et on dirait que j'ai bien fait, ajouta-t-il. J'ai l'impression que vous avez besoin d'un coup de main. Vous avez de la chance, Super Swain est là ! Vous m'expliquez ce qui vous arrive ?

Lily n'était pas une impulsive – du moins, pas dans son travail. Elle organisait ses missions avec un soin maniaque, planifiait le moindre détail, se préparait longtemps à l'avance. D'un autre côté, elle était pressée par le temps. Elle avait effectivement besoin d'aide.

Et elle n'en pouvait plus d'être seule.

Exception faite de son exaspérante bonne humeur, ce Lucas Swain était un compagnon plutôt agréable. Il avait de l'esprit d'initiative, les nerfs solides et une solide dose d'humour. Son intuition lui disait qu'elle pouvait se fier à lui… en tout cas, dans une certaine mesure.

— Vous vous y connaissez, en systèmes d'alarme ?

13

Lucas Swain accueillit sa question avec une lueur d'intérêt dans le regard.

— Je ne suis pas un expert en installations de sécurité, répondit-il après un moment de réflexion, mais je me débrouille. Cela dit, je connais des gens qui peuvent me donner tous les renseignements que je veux.

Il marqua une pause avant d'ajouter, faussement vertueux :

— Vous n'envisagez pas de vous mettre en infraction avec la loi ?

— Si.

— Génial ! J'adore les sensations fortes.

Il engagea la Jaguar dans une large avenue, puis regarda autour de lui, visiblement perdu.

— Dites donc, vous avez une idée de l'endroit où nous sommes ?

Lily hocha la tête. Elle connaissait bien le XIII\ :superscript:e arrondissement. Tina et Averill avaient longtemps habité non loin de la place d'Italie avant de s'installer en banlieue avec Zia.

— Continuez jusqu'au grand carrefour là-bas, devant nous. Ensuite, vous prendrez sur la gauche.

— Ce qui nous mènera…

— À la gare Montparnasse, où vous me déposerez.

— Vous quitter ? Alors que nous nous entendons si bien ? Vous n'y pensez pas ! Vous ne trouvez pas qu'on forme un tandem de choc, vous et moi ?

— Je ne sais pas qui vous êtes, répliqua Lily.

— Je vous l'ai dit. Lucas Swain, à votre service, et heureux de l'être.

Elle réprima un sourire. Ce Swain était impossible. Et un peu trop charmeur à son goût.

— Je vous contacterai, dit-elle. Je suppose que vous logez à l'hôtel ?

— Au Bristol. Chambre 27.

Lily émit un sifflement admiratif.

— Vous roulez en Jaguar, choisissez l'un des hôtels les plus chers de Paris… Les affaires marchent bien, on dirait ?

— Je ne me plains pas. Mais je vais devoir louer une autre voiture, je n'ai aucune envie de m'enrhumer. Je ne sais pas où je vais laisser celle-ci.

— Vous ne comptez pas la rendre à la société de location ?

— Pour que la police me mette le grappin dessus ? Certainement pas !

— À votre guise, dit Lily, indifférente. Si vous avez les moyens de payer deux voitures de location en même temps, tant mieux pour vous.

— Ne prenez pas ce ton chaleureux avec moi, je pourrais me faire des idées…

Elle esquissa un sourire. Ce type était insupportablement imbu de lui-même, mais il était drôle et léger. Cela faisait un bien fou. Et puis, il fallait avouer qu'il tombait à pic ! Il lui avait sans doute sauvé la vie tout à l'heure. Il pouvait se révéler un allié précieux pour la suite de son plan.

Bien sûr, elle allait procéder aux habituelles vérifications. Elle ne pouvait plus s'en remettre aux agents de la CIA pour lui fournir des renseignements, mais elle connaissait une ou deux personnes sur Paris qui sauraient bien lui dire qui était ce Lucas Swain. Si ce dernier n'était pas fiable, elle ne le recontacterait pas, tout simplement.

Ils n'étaient plus qu'à quelques minutes de la gare Montparnasse. Du coin de l'œil, elle observa son compagnon. Il avait belle allure, remarqua-t-elle. Assez grand et mince, les mains solides, les ongles propres. Ses cheveux étaient bruns, courts ; quelques fils d'argent éclairaient ses tempes. Il avait les yeux bleu marine, les lèvres fines mais bien dessinées, le menton carré et le nez fin, droit, presque aristocratique. Il devait être moins jeune qu'il n'en avait l'air. Elle lui donnait une quarantaine d'années environ.

Rien dans sa tenue ne trahissait ses origines américaines. Ni jeans, ni baskets, ni sweat-shirt aux couleurs voyantes. Il était habillé à la mode européenne : pantalon de toile sombre, chemise bleue, veste de cuir et chaussures de ville impeccablement cirées. Il avait également adopté la conduite parisienne, songea Lily en se retenant au tableau de bord tandis qu'il doublait un taxi par la droite.

— Il y a longtemps que vous êtes à Paris ?

— Deux jours ou trois, pourquoi ?

Manifestement, il s'adaptait vite aux coutumes locales. Un bon point pour lui ! D'un geste, elle désigna l'entrée de la dépose-minute de la gare Montparnasse.

— Tournez ici. Vous conduisez comme un vrai Parisien.

— Je prends ça comme un compliment, répondit-il en lui décochant un sourire enjôleur.

Il immobilisa la voiture le long du trottoir du parking couvert.

— Ravi d'avoir fait votre connaissance, mademoiselle... ?

Elle ne saisit pas la perche qu'il lui tendait. Remettant son Beretta dans sa botte, elle prit son sac, ouvrit la portière et descendit de voiture. Puis, se penchant vers l'habitacle :

— Je vous appellerai, dit-elle avant de fermer la porte et de s'éloigner d'un pas rapide.

Swain hésita un instant. Pouvait-il prendre le risque de la laisser filer, ou le poisson était-il ferré ? Déjà, la frêle silhouette de Lily Mansfield disparaissait derrière les portes coulissantes de la gare. Il avait une seconde pour bondir hors de la voiture et la prendre en filature.

Ce qu'il ne fit pas. Primo, elle était assez futée pour deviner qu'on la suivait. S'il la faisait fuir, tout serait à recommencer, et le destin ne lui offrirait pas d'autre occasion en or comme celle de cet après-midi au square. Secundo, elle avait besoin de lui. Elle était seule, démunie, sans doute éprouvée par la tension nerveuse. Mieux valait la laisser venir à lui. Une proie confiante est toujours plus malléable…

Le plus urgent était de veiller à ce qu'elle ne sache pas qui l'envoyait. Bien entendu, elle avait fait le rapprochement entre la CIA et lui ; le tout était de faire en sorte qu'elle n'ait pas la confirmation de ses doutes. Dégainant son portable, il composa rapidement une série de numéros. On avait intérêt à s'activer, à Langley, pour qu'aucun des informateurs parisiens ne dise rien de Lucas Swain.

Rien… excepté quelques détails habilement forgés à l'intention de miss Mansfield.

Cette question résolue, il réfléchit à la suite des événements. En premier lieu, il devait s'occuper de faire réparer la Jag. S'il la rendait dans cet état à l'agence de location, la police en serait immédiatement informée. Or, il tenait à se faire discret. Le gouvernement français n'avait pas besoin de fourrer son nez dans une affaire interne à la CIA, d'autant que le clan Nervi avait ses taupes au ministère de l'Intérieur.

Lucas laissa échapper un soupir de déception. Quel dommage de devoir se séparer d'un tel bolide ! Pour la peine, il prendrait une Mercedes à la place. Il avait toujours rêvé d'en conduire une. Quoique… non. À la réflexion, ce n'était pas le bon choix. Trop luxueux, trop voyant. D'ailleurs, Lily préférerait sans doute partir en expédition à bord d'une voiture discrète. Le travail avant le plaisir !

Il n'avait pas le droit de saboter la chance insolente qu'il avait eue aujourd'hui. Le clan Nervi et la CIA recherchaient Lily Mansfield dans toute l'Europe, et lui n'avait eu qu'à s'asseoir sur un banc dans un petit square parisien pour la voir arriver. C'était bien la peine d'être équipé du système de renseignement le plus sophistiqué de la planète ! D'accord, il n'avait pas eu *que* de la chance. Il avait choisi le laboratoire du Dr Giordano comme l'endroit où, d'un point de vue statistique, Lily était le plus susceptible de faire une apparition. Disons qu'il avait gagné son pari, et que le hasard lui avait donné un petit coup de pouce.

Certes, Vinay ne serait pas très content en apprenant de quelle façon il avait approché sa cible. Le petit rodéo auquel il s'était livré dans le square était rien moins que réglementaire. Mais c'était tellement amusant ! Lucas ne pouvait concevoir son job sans une pointe d'excitation. À quoi bon être agent double, avec tous les risques que cela comportait, si c'était pour mener une existence de fonctionnaire ?

D'autant qu'il avait bien l'intention de continuer d'enfreindre les règles. D'abord, parce que c'était dans sa nature. Ensuite, parce qu'il était curieux de savoir pourquoi ce laboratoire intéressait tant Lily. Entendu, on lui avait demandé de ramener la donzelle à la maison. S'il la ramenait avec un bonus, par exemple des révélations sur l'activité du groupe Nervi, c'était encore mieux, non ?

Sur ordre du gouvernement, l'Agence avait toujours fermé les yeux sur ce que tramait le clan italien. Lucas, lui, n'aimait pas ces gens-là. Alors, puisqu'il avait l'occasion d'effectuer une petite visite dans l'un de leurs centres de recherche en compagnie d'une blonde à la plastique de rêve...

On ne refusait pas une opportunité pareille, ou on ne s'appelait plus Lucas Swain !

14

Région parisienne – 20 novembre, 11 heures

— J'ai bien cru que je n'arriverais jamais, dit Damone en époussetant son costume impeccable. Pourquoi ne fais-tu pas aménager une piste pour que le jet atterrisse directement ici ? Ce détour par Paris est une perte de temps ridicule.

Rodrigo se leva pour l'accueillir. Taddeo venait de le prévenir de l'arrivée impromptue de son frère. Pourquoi Damone était-il ici ? Ils étaient convenus de ne se revoir qu'après la capture de l'assassin de leur père. Le fait d'avoir découvert que celui-ci n'était autre que Liliane Mansfield, alias Lætitia Morel, ne changeait en rien leur accord. Bien entendu, Rodrigo n'avait révélé à Damone que le strict nécessaire. À quoi bon divulguer des détails dont celui-ci n'avait pas besoin ?

Damone n'était pas un faible, mais Rodrigo avait toujours ressenti le besoin de protéger son cadet. Piloter une entreprise telle que le groupe Nervi n'était pas une affaire d'enfants de chœur. Damone était un financier hors pair, mais il vivait loin de certaines réalités...

— Qu'est-ce qui me vaut le plaisir de ta visite ? demanda-t-il en lui donnant l'accolade.

— J'avais des scrupules à te laisser reprendre seul la succession de papa. Et puis... j'ai eu connaissance hier d'une certaine information qui m'a donné à penser que tu pouvais avoir besoin d'aide.

Rodrigo lui désigna le siège que lui-même avait autrefois occupé, du temps de Salvatore, et reprit sa place derrière le bureau. Il arqua légèrement les sourcils.

— À savoir?

— Une fusillade dans un square parisien, hier après-midi.

— Et ensuite? insista Rodrigo, sur la défensive.

— Ensuite, ceci est le second incident au labo de Vincenzo. Comme disait papa, il n'y a pas de fumée sans feu... J'ai plusieurs négociations en cours pour de grosses subventions.

Damone observa ses mains soigneusement manucurées, avant de poursuivre :

— Si je perds la confiance de mes partenaires, le gâteau risque de nous passer sous le nez. Sans compter que ce centre de recherche commence à nous coûter cher ; j'attends le retour sur investissement. J'ai le droit d'être informé.

— Tu aurais pu me passer un coup de fil, bougonna Rodrigo.

Un fin sourire éclaira le visage de Damone.

— Au téléphone, je ne vois pas ton visage. Si tu me mens, comme tu sais si bien le faire, je ne m'en apercevrai pas. Je veux savoir ce qui se passe ici.

— Tu te fais des idées.

— Ah oui? rétorqua le jeune homme en comptant sur ses doigts. Une explosion qui détruit des années de recherches de Vincenzo, deux espions éliminés ainsi que leur fille, papa qui meurt empoisonné, une fusillade devant le labo... tu appelles ça des idées?

Rodrigo laissa échapper un soupir. Le problème, avec Damone, c'est qu'il ne pouvait rien lui cacher. Il était peut-être temps de le mettre dans la confidence. Après tout, il n'était plus un gamin.

— Non, admit-il.

— Je t'écoute ?

Rodrigo massa ses tempes douloureuses. Cette histoire commençait à lui donner la migraine.

— Liliane Mansfield était une amie du couple Joubran.

— Elle aurait tué papa par vengeance ?

— Oui.

— Très bien, mais ça n'explique pas l'incident d'hier en face du laboratoire.

— Je ne sais toujours pas qui a engagé les Joubran pour faire sauter le labo, en août dernier, mais il a très bien pu recruter quelqu'un d'autre pour les remplacer. La fille Mansfield, par exemple. Mes hommes l'ont surprise hier à épier les entrées du bâtiment. Elle va s'en prendre aux recherches de Vincenzo, c'est une évidence.

— Tu penses qu'elle sait, pour le vaccin ?

— Une trahison est toujours possible…

Une expression d'intense concentration se peignit sur les traits de Damone.

— Que sais-tu sur cette femme ?

— C'est une Américaine, elle a travaillé pour la CIA comme tueuse à gages.

— Tu veux dire que ce sont les Américains qui ont…

— Commandité le meurtre de papa ? Non. D'après mes sources, ils sont furieux contre elle et la font rechercher.

— Je suppose qu'elle le sait. Elle doit être pressée par le temps… Comment s'est-elle échappée du square, hier ?

— Elle avait un complice à bord d'une Jaguar. Le type est entré dans le square avec sa voiture, s'est interposé entre elle et mes deux gars et a fait feu pendant qu'elle montait.

— La plaque d'immatriculation ?

— Ils n'ont pas eu le temps de la lire.

— Je vois… murmura Damone, pensif. Et toi ?

— Comment, moi ?

— A-t-elle tenté de s'en prendre à toi, personnellement ?

— Non, répondit Rodrigo, surpris.

— Alors elle va le faire. Je suis moins en danger que toi. Écoute, je vais rester ici pour te donner un coup de main. Papa l'aurait voulu.

Il avait raison, songea Rodrigo. Après tout, Damone était un Nervi. Lui aussi devait attendre l'heure de la vengeance avec impatience.

— Je vais le faire pour la mémoire de papa, poursuivit Damone, confirmant ses pensées. Et pour une autre raison…

— Laquelle ?

— J'envisage de me marier.

Rodrigo le regarda, interloqué.

— Avec qui ?

— Elle s'appelle Gisèle, elle est suisse. Très bonne famille. Son père est banquier.

Il parut hésiter, puis ajouta :

— J'ai su dès le premier regard que ce serait elle, et aucune autre.

— Toutes mes félicitations. Quelle est la date de la noce ?

— À vrai dire, je n'ai pas encore fait ma demande.

— Peu importe, elle dira oui, répliqua Rodrigo avec assurance.

Comme si une femme pouvait être assez stupide pour éconduire un Nervi ! Bien sûr, il y avait des exceptions, comme la fille Mansfield par exemple, mais c'était un cas particulier…

— Tu es bien sûr de toi, remarqua Damone.

— Parfaitement. Elle va vite comprendre que les Nervi sont d'excellents maris.

À condition de tolérer quelques maîtresses, évidemment. Au demeurant, Damone était un idéaliste. Il était bien capable de rester fidèle à une seule femme !

— Puisque tu le dis… Tiens, qui est-ce ?

D'un geste, il désigna le portrait de Liliane qui trônait sur le bureau.

— Je te présente miss Mansfield, déclara Rodrigo en tendant le cadre à son frère.

— C'est donc elle… Elle a du charme. Ce n'est pas une beauté, mais elle a quelque chose.

— Tiens, si tu veux en savoir plus sur elle.

Damone posa la photographie et prit la chemise cartonnée qu'il lui tendait.

— Son dossier à la CIA ? Comment t'es-tu procuré un tel document ?

— J'ai mes entrées là-bas.

— Tu les appelles directement ?

— Non, bien sûr. Je passe par un contact à Interpol, un dénommé Blanc. Je l'appelle sur son portable, il se met en relation avec la CIA ou le FBI par les voies de communication classiques, puis il me fait son rapport.

Damone fronça les sourcils d'un air pensif.

— Tu lui as demandé le numéro de portable de l'agent que la CIA a envoyé à la recherche de Liliane Mansfield ? On pourrait peut-être lui proposer d'arrondir ses fins de mois en nous donnant certaines informations en priorité ?

Rodrigo frappa du poing sur la table. Comment n'y avait-il pas pensé ?

— Tu es un vrai Nervi, dit-il, débordant de fierté. La fille Mansfield ne nous narguera pas longtemps.

15

Virginie – 21 novembre, 6 heures

Franklin Vinay se levait à l'aube. Depuis que Dodie était morte, il n'avait plus de raison de traîner au lit... Les années n'avaient pas atténué le vide de sa disparition. Elle lui manquait toujours. Quelquefois, c'était juste une grande tristesse, la douloureuse nostalgie des jours heureux. Il se demandait souvent comment il trouvait la force de continuer sans elle. Le travail l'avait aidé à ne pas devenir fou. Bien sûr, il ne s'était jamais remarié. Il n'aurait pu épouser une femme alors qu'il en aimait une autre, même morte, de toute son âme.

Il poussa la porte de la cuisine. Comme toujours, il fut accueilli par Nemo, son berger allemand. Il le gratta entre les oreilles, arrachant à l'animal un grognement de bienvenue. Sous ses dehors menaçants, Nemo était un vrai cœur d'artichaut. Il se roula sur le carrelage comme un jeune chiot, avant de se poster devant sa gamelle et de jeter à son maître un regard plein d'espoir.

Franklin donna à manger au chien, puis alluma la cafetière que lui avait préparée Bridget, la femme de ménage. Lui-même était incapable de faire un café buvable. Dans l'ensemble, les questions domestiques relevaient pour lui du mystère absolu. Heureusement que Bridget était la reine de l'organisation ! Par exemple, elle lui avait suggéré de n'acheter que des chaussettes noires, du même modèle, ce qui lui évitait de perdre du temps à réunir les paires. De même, il ne possédait que des costumes gris et des chemises blanches, pour ne pas avoir à les assortir. Il sortait ses vêtements de la penderie au hasard, certain de ne pas commettre une faute de goût. Il ne remporterait jamais le prix de l'homme le mieux habillé, mais au moins, il n'avait pas à rougir de ses tenues.

Un jour, il avait essayé de brancher l'aspirateur. L'appareil avait rendu l'âme dans un crachement de poussière brûlée. Franklin ne s'était plus aventuré sur ce terrain dangereux et humiliant. Son rayon, c'était l'étude des dossiers. Il avait un don pour tirer d'un rapport de mille cinq cents pages la synthèse claire et concise de dix lignes qu'attendait son chef afin de la transmettre au directeur, lequel s'en servait pour prendre des décisions stratégiques dans les opérations que menait la CIA aux quatre coins du monde.

Franklin ouvrit la porte d'entrée pour prendre ses journaux, que le livreur avait déposés sur le paillasson. Avec le temps, il avait fini par se lasser de lire des sommes indigestes, sans compter la presse nationale et internationale, dont il devait prendre connaissance tous les jours. Il avait envie, à présent, de lectures plus légères. Des polars, par exemple. Et un peu de science-fiction. Il avait bien l'âge de se faire plaisir...

Voilà plusieurs années qu'il songeait à prendre sa retraite, mais son remplaçant n'était pas encore prêt. John Medina, le seul à posséder la carrure pour occuper un tel poste, avait encore besoin de temps. Bien entendu, le recrutement ne dépendrait pas que de Franklin. La direction pouvait très bien préférer Lucas Swain, qui lui aussi avait une longue expérience sur le terrain. Seul point faible de ce candidat : son goût immodéré pour l'action. Swain obtenait des résultats extraordinaires... par des moyens encore plus extraordinaires !

Franklin revint dans la cuisine, ouvrit la porte de service à Nemo qui revenait de son tour au jardin, puis se prépara un bol de céréales et s'installa à la table en prenant un journal. Une demi-heure plus tard, rasé et habillé, il gratifia Nemo d'une caresse sur la tête, glissa ses journaux dans son attaché-case et sortit de chez lui.

Il était sept heures trente, Keenan venait de garer la voiture devant le trottoir. Franklin avait longtemps refusé d'avoir un chauffeur, mais le trafic dans Washington était devenu impossible, et les trois quarts d'heure que durait le trajet étaient autant de temps perdu pour la lecture...

Keenan venait donc chaque matin le chercher, et le ramenait le soir à la maison. Ils avaient leurs habitudes, un peu à la manière d'un vieux couple. Le matin, Keenan le laissait se plonger dans le journal. Le soir, ils prenaient le temps de discuter. C'est ainsi que Franklin avait appris que l'homme était père de six enfants et que son épouse donnait des cours de piano. Quant à lui, il parlait de Dodie, des voyages qu'ils avaient faits ensemble, de l'époque où les enfants grandissaient sans la télévision...

— Bonjour, monsieur Vinay, dit Keenan.

— Bonjour, Keenan.

Comme tous les jours, Franklin s'installa à la place du passager, ce qui lui permettait de lire sans souffrir de nausées, et ouvrit son journal. Il ne regardait par le pare-brise que de temps à autre, moins pour surveiller le trafic que pour éviter le mal des transports.

Un soudain crissement de freins lui fit lever les yeux. Ils se trouvaient à une intersection, dans la file d'attente pour tourner à gauche. Sur sa droite, Franklin vit une camionnette blanche piler. Bon sang, elle se dirigeait droit sur eux !

136

— Flûte! s'écria Keenan en tentant de déboîter sur la gauche.

Trop tard. La camionnette s'encastra dans la voiture. Franklin entendit un choc violent, un grincement de tôle, des cris, puis il sombra dans un trou noir.

Lorsque Keenan revint à lui, une odeur de brûlé flottait dans la voiture. Il tourna la tête en se demandant d'où provenait le sifflement qui déchirait l'air, avant de comprendre que c'étaient ses oreilles qui bourdonnaient. Il voulut se redresser, gémit de douleur, renonça. Le moindre mouvement lui était une souffrance insupportable. Il referma les yeux. Il avait un goût de sang dans la bouche et une violente migraine. Par-delà le sifflement qui transperçait ses tympans, résonnait le beuglement d'un avertisseur. Qui était le cinglé qui appuyait ainsi sur son klaxon?

Que s'était-il passé? Soulevant les paupières, il s'obligea à regarder autour de lui. Il se trouvait dans un enchevêtrement de métal de plusieurs couleurs – le gris métallisé de sa voiture, le rouge d'un véhicule sur sa gauche, le blanc d'une camionnette sur sa droite... Bon sang, la camionnette! M. Franklin!

Oh, non...

— Monsieur Vinay? s'entendit-il appeler.

Il ne reconnut pas sa voix dans le faible croassement qu'il venait d'émettre. Pourquoi M. Franklin ne répondait-il pas? Au prix d'un effort, Keenan pivota pour apercevoir son passager. Enfin, ce qu'il en restait. Il referma les yeux, saisi de nausée.

Près de lui, le type cessa enfin de klaxonner. Dans le relatif silence, Keenan entendit le hululement d'une sirène.

— Au secours!

Sa voix ne portait pas. Il cracha du sang, prit une inspiration sans autre résultat qu'accentuer la douleur qui cisaillait ses entrailles, appela de nouveau.

— Du calme, mon vieux, dit une voix.

Dans un brouillard, il vit un policier en uniforme essayer de s'approcher de lui, gêné par l'amas de tôles fumant. Finalement, l'agent de police escalada le capot pour lui parler à travers le pare-brise pulvérisé.

— Les secours seront ici dans un instant. Pouvez-vous me dire où vous avez mal?

— Un téléphone, gémit Keenan. Vite.

Le sien se trouvait quelque part près de lui, inaccessible.

— Ne vous inquiétez pas, on va prévenir chez vous dès que possible. Pour l'instant...

— Donnez-moi un téléphone! tonna Keenan.

Le policier ne pouvait pas lire la plaque d'immatriculation de la voiture. En temps normal, les salariés de la CIA ne mentionnaient pas leur appartenance à l'Agence, mais ceci était un cas de force majeure.

— Mon passager est le directeur des opérations...

Il n'eut pas besoin d'en dire plus. Le policier comprit immédiatement. Il prit sa radio, aboya quelques ordres, puis se tourna vers les badauds, les mains en porte-voix :

— Quelqu'un a un portable?

Une dizaine de téléphones lui furent tendus. Le flic en prit un au hasard et le tendit à Keenan. D'une main tremblante et couverte de sang, celui-ci composa un numéro. Flûte! Ce n'était pas un appareil sécurisé. Tant pis...

— Keenan... à l'appareil, sir.

Il lutta contre un vertige. Ce n'était pas le moment de tomber dans les pommes!

— Le directeur et moi-même... avons eu un accident, reprit-il avec peine. Le directeur semble très gravement blessé. Nous nous trouvons à...

Il regarda autour de lui. Où était-il, au fait ? Vaincu, il rendit le portable au policier.

— Dites-lui où nous sommes, murmura-t-il.

Puis il s'évanouit.

16

Paris – 21 novembre, 17 heures

Lily ne pouvait pas demander l'aide de ses contacts habituels, mais elle connaissait certains informateurs qui auraient vendu leur propre mère… moyennant finance, bien entendu. Ses économies ayant fondu à vue d'œil, elle espérait que ses «amis» ne se montreraient pas trop gourmands.

S'il s'avérait qu'elle pouvait se fier à Swain, elle ferait d'une pierre deux coups. Elle aurait gagné un allié sans écorner son maigre budget. L'Américain n'avait pas mentionné de rétribution pour ses services. À moins qu'il n'espère une récompense en nature? Si c'était le cas, tant pis pour lui. Elle avait érigé un mur en béton armé entre son job et sa vie amoureuse. Enfin, si l'on pouvait employer ce terme pour le désert affectif qu'elle traversait… Il n'y avait guère de place, dans une existence comme la sienne, pour les sentiments.

Swain avait avoué ne pas être spécialiste en systèmes de sécurité, mais il semblait connaître des experts en la matière. Ceux-ci réclameraient-ils une forte somme pour leur contribution? Si c'était le cas, elle gagnerait du temps en s'adressant directement à ce genre de personne, sans passer par l'intermédiaire de Swain. Et surtout, de cette façon, elle ne prendrait pas de risques inutiles. Après tout, elle n'avait aucune garantie que le beau Lucas ne roulait pas pour la CIA !

Elle avait manqué de réflexes, la veille, en le quittant. Elle aurait dû s'occuper immédiatement de vérifier son identité. À présent, plus moyen d'y voir clair. S'il avait été envoyé par l'Agence, il avait eu tout le temps de brouiller les pistes. Il fallait dire à sa décharge qu'elle avait été sacrément secouée par la fusillade du square, et plus encore par les méthodes musclées de son sauveur ! Où Swain avait-il appris à conduire ? Aux Vingt-quatre Heures du Mans ?

Pour résumer, la situation était la suivante. Soit Swain était de la CIA, soit il ne l'était pas. Aucune vérification n'étant désormais possible, elle ne pouvait que faire un pari.

Si elle penchait pour la première hypothèse, il ne fallait pas l'appeler. Ne sachant pas où elle habitait et n'ayant aucun moyen de lui téléphoner, il ne la retrouverait pas. Seul hic : elle devrait renoncer à son expédition au laboratoire Nervi, du moins provisoirement, le temps de trouver un spécialiste en systèmes de sécurité. De tels experts ne se recrutaient pas en une journée, et elle était pressée par le temps. Toujours en admettant que Swain appartienne à la CIA, l'Agence savait maintenant qu'elle projetait une inspection du laboratoire et se préparait sans doute à la cueillir en douceur... ou de façon plus musclée !

Si, au contraire, elle misait sur l'indépendance de Swain... voyons, quelles étaient les conséquences possibles ? Lily s'assit sur un banc et compta sur ses doigts. Primo, si le risque de se faire prendre par la CIA était écarté, celui d'être capturée ou tuée par les Nervi restait le même, d'autant qu'après l'incident du square ils devaient être sur la défensive. Et les Italiens n'étaient pas tendres avec leurs ennemis, Averill et Tina avaient payé de leur vie pour le savoir. Secundo...

eh bien, c'était Swain lui-même, le danger. Un danger aux yeux bleu marine et au sourire ravageur.

Depuis combien de temps aucun homme n'avait-il posé les mains sur elle ? Lily n'avait pas eu beaucoup d'amants, ce qui ne lui avait guère manqué jusqu'à présent. Elle avait eu d'autres priorités ! Sans parler de son dernier fiancé, Dimitri, qui avait tenté purement et simplement de la tuer. C'était six ans auparavant. Depuis ce jour terrible, elle fuyait les hommes comme la peste.

Pouvait-elle faire confiance à Swain ? Elle laissa retomber ses mains, songeuse. Swain semblait considérer l'existence comme une vaste partie de plaisir. Il l'avait fait rire, hier. Il ne le savait pas, mais c'était un véritable exploit. La petite étincelle d'humanité qui demeurait en elle, malgré ses deuils et ses chagrins, voulait du bonheur… et si une personne au monde pouvait lui en apporter, c'était bien Lucas Swain.

Et puis, il ne manquait pas de charme. Un point qui avait son importance…

Lily secoua la tête, étonnée de sa propre faiblesse. Pouvait-elle faire confiance à un homme qui exerçait sur elle une telle séduction ? Certainement pas.

D'un autre côté, il aurait été stupide de refuser son aide pour la seule raison qu'il lui plaisait, n'est-ce pas ?

C'était décidé. Poussant la porte d'une cabine téléphonique, elle composa le numéro de l'hôtel Bristol et demanda la chambre 27. Une voix ensommeillée lui répondit.

— C'est moi, dit-elle sans se présenter. Retrouvez-moi devant l'Élysée dans une demi-heure.

— Pardon ? Oh, vous êtes… qui je pense que vous êtes ?

— Affirmatif.

— Génial ! Je faisais la sieste. Je me lève tout de suite et je pars. Où ça, au fait ? L'Élysée ? Où est-ce ?

— Le service d'étage vous renseignera.

Ayant raccroché sans plus de formalités, elle descendit dans la station de métro toute proche et prit la direction des Champs-Élysées. L'Élysée se trouvait non loin du Bristol. Swain saurait bien trouver son chemin !

Elle se posta à quelque distance de l'entrée de l'hôtel, dans la direction opposée de celle du palais de l'Élysée, de façon à voir Swain sortir et à pouvoir le suivre en toute discrétion.

Après cinq minutes d'attente, il apparut. Il s'étira paresseusement, puis se mit en marche vers l'Élysée. Si ses vêtements étaient ceux d'un Parisien, sa démarche nonchalante trahissait ses origines yankees, songea Lily en lui emboîtant le pas. D'un regard, elle s'assura que personne ne le suivait. Il semblait seul. Rassurée, elle accéléra pour le rattraper. Elle le rejoignit au moment où il arrivait devant les grilles du palais.

— Tout de même, dit-il sans se retourner. Je me demandais ce que vous fichiez. Vous ne pouviez pas m'aborder quand je suis sorti de l'hôtel ? J'aurais eu le plaisir de votre compagnie.

Lily se mordit les lèvres, honteuse.

— Nous avons une raison précise de venir ici ? reprit-il.

— Non, pas du tout. Venez, nous discuterons en marchant.

Il frissonna.

— Par ce froid, alors que la nuit est déjà en train de tomber ? Pas question. N'oubliez pas que j'arrive d'un pays chaud. Trouvons plutôt un café.

Elle hésita.

— Je préfère ne pas parler dans ce genre d'endroit. Les murs ont des oreilles…

— Dans ce cas, allons dans ma chambre, on y sera tranquilles et il y fait chaud. À moins que vous ayez peur de ne pas pouvoir vous contrôler à l'idée d'être seule avec moi ?

— Je devrais y arriver, répliqua-t-elle en réprimant un éclat de rire.

Vraiment, il ne doutait de rien !

Ils revinrent sur leurs pas et franchirent ensemble les portes de l'établissement, sous le regard impassible d'un groom en livrée. La chambre de Lucas se trouvait au deuxième étage. C'était une pièce claire et spacieuse, équipée d'un lit de confortables dimensions et d'un coin salon composé de deux fauteuils et d'une table basse.

Il suffit à Lily d'un regard pour noter que le lit était fait, que l'oreiller était froissé à la place où Lucas avait somnolé dans l'après-midi, et qu'aucun objet ne traînait.

— Je peux voir votre passeport ? demanda-t-elle.

Il lui jeta un coup d'œil curieux, mais s'exécuta. Elle prit le livret bleu qu'il venait de retirer de la poche de sa veste.

— Vous n'avez pas déjà vérifié mon identité ?

Il semblait surpris. Lily tourna les pages et, sans perdre de temps à étudier sa photographie, alla droit aux derniers feuillets annotés. Swain avait effectivement passé du temps en Amérique du Sud. Beaucoup de temps, même. Et il n'était en France que depuis quatre jours. Sur ce point au moins, il n'avait pas menti.

— Pas la peine, dit-elle, distraite.

— Comment, pas la peine ? Pourquoi donc ?

Il semblait tellement indigné que c'en était presque comique.

— Parce que j'ai fait une erreur en vous laissant partir, hier.

Swain ouvrit des yeux ronds de surprise.

— *Vous* m'avez laissé partir ? C'est la meilleure !

— *Qui* braquait son arme sur *qui ?* rétorqua-t-elle en lui rendant son passeport.

Lucas remit le document dans sa veste, qu'il lança sur le lit.

— Un point pour vous. Tenez, asseyez-vous. Et expliquez-moi en quoi vous avez manqué de prudence.

Elle choisit le fauteuil qui tournait le dos au mur. Une vieille habitude, pour ne pas dire un réflexe conditionné.

— Parce que si vous êtes envoyé par la CIA, vous avez eu tout le temps de leur donner des instructions pour qu'on protège l'accès à votre dossier.

Une expression de surprise passa sur son visage.

— Si vous savez cela, que fichez-vous dans ma chambre d'hôtel ? Je pourrais être n'importe qui !

Malgré elle, Lily sourit. Elle était soulagée. Si cet homme avait été mandaté pour l'abattre, il ne se serait pas ému outre mesure de la voir si confiante !

— Je ne vois pas ce qu'il y a de drôle, grommela-t-il. Si la CIA vous recherche, vous devriez vous faire du souci. Vous êtes une espionne, ou quelque chose comme ça ?

Elle secoua la tête.

— J'ai tué quelqu'un sans l'autorisation de l'Agence.

— Oh, je vois.

Manifestement, cela ne l'affectait guère. Il prit un menu et le lui tendit.

— On va se faire apporter de quoi manger, dit-il. Mon estomac ne s'est pas encore habitué au décalage horaire. Tenez, choisissez.

Lily n'avait pas faim, mais elle obtempéra. Elle écouta Swain passer la commande au téléphone. Son français était passable, sans plus. Jamais il ne pourrait se faire passer pour un autochtone ! Ayant raccroché, il prit place en face d'elle et croisa les jambes dans une attitude décontractée.

— Au fait, qui avez-vous tué ?

— Un dénommé Salvatore Nervi. Un maffieux déguisé en homme d'affaires.

— Je suppose que vous aviez de bonnes raisons ?

Visiblement, il en fallait plus pour le choquer.

— Oui, mais on ne m'avait pas demandé de le faire.

— On ?

— La CIA.

— Vous êtes de la CIA ? s'enquit-il en arquant les sourcils.

— J'étais. Je travaillais pour eux comme tueuse à gages.

— Pourquoi parlez-vous au passé ?

— Parce que j'ai tourné la page.

— Il n'y a pas que la CIA. Vous pouvez proposer vos services ailleurs. Il y a toujours de la demande pour ce genre de savoir-faire.

Manifestement, il savait de quoi il parlait.

— Non. J'ai fait ce job tant que j'y ai cru. J'étais sans doute très naïve, mais j'étais persuadée que le gouvernement savait ce qu'il faisait. Que je travaillais au service d'une juste cause. Je commence à comprendre que ce n'est pas aussi simple.

Une étincelle de bienveillance passa dans les iris bleus de Swain.

— Ce n'est pas de la naïveté, c'est de l'idéalisme. Vous pensiez que la CIA était aveugle sur les agissements de cet homme et vous avez voulu rétablir la justice, c'est ça ?

— Pas tout à fait. Je savais que l'Agence avait besoin de lui. Il transmettait des informations importantes.

— Alors, pourquoi l'avoir éliminé ?

— Il a tué ma fille et ses parents adoptifs.

Lily avait une boule dans la gorge. Quel jeu jouait Swain ? Pourquoi s'amusait-il à faire remonter les souvenirs douloureux ? Et surtout, pourquoi lui répondait-elle ?

— Que s'est-il passé ?

Aussi, s'il ne prenait pas cette voix si douce, tout d'un coup ! À croire qu'il ressentait réellement de la compassion pour elle. C'était un excellent acteur… ou un personnage plus complexe qu'elle ne l'avait supposé.

— Je ne sais pas exactement. Ils faisaient le même métier que moi, avant d'arrêter il y a une dizaine d'années pour élever Zia. Pour une raison que j'ignore, ils sont entrés par effraction dans le centre de recherche de la rue Corvisart. Nervi les a fait tuer quelques jours plus tard…

Elle tenta de refouler les larmes qui brûlaient ses paupières.

— … ainsi que Zia. Elle avait treize ans.

Lucas laissa échapper un soupir compatissant. Il semblait vraiment navré.

— Vous n'avez aucune idée de ce qui les a poussés à s'introduire dans le laboratoire ?

— Non, et d'ailleurs je n'ai même pas de preuve qu'ils l'ont fait. C'est juste une supposition de ma part. Je suis certaine qu'ils ont contrecarré les plans de Nervi d'une façon ou d'une autre, et le seul événement que j'aie pu découvrir est une explosion qui a eu lieu au laboratoire en août dernier. Averill était spécialiste en explosifs.

Elle essuya ses yeux.

— Je pense que quelqu'un les a recrutés pour faire ce job, mais je ne sais ni qui, ni pourquoi.

Lucas marqua un silence songeur.

— Je ne voudrais pas vous choquer, mais ils étaient du métier ; ils en connaissaient les risques.

— Eux, oui. S'ils avaient été les seuls à être abattus, j'aurais été très triste pour eux et furieuse contre Nervi, mais je n'aurais pas ressenti le besoin de me venger. Seulement, il y a le meurtre de Zia. Et ça… ça…

La vision de Lily se brouilla.

— Ça, je ne peux pas le pardonner.

C'était la première fois qu'elle parlait de sa fille à quelqu'un. Depuis des mois, elle s'était murée dans le silence. Comment avait-elle pu le supporter ? À présent, les mots lui venaient sans qu'elle puisse les arrêter.

— J'ai trouvé Zia en Croatie, quand elle était tout bébé. Elle ne devait pas avoir plus de quelques semaines. Elle avait été abandonnée, elle mourait de faim. Je l'ai ramenée en France. C'était ma fille. Ma fille ! répéta-t-elle avec un accent sauvage. Même si je l'avais confiée à Tina et Averill pour qu'elle ait un foyer stable, elle était à moi. Ce salaud de Salvatore a tué ma petite fille...

Sa voix s'éteignit dans un sanglot.

— Là, là... murmura Lucas, tout près d'elle.

Ses yeux embués l'avaient empêchée de le voir approcher. Il s'assit sur l'accoudoir et entoura ses épaules de son bras dans un geste protecteur.

— Allez-y, reprit-il, pleurez un bon coup. Ça vous fera du bien.

Lily hocha la tête... et son chagrin redoubla de violence. Comme si toutes les larmes qu'elle n'avait pas versées depuis des mois jaillissaient enfin.

— J'en aurais fait autant à votre place, reprit-il en lui frottant le dos avec douceur. On ne touche pas à un gosse.

Lily s'abandonna quelques instants à la chaleur qui émanait de lui, à son odeur d'homme si rassurante. C'était tellement bon de pouvoir poser la tête sur une épaule masculine !

Puis elle se redressa, un peu gênée.

— Excusez-moi, dit-elle. Je ne sais pas ce qui m'a pris.

— Je crois qu'on appelle ça « craquer », répondit Lucas, un sourire aux lèvres. Ça arrive à tout le monde. Et ne vous excusez pas, j'ai adoré vous tenir dans mes bras.

Il prit un mouchoir en papier et le lui tendit.

— Donc, vous avez descendu Salvatore Nervi. J'en déduis que les deux minables qui vous ont ratée l'autre jour au square étaient ses employés. Ce que je ne comprends pas, c'est que vous soyez toujours en France. Vous avez pourtant fait ce que vous vouliez, non ?

— En partie. Maintenant, je veux découvrir ce qui a poussé Averill et Tina à reprendre les armes, et éventuellement le faire savoir au monde entier. Je veux que les Nervi soient ruinés, anéantis, rayés de l'humanité…

— Et pour ce faire, vous projetez de vous introduire dans le laboratoire pour percer leurs petits secrets.

Elle hocha la tête.

— Quel est votre plan d'attaque ?

— Je n'en ai pas encore, reconnut Lily. Je n'en suis qu'à la phase préparatoire.

— Vous savez que la protection du labo a sûrement été renforcée, depuis l'intrusion de vos amis ?

— C'est probable, en effet. Mais aucun système n'est parfait. Il y a toujours une faille. Le tout, c'est de la trouver.

— Dans ce cas, le meilleur moyen est de remonter jusqu'à la personne qui a été chargée de réorganiser la sécurité, et de lui « emprunter » le dossier.

— S'il n'a pas été détruit, objecta-t-elle.

— Il faudrait être fou pour se débarrasser d'un document aussi stratégique. Imaginez le temps perdu, le jour où il faudra effectuer des révisions !

D'un hochement de tête, Lily l'invita à poursuivre.

— Si Salvatore Nervi était rusé, il a dû préférer garder les papiers chez lui plutôt que de les confier à la société chargée du travail.

— Il l'était. Et très méfiant, aussi.

— Pas assez, pourtant, ou il ne serait pas mort. J'ai entendu parler des Nervi, vous savez, même si j'ai passé les dix dernières années dans l'hémisphère Sud. Je serais curieux de savoir comment vous avez caché votre arme.

— Je ne m'en suis pas servie. J'ai empoisonné son vin, et j'ai failli me tuer en y goûtant.

Il haussa les sourcils.

— Quelle drôle d'idée ! Vous aimez les sensations fortes ?

— Non, mais il insistait tellement que j'ai craint qu'il ne se méfie.

— Vous avez un sacré cran !

— Je n'ai pas eu le choix. Il était si furieux que je refuse qu'il a failli s'en aller. Je n'allais pas renoncer si près du but ! D'ailleurs, je vais bien. Il paraît que j'ai une valve cardiaque endommagée, mais ça ne doit pas être très grave.

Lucas lui décocha un long regard indéchiffrable.

— Vous ne vous dégonflez jamais, on dirait ?

Elle n'eut pas le temps de répondre. On frappa à la porte.

— Ah ! s'exclama-t-il en se levant. Le repas !

Pendant qu'il allait ouvrir, Lily glissa instinctivement sa main vers sa cheville. Elle voulait être en mesure de réagir si le garçon d'étage esquissait un geste suspect. Celui-ci fit entrer un chariot dans la chambre, découvrit les assiettes d'un geste élégant tout en annonçant les plats, puis fit signer la note à Lucas et quitta la chambre.

— Vous pouvez ranger votre joujou, lança ce dernier en apportant les assiettes sur la table basse. Vous n'avez pas une bombe lacrymogène, ou ce genre de gadget ?

— Mon Beretta me suffit.

— En admettant que vous ne ratiez pas votre cible.

— Ça ne m'arrive jamais.

Swain lui décocha un sourire entendu.

— *Vraiment* jamais ?

— Sauf quand un fou du volant fonce sur moi dans un jardin public.

La nouvelle de l'accident survenu au directeur des opérations provoqua un véritable raz-de-marée dans le monde du renseignement. La première question qu'on se posa fut de savoir si le carambolage n'était pas une tentative de meurtre déguisée. Cette hypothèse fut abandonnée lorsqu'il fut établi que le chauffard, qui perdit la vie dans la collision, était un multirécidiviste, condamné plusieurs fois pour excès de vitesse.

Franklin Vinay fut transporté à l'hôpital et entra immédiatement au bloc opératoire, où il demeura de longues heures entre la vie et la mort. Si Keenan n'avait pas fait pivoter la voiture de quelques dizaines de centimètres sur la gauche, le choc aurait été fatal au directeur. Celui-ci avait une double fracture au bras droit, la clavicule brisée, cinq côtes enfoncées, le fémur droit en morceaux. Ses poumons avaient été perforés, son cœur endommagé, ses reins gravement touchés, sa gorge transpercée par un éclat de verre, et il souffrait d'une grave commotion cérébrale. Qu'il fût encore en vie tenait du miracle.

À sa sortie du bloc, il fut placé en soins intensifs, en salle de réanimation. Les chirurgiens avaient fait de leur mieux. Le reste relevait de la Providence... ou de la volonté de vivre de Frank Vinay.

17

Georges Blanc venait de rentrer chez lui lorsqu'il entendit le téléphone sonner. Ayant décroché, il eut un mouvement d'humeur en comprenant qui était son correspondant. De quel droit Rodrigo Nervi se permettait-il de l'appeler à son domicile ? Cela lui donnait l'impression d'ouvrir sa porte au diable en personne.

— Que puis-je pour votre service ? s'enquit-il pourtant d'un ton affable.

— D'abord, noter dans vos tablettes que mon frère Damone travaillera désormais avec moi. Il se peut que vous receviez des demandes de sa part, je vous saurai gré de faire preuve d'autant de diligence qu'avec moi-même.

— C'est noté, monsieur.

— Très bien. Ensuite, j'ai besoin du numéro de téléphone de quelqu'un.

— Bien entendu, si je peux le trouver. De qui s'agit-il ?

— De la personne que nos amis américains ont envoyée en Europe pour régler le petit problème dont je vous ai parlé l'autre jour.

Georges hésita, mal à l'aise.

— C'est que... je ne connais pas son nom. Il ne figurait pas dans le rapport que je vous ai transmis.

— Je sais bien ! explosa Rodrigo. S'il y était, je ne vous le demanderais pas !

Blanc masqua sa surprise. L'héritier de Salvatore s'imaginait donc qu'il lui transmettait les rapports dans leur intégralité ? Comment pouvait-il être aussi naïf ? Bien entendu, Georges censurait les informations stratégiques. Il risquait sa peau si Nervi s'en apercevait, mais il avait besoin de cette petite tricherie pour apaiser sa conscience.

— Je comprends, monsieur. Je vais me renseigner. Si cette information est disponible, je vous l'envoie immédiatement.

— Faites en sorte qu'elle le soit. J'attends votre appel.

Une fois la communication coupée, Georges consulta sa montre. Il était environ une heure de l'après-midi à Washington ; son correspondant devait être là. Il composa le numéro de celui-ci en s'assurant que sa femme ne pouvait l'entendre. À son soulagement, on décrocha tout de suite.

— Oui ?

— C'est moi. Je vous rappelle à propos de notre affaire. Vous auriez le numéro de portable de la personne envoyée ici ?

— Je vais voir ce que je peux faire, répliqua l'autre en raccrochant.

Deux heures plus tard, le téléphone de Georges sonna. Ce dernier saisit l'appareil sans fil qu'il avait gardé près de lui pour être le premier à répondre.

— Ça n'a pas été facile, expliqua l'Américain. Enfin, j'ai ce que vous voulez. -

— Je note, dit Georges en prenant un stylo.

Ne trouvant pas de papier, il griffonna directement sur la paume de sa main le numéro qu'on lui dictait. Ensuite, ayant remercié son informateur, il raccrocha et inscrivit les coordonnées sur une feuille qu'il glissa dans sa poche, avant d'aller se laver les mains.

Il sortit une cigarette, l'alluma et prit une bouffée, songeur. S'il pouvait se débarrasser des Nervi aussi facilement qu'il avait effacé ce numéro ! Il n'appellerait pas Rodrigo tout de suite, décida-t-il. Demain, ou peut-être plus tard.

Paris, hôtel Bristol – 21 novembre, 20 heures

Lorsque Lily quitta sa chambre d'hôtel, Lucas faillit la suivre, puis il se ravisa. Ce n'était pas par crainte d'être repéré – si elle était douée, il l'était aussi ! – mais parce que cela n'aurait pas été juste. Il voulait qu'elle puisse se fier à lui. Oui, aussi fou que cela paraisse, l'idée de la trahir lui était insupportable. D'ailleurs, ce sentiment devait être réciproque, car elle lui avait laissé son numéro de portable et avait noté le sien.

Il s'éloignait à grands pas de la procédure recommandée par Vinay. Tant pis, songea Lucas. Son intuition lui disait qu'il suivait la bonne voie. D'abord, parce qu'il était curieux de savoir ce que Lily cherchait. Ensuite, parce qu'elle avait besoin de son aide. Enfin, et surtout, parce qu'il avait une furieuse envie de la séduire.

En s'attaquant au clan Nervi, la jeune femme prenait des risques considérables. Elle devait avoir une solide raison ! Qui sait, il allait peut-être faire une découverte stratégique ? Il l'espérait. Car cela serait le seul argument valable pour lui éviter une mise à pied.

Allons, tout se présentait pour le mieux. Il mangeait des petits plats français, conduisait une voiture de luxe et dormait dans un hôtel cinq étoiles. Après les trous perdus où il avait usé ses rangers ces dix dernières années, le changement était appréciable. Et puis, il avait gagné le droit de s'amuser un peu !

Quant à Lily, elle représentait un défi des plus passionnants. Dangereuse, intelligente et sexy, elle était l'une des meilleures tueuses à gages de sa génération. Pétrie d'idéaux, mais capable de donner la mort de sang-froid. Fine et fragile en apparence, mais plus coriace que bien des brutes qu'il avait croisées dans les bars louches d'Amérique du Sud. Brune un jour, blonde le lendemain, et toujours aussi excitante… Enfin une adversaire à sa mesure !

Une adversaire… ou une partenaire.

Il y avait en elle une immense tristesse qui le touchait au plus profond de lui-même. Sous ses airs bravaches, elle était seule au monde. Elle s'était volontairement mis la CIA à dos, ainsi que les Nervi, pour venger sa fille assassinée. Devant une telle détresse, la carapace de Lucas se fendillait. D'autant que pas un instant elle ne s'était plainte. Elle assumait son destin avec un courage et une lucidité qui forçaient l'admiration.

Dire qu'elle avait bu un peu du vin saturé de drogue destiné à Salvatore Nervi !

Étendu sur son lit dans sa position favorite, mains sous la tête, doigts croisés, Lucas songea au cran dont elle avait fait preuve. Par quel miracle son organisme avait-il résisté au poison ? Sans doute avait-elle souffert, et souffrait-elle encore, des effets secondaires de la molécule. Elle avait évoqué une faiblesse cardiaque. Il frissonna. Décidément, Lily était une femme plus impressionnante que son dossier ne le laissait supposer.

Pourtant, elle était désormais trop faible pour s'introduire seule dans le laboratoire Nervi. Cela expliquait qu'elle ait fait appel à lui. Son intuition lui disait qu'en temps normal, elle aurait joué cavalier seul. Comme elle l'avait presque toujours fait. À présent, elle avait besoin d'aide… de *son* aide. Il avait une chance folle d'avoir croisé son chemin au bon moment !

Il ne pouvait chasser de sa mémoire les quelques secondes où il l'avait tenue dans ses bras. Elle avait pleuré devant lui. Elle commençait d'avoir confiance. Quelque chose lui soufflait qu'elle ne s'abandonnait pas si souvent. Tout dans son attitude disait « pas touche », mais ce n'était qu'un blindage. Une déformation professionnelle, en quelque sorte. Lily n'était pas une femme froide, seulement quelqu'un pour qui se protéger était une question de vie ou de mort.

Ce qui l'intriguait, c'était sa vraie personnalité. Quand elle oubliait un peu son fichu Beretta. Qu'est-ce qui la faisait rire ? Qu'est-ce qui l'émouvait ? Il aurait donné cher pour le savoir ! Il éprouvait une envie folle de faire tomber ses défenses, de la voir profiter de la vie… si possible dans son lit.

En un mot, il l'avait dans la peau.

S'il avait été un gentleman, il n'aurait pas envisagé une seconde de séduire cette femme qu'il était supposé capturer. Seulement, il n'en était pas un. Il était un gamin du fin fond du Texas qui avait grandi tant bien que mal entre un père brutal et une mère soumise, avait épousé trop jeune une fille charmante qui n'était pas du tout faite pour lui, s'était engagé dans la CIA par besoin d'aventure, n'avait jamais été un bon père ni un bon mari, avait divorcé pour laisser une chance à Amy de trouver quelqu'un de bien – elle l'avait sacrément mérité ! – et avait traîné sa solitude aux quatre coins de la planète au service de son gouvernement.

Avec les années, il avait acquis un vernis de civilisation, mais le fait de conduire une Jaguar et de savoir commander un repas dans trois ou quatre langues différentes ne faisait pas de lui un homme du monde. Il restait un loup solitaire, détestait toujours autant obéir aux ordres, et continuerait jusqu'à sa mort de n'en faire qu'à sa tête… ou à son cœur.

En l'occurrence, son cœur le portait vers Lily. Cette fille possédait quelque chose qu'il n'avait pas souvent trouvé chez les femmes qu'il avait croisées. Une solidité, une détermination sans faille. Et en même temps, une féminité inouïe. Elle était une louve, songea-t-il, troublé. Elle savait suivre son instinct, laisser parler son animalité. Il ne connaissait rien de plus troublant.

Oui, quelques jours avec elle vaudraient sans doute plus que toute une vie avec une autre. La seule question était de savoir quelle saveur aurait la vie, *après*.

18

Paris – 22 novembre, 3 heures

Lucas s'éveilla au beau milieu de la nuit et s'assit en se frappant le front. Comment n'y avait-il pas pensé ? C'était pourtant évident ! Plutôt que de chercher la société d'alarmes qui avait réalisé l'installation du laboratoire Nervi, pourquoi ne pas demander aux gars de Langley d'effectuer le travail pour lui ? Ils étaient mieux équipés que lui pour ce genre d'enquête.

À condition, bien sûr, que la firme en question soit informatisée et qu'elle dispose d'une adresse Internet. Ce point ne l'inquiétait guère. Fans de technologie comme devaient l'être les Nervi, ils avaient certainement fait appel à une entreprise à la pointe du progrès en matière de communication. À partir de leur adresse sur le Net, les informaticiens de l'Agence pourraient forcer leur système et trouver les schémas d'installation du labo de la rue Corvisart. Les mots de passe et autres barrières ne seraient pas un problème pour eux : ils étaient les meilleurs. On les payait pour cela, et plutôt grassement.

Lucas se frotta les mains, ravi de son idée. Pourquoi abattre le boulot tout seul quand on peut se faire aider ? Allumant sa lampe de chevet, il débrancha son portable de la prise de courant et composa le numéro de Langley. Il lui fallut une éternité pour franchir les différentes étapes de validation. Enfin, on le mit en communication avec un responsable. *Une* responsable, plus exactement.

— Je vais voir ce que je peux faire, répondit celle-ci, mais tout est sens dessus dessous ici, depuis ce matin… Attendez, d'après mes renseignements, ce laboratoire appartient au fils aîné de Salvatore Nervi, Rodrigo. Pour quelle raison voulez-vous pirater son système informatique ? Il fait partie de nos informateurs en Europe, tout de même !

— Il pourrait bien ne pas le rester très longtemps, improvisa Lucas. Si mes sources sont fiables, il s'apprête à expédier une livraison de plutonium vers le Moyen-Orient.

Un mensonge qui était peut-être en dessous de la vérité, s'il en jugeait au portrait que Lily avait dressé de l'héritier de l'empire Nervi.

— Tiens ? Vous avez transmis un rapport ?

— Oui, j'attends encore la réponse.

La femme laissa échapper un soupir de contrariété.

— Je vous l'ai dit, c'est la panique, ici.

— Que se passe-t-il donc ?

— C'est à cause de Franklin Vinay, bien sûr.

— Vinay ? Que lui arrive-t-il ?

— Vous n'êtes pas au courant ?

— Au courant de quoi, bon Dieu ?

— Il a eu un accident de voiture ce matin. On l'a transporté à l'hôpital dans un état critique. Les médecins ne sont pas très optimistes.

— Eh, flûte !

Pour Lucas, c'était un coup en pleine poitrine. Il travaillait pour Frank depuis des années et le respectait comme personne d'autre dans la boutique. Vinay était un homme droit et juste. Il avait toujours défendu « ses » hommes contre la hiérarchie, ce qui était pratiquement du suicide dans une nasse de crabes comme la CIA.

— Enfin, conclut la femme, je vais voir ce que je peux faire. Je vous tiens au courant.

L'accident de Frank était une sacrée tuile, songea Lucas en coupant la connexion. Il n'osait imaginer le désordre qui devait régner de l'autre côté de l'Atlantique ! Tout le monde devait se tenir sur ses gardes dans l'attente de l'arrivée du remplaçant, temporaire ou définitif, de Vinay. Garvin Reed, le directeur adjoint, était un type bien, mais il n'était pas Frank. En particulier, il ne possédait pas son don pour comprendre ses subordonnés parfois mieux qu'eux-mêmes.

Lucas avait des raisons de se faire du souci. Dix contre un que Reed n'envisagerait pas sous le même angle que Vinay le dossier Lily Mansfield... et sa résolution !

Tant pis, il était trop tard pour changer de tactique. Il fallait continuer, même si cela signifiait qu'il travaillerait désormais sans filet. Il allait poursuivre son plan jusqu'à ce qu'on le relève de sa mission, sans se laisser dévier de sa route par des inquiétudes inutiles. D'accord, c'était exactement la même ligne de conduite que celle adoptée par le capitaine du *Titanic*. Mais si quelqu'un avait une autre idée, qu'il lève la main !

Il éteignit sa lampe et tenta de trouver le sommeil, en vain. Il renonça peu après l'aube et s'assit sur son lit, maussade et nerveux. Il n'avait rien d'autre à faire que d'attendre que les gars de l'informatique trouvent son renseignement, en essayant de ne pas trop penser à Frank qui luttait contre la mort, là-bas, sur son lit d'hôpital.

Sur une impulsion, il prit son portable pour composer le numéro de Lily.

— Allô ? répondit-elle avec un accent français impeccable.

— C'est moi, dit-il. Vous avez pris votre petit déjeuner ?

— Non, je suis encore au lit.

Au lit ? Très intéressant... À propos, que portait-elle pour dormir ? Un grand T-shirt imprimé de lapins roses ? Pas son style, heureusement. Une nuisette transparente ? Pas son style, hélas ! Un pyjama de soie ? Oui, il l'aurait bien vue en pyjama. Une petite chose de soie faussement raisonnable, sensuelle et près du corps. Rien que pour le plaisir de le lui enlever. À cette idée, son corps réagit avec vigueur. Bon sang, ce n'était pas le moment. Pas encore ! Mais un de ces jours, à la première occasion...

— Dites-moi ce que vous portez, s'entendit-il demander.

Un éclat de rire lui répondit.

— Vous voulez des détails coquins ?

— Pourquoi pas ?

Il lui semblait la voir, adossée à ses oreillers, sa chevelure en désordre, rajustant d'un geste paresseux la bretelle de sa nuisette de soie...

— Une chemise de nuit en flanelle.

— Ah, non ! Vous n'avez pas le droit !

— Comment, pas le droit ? Et d'abord, que voulez-vous ? Vous ne m'avez pas réveillée pour le simple plaisir de me demander ce que je porte, j'espère ?

— Pourquoi pas ? C'est un sujet aussi intéressant qu'un autre.

Un sujet passionnant, même, s'il en jugeait à l'érection qui tendait son drap...

— Pour vous, peut-être, dit Lily, faussement outrée.

— Allez, ne faites pas votre rosière. Je vous le demande à genoux. Que portez-vous pour dormir ?

— Pourquoi tenez-vous tant à le savoir ?

— Parce que mon imagination est en feu.

Et que dire de son corps ! Il lui faudrait un bon quart d'heure sous la douche glacée pour éteindre l'incendie qui enflammait ses reins.

— Eh bien, cessez de vous faire des idées. Je ne dors pas nue, si c'est ce que vous espérez.

— Dans ce cas, que portez-vous ?

— Je vous l'ai dit, une chemise de nuit.

— Quel dommage. Elle est vraiment en flanelle ?

Un éclat de rire étouffé lui parvint.

— Oui.

— Quelle tristesse. Elle est courte, tout de même ?

— Longue.

Lucas poussa un soupir de déception.

— Dites-moi au moins qu'elle est fendue sur les côtés jusqu'aux cuisses ?

— Pas du tout, répliqua-t-elle d'un ton vertueux.

— Vous pourriez faire un effort, grommela-t-il.

— Pardon ? Qu'entendez-vous exactement par « un effort » ?

— Vous pourriez prétendre que vous êtes entièrement nue, ou vêtue d'une nuisette transparente ultra-sexy... Qu'est-ce que ça vous coûte ?

— Écoutez, Swain, pour les conversations cochonnes, il y a des numéros de téléphone spéciaux. Moi, mon job, c'est...

— Je sais, je sais. À propos de notre affaire, je vous appelais pour vous proposer de faire un tour à Disneyland.

Il y eut un silence au bout du fil.

— Plaît-il ?

— Vous savez, cet endroit où l'on visite des décors en carton pâte en mangeant de la barbe à papa. Je ne connais même pas ceux des USA, c'est le moment de me cultiver. Vous êtes allée à celui-ci ?

— Oui, avec Zia.

— Alors vous serez mon guide. J'ai toujours rêvé de voir le château de Cendrillon.

— La chaumière, rectifia Lily. Cendrillon vit dans une chaumière. C'est la Belle au bois dormant qui est

162

dans un château. Cela dit, je ne vois pas l'intérêt d'aller à Disneyland.

— Moi, j'en vois trois. Primo, nous avons du temps à tuer. J'ai demandé à quelqu'un de m'obtenir le schéma de l'installation de sécurité du laboratoire, mais je n'aurai rien avant demain. Secundo, personne n'aura l'idée de vous chercher à Disneyland, vous y serez plus en sécurité que nulle part ailleurs. Tertio, mon petit doigt me dit qu'une journée de détente ne vous ferait pas de mal. Depuis quand n'avez-vous pas pris un peu de repos ? Et puis, ce sera pour nous l'occasion de faire connaissance.

Lily ne répondit pas tout de suite. L'avait-il convaincue ? Il n'avait pas osé ajouter son quatrième argument : il était terriblement inquiet pour Frank, entre la vie et la mort de l'autre côté de l'Atlantique, et la perspective d'une journée d'inaction entre les quatre murs de sa chambre d'hôtel le rendait fou. Il n'avait jamais été un grand amateur de parcs d'attractions, mais il était certain que Nervi ne les ferait pas rechercher dans un tel endroit.

— Allez, insista-t-il. La météo annonce une belle journée, il ne faudrait pas rater ça. On va faire du manège jusqu'à avoir la tête qui tourne et être secoués de nausées !

— Génial. Vous avez toujours ce genre d'idées ?

— Seulement quand je pense à vous. Bon, vous mettez une perruque, des lunettes de soleil et vous venez prendre le petit déjeuner avec moi, d'accord ?

— Oui, sauf pour la perruque.

— Vous avez raison, je vous préfère les cheveux au vent. Surtout dans ma nouvelle décapotable, quand je roulerai à cent cinquante à l'heure sur l'autoroute.

— Cent cinquante ? Pour me faire hurler de terreur ?

— Entre nous, je préférerais vous faire hurler de bonheur.

— Vantard.

— Je peux vous proposer une démonstration de mes talents, si vous voulez?

— Merci, je vous crois sur parole. Je vous rejoins à neuf heures.

Soit dans presque deux heures. Un délai qui lui permettait de venir d'à peu près n'importe où de la région parisienne, voire de la proche province.

— À défaut de savoir ce que vous portez pour dormir, je peux savoir ce que vous prenez pour le petit déjeuner? En tout bien tout honneur.

Cette fois, Lily laissa échapper un petit rire. Il progressait.

— Un café noir sans sucre et un croissant.

— C'est noté. Au fait, au cas où cela vous intéresserait…

— Oui?

— Je dors nu, moi.

Lyon – 22 novembre, 7 heures

Le portable de Georges sonna à l'heure du petit déjeuner.

— Qui peut appeler à cette heure-ci? s'étonna Christine.

— Le bureau, je suppose, grommela-t-il en se levant.

Il prit l'appareil pour aller au jardin et décrocha.

— Blanc à l'appareil.

— Monsieur Blanc? s'enquit une voix suave. Je suis Damone Nervi. Avez-vous le numéro que mon frère vous a demandé?

— Non, pas encore, murmura-t-il en jetant un coup d'œil par-dessus son épaule.

— Que se passe-t-il?

— Apparemment, les coordonnées de la personne sont classées «confidentiel».

— Ce n'est pas mon problème. Je les veux.

— Il y a un décalage de six heures, lui rappela Georges. Je ne les aurai pas avant cet après-midi, au mieux.

— Débrouillez-vous, dit l'Italien avant de raccrocher.

Il s'exprimait dans un meilleur français que son frère, ses manières étaient plus policées, mais sous le masque, il était le même que Rodrigo. Une brute sanguinaire.

Georges rangea son portable dans sa poche, pensif. Bien sûr, il allait le leur transmettre, ce fichu numéro ! Le plus tard possible. Il aurait préféré que les Nervi n'appellent pas l'homme que la CIA avait envoyé en Europe. Ne comprenaient-ils pas que cela les mettait en danger, lui et son contact aux USA ? Un instant, il envisagea de prétendre que le numéro n'avait pu être obtenu.

Peut-être le croirait-on. Peut-être pas.

Il rentra et regarda Christine, occupée à débarrasser la table du petit déjeuner. Que se passerait-il si les Nervi s'en prenaient à elle, mettant leur menace à exécution ? Il ne le supporterait pas. Ravalant un soupir de rage, il prit sa veste et les clés de sa voiture. Il allait faire traîner les choses aussi longtemps que possible, mais au bout du compte, il devrait s'exécuter. Quel autre choix avait-il ?

Paris, rue Lepic – 22 novembre, 7 heures

Lily remit le combiné sur son socle et éclata de rire. C'était la première fois qu'on lui faisait un tel numéro de charme ! Pour être honnête, cela faisait un bien fou. C'était bon de plaisanter, de rire, de flirter un peu. Elle avait l'impression de renaître à la vie.

Puis, dans un pincement au cœur, elle pensa à Zia. Zia qui ne rirait plus jamais...

Son chagrin ne la quitterait pas, elle commençait à le comprendre. Il s'allégerait certains jours, mais il ne disparaîtrait pas. Il faudrait apprendre à vivre avec le vide que laissait Zia derrière elle… et la journée qui s'annonçait était une bonne occasion de commencer cet apprentissage.

Elle se leva, s'étira, pratiqua les quelques exercices d'assouplissement auxquels elle se livrait chaque matin. Elle en avait besoin pour retrouver son énergie. Une demi-heure plus tard, elle était en nage, mais son rythme cardiaque ne s'affolait plus comme lors des premiers jours après l'empoisonnement. Son cœur tenait le coup. Elle se glissa sous sa douche… nue, car elle ne portait jamais rien pour dormir.

Elle avait bien fait de mentir à Swain. Cela lui apprendrait à se montrer aussi indiscret ! Elle ne s'était jamais posé la question, mais sa dernière remarque lui revenait à présent en mémoire. Lui aussi dormait nu.

Une image jaillit aussitôt dans son esprit : Lucas au réveil, avec sa peau mate contre les draps blancs, son odeur d'homme musquée, son sexe gonflé…

Elle coupa l'eau et se frictionna vigoureusement, avant de sécher ses cheveux. Puis elle se surprit à fouiller dans son armoire, à la recherche d'un rouge à lèvres et d'un peu de poudre. Elle se pomponnait, songea-t-elle. Comme pour un rendez-vous.

Lorsqu'elle se maquillait avant de retrouver Salvatore, elle avait l'impression d'appliquer sur son visage un masque de théâtre. Aujourd'hui, c'était un plaisir de jouer avec les fards et les couleurs ! Une ombre d'argent sur les paupières, un voile de blush porcelaine sur les joues, un soupçon de mascara et, pour finir, un trait de fuchsia sur les lèvres… elle était une autre femme, naturelle et pleine de vie.

Ou peut-être commençait-elle enfin à ressembler à la vraie Lily ?

19

Autoroute de l'Est – 22 novembre, 11 heures

Lucas avait pris le chemin de la grande banlieue. Comme Lily l'avait craint, il avait changé de voiture, mais non de conduite : ils devaient rouler à cent quarante kilomètres à l'heure sur la voie de gauche à bord de son petit bolide. Par chance, il n'avait pas mis à exécution sa menace d'abaisser le toit ouvrant !

Pourtant, alors que les kilomètres défilaient, l'excitation de Lily céda peu à peu la place aux remords. Le parc d'attractions était un domaine réservé à Zia et devait le rester. Elle aurait le sentiment de trahir sa petite en s'y rendant en compagnie d'un homme pour une journée de distraction…

— N'y allons pas, s'entendit-elle demander.

— Pardon ?

— Disneyland. Je ne veux pas y aller.

— Pourquoi ?

— Je ne peux pas.

Puis, après une hésitation :

— J'ai peur d'y croiser des fantômes.

Lucas Swain pouvait-il comprendre un tel argument ?

— Vous évitez tout ce qui vous *la* rappelle ?

Il avait parlé avec douceur, mais ses paroles allaient droit au but.

— Je ne sais pas... murmura Lily en laissant son regard errer sur le paysage. Je pense qu'il faudra que j'affronte un jour le passé. Je n'en ai pas encore la force.

— Je comprends. Où voulez-vous aller ?

Prise au dépourvu, elle secoua la tête.

— Aucune idée. En fait, je ne sais même pas si j'ai envie d'aller quelque part.

— Alors roulons, dit Lucas, philosophe.

Ils parcoururent une vingtaine de kilomètres en silence, chacun plongé dans ses pensées. Seul résonnait le ronronnement presque sensuel du moteur de la voiture lancée à pleine vitesse. Lily refoula un sourire attendri. Décidément, Swain avait un faible pour les voitures rapides. Il avait dû regarder trop de films d'action... Au moins avait-il eu le bon goût de ne pas choisir une voiture rouge vif, mais d'un discret gris métallisé. Une tonalité plus indiquée pour les repérages qu'il leur faudrait effectuer rue Corvisart, avant la visite du laboratoire du Dr Giordano !

— Au fait, quelles sont les différentes façons de s'introduire dans un bâtiment ? questionna-t-elle. En dehors des portes et fenêtres, j'entends. Je suppose qu'on peut percer un trou dans le toit...

— Pour que tout le monde vous voie, votre scie à la main ?

— ... mais cela manquerait de discrétion, poursuivit-elle comme si elle ne l'avait pas entendu. En revanche, on doit pouvoir passer par le sous-sol. Le laboratoire est forcément relié aux égouts.

Lucas fit une moue dubitative.

— Dans les films, on voit toujours des types les pieds dans l'eau. À mon avis, vu ce qu'on jette dans les égouts, c'est dans autre chose que de l'eau qu'il nous faudra patauger, si vous voyez ce que je veux dire.

— Si le bâtiment était situé au cœur de Paris, sans doute, mais la rue Corvisart est à la périphérie. Le réseau doit être plus neuf à cet endroit, avec des trottoirs où l'on peut passer à pied sec.

— Bien observé. Dites, pour mon information, qu'est-ce qu'ils fabriquent dans ce labo pour que vous vous y intéressiez autant ?

— Officiellement, de la recherche médicale. Officieusement… c'est ce que j'ai l'intention de découvrir.

— Vous voulez dire qu'ils manipulent des substances dangereuses ? Dans ce cas, je suppose qu'ils ne déversent pas leurs résidus au tout-à-l'égout. Ils doivent avoir un système de retraitement autonome.

— Donc, pas de raccord au réseau, conclut Lily. Un point pour vous.

— Tant mieux, j'ai horreur des tunnels. Ça me rend claustrophobe.

— Alors on en revient aux portes et fenêtres.

— Oui, mais comment les franchir ?

— On pourrait se faire livrer ?

— Pardon ? Comme des pizzas ?

Lily sourit.

— Je pensais à des paquets plus volumineux. Ils doivent bien recevoir des chargements de matières premières, d'équipements spécialisés, que sais-je…

— Et s'ils les passent aux rayons X avant de les ouvrir ?

— Vous regardez trop de films d'espionnage.

— Bon, mais imaginons que tous les envois soient soigneusement inspectés dès leur arrivée, au lieu d'être entreposés. Cela ne nous laisse pas le temps d'attendre le soir pour sortir discrètement. En admettant qu'il y ait moins de monde la nuit. S'ils font les trois-huit…

— Il faut vérifier tous ces points. Le plan du système d'alarme que doit nous fournir votre ami ne suffira pas.

— Je passerai ce soir devant le labo pour voir s'il y a beaucoup de voitures sur le parking. Cela devrait nous donner une estimation du nombre de personnes qu'on peut trouver la nuit dans le bâtiment.

Ils quittèrent l'autoroute un peu plus tard pour s'engager sur une route qui filait à travers la campagne entre deux rangées de platanes. C'était une journée d'automne calme et lumineuse, idéale pour apaiser un esprit surmené.

— Ce qui m'intrigue, dit Lucas après un long silence, c'est comment vous en êtes venue à ce métier. Ce n'est pas un boulot pour une femme…

— Macho !

— Laissez-moi finir. Ce n'est pas un boulot pour une femme comme vous.

— Je ne comprends pas.

— Vous ne me faites pas l'effet d'une personne particulièrement violente.

— Justement. Jamais on ne confierait une telle responsabilité à quelqu'un qui ne se maîtrise pas. J'ai toujours agi sur ordre de mon gouvernement, qui ne prend pas de telles décisions à la légère.

— Tout de même, vous éliminez des vies humaines. Il faut avoir les nerfs solides pour le supporter. Vous avez toujours envisagé votre métier sous cet angle ?

Elle secoua la tête.

— Vous savez, à dix-huit ans, je ne me posais pas de telles questions. J'étais tellement naïve !

— Dix-huit ans ? C'est un peu jeune, non ?

— Je suppose que c'est pour cette raison qu'on m'a choisie. Je n'étais encore qu'une gamine, personne ne se méfiait de moi. Pourtant, j'étais persuadée d'être très mûre pour mon âge.

— Qu'on vous a choisie… ? répéta Lucas pour l'inviter à poursuivre.

— Je m'étais inscrite dans un club de tir. J'avais le béguin pour un type qui aimait la chasse, j'avais décidé

170

de l'impressionner. Je voulais tout savoir des armes à feu et de leur maniement. À ma grande surprise, j'ai été une élève plutôt douée. Je suis vite devenue la plus fine gâchette du club.

Elle regarda ses mains, pensive.

— Je me suis tout de suite sentie à l'aise avec un revolver. Je ne sais pas d'où cela me vient. Mon père n'était ni chasseur, ni militaire. L'un de mes grands-pères aimait aller à la pêche, mais je ne crois pas que cela explique quoi que ce soit !

— Votre don vient peut-être de votre mère ?

— Je n'y avais jamais pensé. À la réflexion, c'est peu probable. Ma mère est une pacifiste convaincue.

— Nos convictions personnelles n'ont rien à voir avec nos prédispositions pour tel ou tel métier.

— Vous croyez ?

— Il me semble. Mais revenons au club de tir…

— Il n'y a pas grand-chose à dire. Quelqu'un m'a remarquée, a parlé de moi à une autre personne, et un jour, un type est venu me voir pour me parler d'un travail qui consistait à tuer des gens. J'ai été horrifiée, mais je n'ai rien osé dire. Puis il m'a proposé de l'argent pour le faire. Beaucoup d'argent. Papa venait de mourir, maman avait du mal à joindre les deux bouts… Quand le type m'a rappelée quelques jours plus tard, j'ai dit oui.

Lily fut parcourue d'un frisson.

— La première fois, ça a été dur. Je ne parle pas du contrat, tout s'est fait en un clin d'œil. Je me suis approchée de l'homme, j'ai visé, j'ai pressé la détente et je suis partie. Je parle de moi. De ce que j'ai ressenti. J'ai été malade plusieurs jours de suite et j'ai fait des cauchemars pendant des mois.

Elle marqua une pause.

— Je me suis dit que c'était le prix à payer pour cet argent si facilement gagné. Que ça me servirait de leçon. Que je ne recommencerais jamais. Sauf que…

— Sauf que le type vous a rappelée, et vous n'avez pas refusé.

— Exact. Il m'a félicitée pour le service que j'avais rendu à ma patrie, et je pense qu'il était sincère.

— D'accord, mais avait-il le droit de vous demander cela ?

— Oui, je suppose.

— Vous saviez pourtant que le meurtre est puni par la loi ?

— Bien entendu. J'étais naïve, mais pas idiote. J'ai tout de suite compris que je devrais vivre avec le sang que j'avais sur les mains ; de toute façon, il était déjà trop tard pour me laver de ça. Alors puisqu'il faut bien quelqu'un pour faire le sale boulot, pourquoi pas moi ? Mon chasseur ne voulait pas de moi, j'avais quitté le lycée sans diplôme, je n'avais plus aucun but dans la vie…

Contre toute attente, Lucas n'argumenta pas. Intriguée, Lily le vit prendre sa main pour la porter à ses lèvres et y déposer un baiser avec une douceur infinie. Qui l'avait déjà embrassée ainsi ?

Ils traversèrent plusieurs bourgades en silence, avant d'arriver dans une petite ville. Lucas gara la voiture sur la place du marché et ils s'installèrent pour déjeuner dans une auberge où brûlait un feu de bois. Après le café, ils s'attardèrent à table, gagnés par une agréable torpeur.

— À votre tour, dit-elle. Parlez-moi un peu de vous.

— Vous risquez d'être déçue. J'ai quitté le collège très jeune, j'ai fait mille petits boulots, je me suis marié bien trop jeune, je suis parti bourlinguer en laissant Amy se débrouiller seule avec les gosses, je suis rentré au pays pour divorcer, j'ai continué de rouler ma bosse ici et là… J'ai sûrement raté pas mal de choses, mais je ne suis pas doué pour les regrets. Heureusement, Amy est formidable. Les enfants s'en sortent bien.

172

Il prit dans son portefeuille deux petites photographies qu'il déposa sur la nappe à carreaux rouges et blancs.

— Je vous présente Samuel et Christina, dit-il d'une voix gonflée de fierté.

— Ils sont très beaux.

Et ils ressemblent à leur père de façon frappante, n'osa-t-elle ajouter.

— Merci, répondit Lucas en rangeant les portraits, non sans leur jeter un regard attendri. J'avais dix-neuf ans quand ma fille est née. J'étais bien trop jeune pour élever un enfant, mais si c'était à refaire, je recommencerais.

— Vous avez l'air de les aimer beaucoup. Vous êtes proche d'eux ?

— Pas autant que leur mère, mais c'est assez logique. J'ai été un très mauvais père. Jamais présent. Incapable de les élever. Je ne sais pas par quel miracle ils m'aiment, mais c'est pourtant le cas. Le seul point dont je n'ai pas honte, c'est que j'ai toujours envoyé à Amy tout ce que je gagnais, moins le minimum pour vivre. Elle a pu payer leurs études sans problème.

— C'est déjà beaucoup. Tous les hommes ne peuvent pas en dire autant. Je suppose que vous êtes rentré d'Amérique du Sud pour les retrouver ?

— Non. J'en avais assez de la tequila et des alligators. J'ai eu envie de changer de décor.

— De quoi vivez-vous, exactement ?

— Je vous l'ai dit, ma spécialité, c'est les petits boulots. Je fais ce qu'on me demande, si c'est bien payé.

Une définition des plus vagues, pensa Lily, mais manifestement Swain n'était pas disposé à en révéler plus. À vrai dire, elle ne ressentait pas le besoin d'entrer dans les détails ; ce qu'elle savait lui suffisait. Il aimait ses enfants, sa liberté et les voitures rapides. Et il la faisait rire. C'était bien assez pour apprécier sa compagnie.

Ils sortirent se promener dans la vieille ville aux rues étroites et firent halte dans une boutique pour acheter des chocolats, qu'ils dégustèrent assis sur un banc de bois. Puis Lucas lui prit la main, et ce geste était si naturel qu'elle n'eut pas l'idée de protester.

C'était une journée étrange, songea-t-elle, totalement déconnectée de la réalité. Une bulle de bonheur dans le combat sans merci qui l'opposait au clan des Nervi. Quelques instants d'insouciance volés au quotidien. Elle laissa échapper un soupir de bien-être. Il fallait savourer chaque instant de ce jour unique, le garder comme un baume sur ses blessures passées et à venir.

Ils revinrent vers la voiture alors que le soleil descendait sur l'horizon, embrasant le ciel de nuances roses et dorées. Lily avait déjà la main sur la portière lorsque Lucas la prit par les épaules pour la faire pivoter d'un geste autoritaire. Un instant plus tard, elle était contre lui, dans sa chaleur d'homme si rassurante.

Elle leva le visage tandis que, dans un même mouvement, il se penchait vers elle. Leurs lèvres se frôlèrent. Tout était bien. Tout était parfait, se dit Lily en s'abandonnant au baiser de Lucas…

Elle l'avait imaginé audacieux et conquérant, il était tendre et sensuel. Swain n'était pas un homme pressé, ce qui le rendait d'autant plus irrésistible. Ce fut lui qui rompit leur baiser, très doucement, avant de prendre son visage entre ses mains pour plonger son regard dans le sien un long moment.

Puis il lui ouvrit la portière et l'aida à s'asseoir, en véritable gentleman. Fugitivement, Lily songea que si Salvatore avait fait preuve du même panache, jamais elle n'aurait trouvé le courage de mener sa mission à son terme.

— On rentre à Paris? s'enquit Lucas.

— Oui.

Elle n'en avait pas la moindre envie, mais c'était la seule option raisonnable. À part, murmura une petite voix en elle, demander à Lucas de l'enlever et de l'emmener dans une île déserte pour le reste de leurs jours...

20

Georges Blanc reçut l'appel alors qu'il rentrait du travail. Il était seul dans sa voiture lorsque son portable sonna. Il sut tout de suite qui l'appelait.

— Blanc à l'appareil, dit-il une fois sa voiture garée sur le bas-côté de la route.

La voix de Damone Nervi retentit.

— Monsieur Blanc, je suis plus patient que mon frère, mais cela ne signifie pas que mes requêtes aient moins d'importance. Avez-vous l'information que je vous ai demandée ?

— Oui, mais…

Georges hésita. Tant pis, il se lançait. Il n'en pouvait plus de cette situation.

— Je me permets de vous suggérer de ne pas en faire usage.

— Tiens donc. Et pourquoi cela ?

À son soulagement, son interlocuteur semblait plus curieux qu'irrité. Il s'enhardit.

— Il n'y a qu'une seule voie par laquelle vous pouvez avoir obtenu ce numéro. La CIA. L'homme que vous voulez appeler travaille pour l'Agence. Si vous le contactez, il saura tout de suite d'où vient la fuite. Il y a toutes les chances – ou plutôt tous les risques – qu'il en informe sa hiérarchie, laquelle déclenchera une enquête interne. Pour résumer, je crains qu'en

176

téléphonant à cet homme, vous ne détruisiez mon contact à la CIA et, par ricochet, moi-même.

— Je vois.

Il y eut un long silence, que Blanc n'osa interrompre. Enfin, Damone Nervi reprit la parole.

— Mon frère est un impulsif. Il vaut mieux qu'il ignore ce que vous venez de me dire. Son besoin d'action frise parfois l'imprudence. Je vais lui dire que l'homme en question était supposé louer un portable sur place, et qu'il n'a pas encore donné de ses nouvelles.

— Merci, monsieur, répliqua Georges en réprimant un soupir de soulagement.

— Puisque je vous ai sauvé la mise, vous allez me rendre un petit service.

Bon sang, il n'en sortirait jamais ! Qu'allait-on lui demander, à présent ? Les tripes nouées par l'angoisse, Georges attendit.

— C'est pour mon compte personnel, précisa Damone. Vous allez faire quelque chose pour moi, dont vous ne parlerez jamais à personne. Jamais. Vous avez des enfants, n'est-ce pas ? Vous tenez à eux ? Alors vous me comprenez.

Georges essuya la larme de rage et de frustration qui brûlait ses paupières. Il savait les Nervi capables de tout. L'idée qu'ils touchent à ses gosses le rendait fou.

— Je vous reçois cinq sur cinq, monsieur. Que devrai-je faire ?

Paris – 22 novembre, 20 heures

Alors qu'ils approchaient de l'hôtel, Lucas proposa :

— Ce serait plus sûr si je vous raccompagnais chez vous en voiture. Dans les transports en commun, vous n'êtes pas en sécurité.

— Merci, j'irai aussi vite en métro.

— On peut vous reconnaître, objecta Lucas.

Lily le savait bien. Par précaution elle avait porté, le matin, un chapeau et des lunettes noires. Ce qui serait impossible à une heure aussi tardive.

— De plus, reprit-il, j'ai une petite vérification à effectuer.

Elle l'interrogea du regard.

— Je dois m'assurer que votre lit est assez grand pour moi.

Il devait plaisanter ! Il ne s'imaginait pas qu'il lui suffirait d'un baiser – fort agréable, au demeurant – pour qu'elle lui ouvre son lit ? C'était entendu, Lucas Swain était charmant... mais pas au point de lui faire abdiquer tout bon sens !

— Il ne l'est pas, rétorqua-t-elle. Vous voilà renseigné.

— Voulez-vous dire qu'il est étroit, ou trop court ? Si c'est un lit une place, pas de problème. Je me serrerai contre vous. S'il est court, en revanche, cela change tout. Je ne peux décemment pas m'éprendre d'une femme qui n'a pas l'idée d'acheter un lit assez grand pour qu'un homme s'y sente à l'aise.

— Mon lit est étroit *et* court, répondit Lily en réprimant un fou rire. Je l'ai acheté dans un couvent.

— Les bonnes sœurs vendent leurs lits ?

— C'était dans un vide-grenier, pour une bonne cause.

Lucas éclata de rire. Manifestement, son refus ne le contrariait pas le moins du monde... en admettant qu'il ait compris qu'elle disait non. En général, les hommes que l'on éconduit ont une fâcheuse tendance à la surdité.

Toutefois, elle réfléchit à la proposition de Swain de la raccompagner chez elle. Quel était le plus risqué : prendre une fois de plus les transports en commun, au risque d'être reconnue par des agents à la solde de Nervi, ou introduire Swain dans le secret de sa retraite de la rue Lepic ?

Jusqu'à présent, Lucas s'était montré un allié solide et fiable.

— J'habite à Montmartre, dit-elle finalement. Ce n'est pas sur votre chemin.

— Parfait, c'est une occasion idéale pour visiter Paris. Vous m'indiquez la route ?

Quelques minutes plus tard, après avoir pris la bonne direction, Lucas engagea la voiture sur un large boulevard. Il accéléra lorsque les feux passèrent au vert… avant de freiner brusquement sur le passage piéton, où une femme venait de s'engager au mépris de toute prudence. Dans un concert de crissements de pneus, plusieurs véhicules s'immobilisèrent derrière eux. Un bruit de pare-chocs froissés s'éleva, accompagné du hululement d'avertisseurs martelés avec énergie. Devant eux, la femme s'était immobilisée et les regardait avec un mélange de fureur et de stupidité. Lily, quant à elle, était partagée entre la peur et la colère. Lucas n'avait évité la femme qu'au dernier moment. Ils avaient frôlé l'accident de justesse !

Il fit rugir l'accélérateur, ce qui eut pour effet de faire bondir la femme sur le trottoir. Puis il démarra en trombe, sans un regard pour l'embouteillage qui s'était créé derrière eux.

— On aurait peut-être dû s'assurer qu'il n'y avait pas de blessés ? suggéra Lily d'un ton sec. Après tout, nous sommes responsables.

— Responsables de quoi ? Du fait que cette femme a traversé alors que le feu était vert ? Du fait que les conducteurs derrière nous ne savent pas maîtriser leur véhicule ?

Lily ne trouva rien à répliquer. Même s'ils étaient tout à fait dénués d'humanité, les arguments de Lucas étaient d'une logique imparable.

— Je ne suis pas responsable de l'imprudence des Parisiens, qu'ils soient piétons ou automobilistes, poursuivit-il. Rien ne serait arrivé si cette femme avait été plus intelligente. Cela lui servira de leçon. Cela dit, je suis désolé si je vous ai fait peur. Ce n'était pas mon but.

Il avait prononcé ces dernières paroles d'un ton si contrit que Lily en oublia sa colère. D'une certaine façon, il avait raison. Elle ne pouvait pas endosser toutes les responsabilités, d'autant plus qu'elle n'était pas au volant au moment de l'incident. Et puis, la pauvre femme avait eu une expression d'indignation si comique lorsqu'ils avaient redémarré !

Après cinq minutes, Lucas rompit le silence.

— Vous avez vu sa tête ?

Cette fois-ci, Lily éclata de rire. Ce n'était pas très charitable, mais le visage contracté de fureur de la piétonne imprudente était vraiment trop drôle !

— Comment, vous riez ? Je ne vois pas ce qu'il y a d'amusant, lança-t-il d'un ton faussement désapprobateur.

Lily essuya ses yeux et dut faire appel à toute sa volonté pour retrouver son calme. Puis elle commit l'erreur de regarder Lucas. Comme s'il n'avait attendu que cela, celui-ci esquissa une grimace, en une parfaite imitation de la piétonne en colère. L'hilarité de Lily redoubla. Ce Swain était impossible !

Soudain, au moment où elle s'y attendait le moins, il quitta le boulevard, engagea la voiture dans une petite rue, coupa le moteur et détacha sa ceinture de sécurité.

— Que se passe-t-il ? s'étonna Lily en regardant autour d'elle, tous ses sens en alerte.

Elle tendit la main vers le holster fixé à sa cheville, mais Lucas la retint d'un geste.

— Vous n'êtes pas en danger.

Il n'avait pas achevé sa phrase qu'il s'était déjà penché vers elle pour l'embrasser. Ce fut un baiser fougueux, impatient, presque autoritaire. Lily ne tenta pas de résister. Même si elle l'avait voulu, elle n'en aurait pas eu la force ! Son corps n'obéissait plus à son esprit. Elle ne protesta pas lorsque Lucas posa une main sur son sein pour le caresser, ne se rebella pas lorsqu'il glissa l'autre sur sa taille, puis entre ses cuisses. Au contraire, elle rejeta la tête en arrière, savourant sa tendre exploration sans dissimuler son plaisir...

Ce diable d'homme jouait de son corps avec un instinct très sûr, se montrant tour à tour audacieux et réservé, entreprenant et respectueux, si bien que Lily en oublia rapidement sa bonne éducation. Dans un gémissement d'impatience, elle se cambra pour mieux s'offrir à ses caresses impudiques.

Lucas faisait l'amour comme il conduisait – avec fougue, passion... et à plein régime, songea-t-elle confusément. Puis, se souvenant soudain qu'ils se trouvaient sur la voie publique, elle recouvra ses esprits. Elle le repoussa avec douceur.

— Nous avons passé l'âge de faire *ça* dans une voiture, non ? Pourvu que personne ne nous ait vus !

— Pourquoi ? On ne fait pas de mal.

— Non, mais c'est très indiscret. Au fait, comment en sommes-nous arrivés là ?

Lucas lui décocha un clin d'œil égrillard.

— Je t'ai déjà dit que tu es excitante, quand tu ris ? Elle secoua la tête.

— Non, répliqua-t-elle en se composant une expression sévère. À l'avenir, je m'en souviendrai.

— Allons, ne joue pas les vierges effarouchées. Tu as adoré ce petit intermède, et moi aussi.

— Je n'ai pas dit le contraire, mais j'ai l'intention de dormir seule ce soir. Alors un bon conseil : ne te monte pas la tête... ni le reste.

Lucas sourit.

— Trop tard, surtout pour *le reste*.

Il prit sa main pour y déposer un baiser avec une tendresse inattendue, puis rajusta sa ceinture de sécurité et fit tourner la clé de contact. Quelques instants plus tard, ils roulaient de nouveau sur les boulevards. Après avoir traversé Paris, ils prirent la direction de Montmartre et de ses ruelles tortueuses. Enfin, Lily désigna un immeuble.

— Ici, la porte bleue. Nous y sommes.

Par chance, il n'y avait aucune place pour garer la voiture. Lucas ne pouvait pas s'attarder. Après lui avoir indiqué où stationner en double file, elle se pencha pour l'embrasser sur la joue.

— Merci, dit-elle. J'ai passé une journée merveilleuse.

— Et moi donc ! Je te vois demain ?

— Appelle-moi.

Avec un peu de chance, son ami aurait obtenu des renseignements sur l'installation de sécurité du laboratoire. Elle l'espérait même de tout cœur. Sinon, Swain était capable de lui proposer une autre virée farfelue... et elle savait déjà qu'elle n'aurait pas le courage de lui dire non.

Une fois en haut de l'escalier, elle poussa la porte de son appartement, la referma derrière elle et s'y adossa dans un soupir de résignation. Pour une raison qu'elle ne s'expliquait pas, ce Lucas Swain obtenait d'elle tout ce qu'il voulait. Il finirait bien par la mettre dans son lit.

Ce n'était qu'une question de temps.

Lucas n'avait pas encore quitté le labyrinthe de ruelles qui serpentaient au pied de la butte Montmartre lorsqu'il prit son téléphone pour consulter sa messagerie. Bon sang, il n'y avait rien ! Irrité, il composa le numéro de Langley et demanda le bureau de Frank Vinay. L'assistante de ce dernier lui répondit.

Frank n'était pas encore sorti d'affaire ; les médecins se donnaient vingt-quatre heures pour établir un pronostic. Lucas ferma les yeux, effondré. Il avait toujours été sous les ordres de Vinay. Jamais il ne pourrait travailler pour quelqu'un d'autre ! Il raccrocha.

Toute la journée, ses pensées s'étaient tournées vers l'homme étendu sur un lit d'hôpital, de l'autre côté de l'Atlantique. Il avait fallu la puissante attraction qu'exerçait Lily sur lui pour lui faire oublier ses inquiétudes. En vérité, sans l'angoisse qui le tenaillait, il aurait passé une journée formidable. Cette Lily Mansfield le surprenait en permanence. Dire qu'elle avait eu son premier contrat à dix-huit ans, l'âge exact de Sam aujourd'hui… Celui qui l'avait recrutée était un authentique salaud. Il avait brisé sa vie, lui avait volé son adolescence. S'il le croisait un jour, il lui ferait regretter son geste.

Son portable sonna. L'assistante de Frank ? Non, il venait juste de lui parler. Lily ? L'appel ne provenait pas d'un portable, mais d'un numéro fixe. Comment, un numéro fixe ? Il ne connaissait personne ici, en France ! Intrigué, il prit la communication.

— Oui ?

Il entendit alors une voix masculine qu'il ne connaissait pas, dotée d'un fort accent français.

— Il y a une taupe à la CIA. Rodrigo Nervi reçoit des informations confidentielles. J'ai pensé que vous deviez le savoir.

— Qui est à l'appareil ?

L'inconnu avait déjà raccroché. Lucas déconnecta l'appareil et le jeta sur le siège du passager.

— Flûte ! grommela-t-il en redémarrant.

Tandis qu'il retrouvait les boulevards et leur circulation toujours aussi intense, les questions se pressaient dans son esprit. Qui l'avait appelé ? Comment le Français – car manifestement c'en était un – avait-il eu cette information... en admettant qu'elle soit exacte ? S'agissait-il d'un piège ? Sinon, Nervi était-il au courant de son projet de s'introduire dans le laboratoire avec Lily ? Dans ce cas, maintenir leur expédition reviendrait à se jeter dans la gueule du loup...

21

Paris, hôtel Bristol – 23 novembre, 1 heure

Lucas arpentait sa chambre d'un pas nerveux. Désormais, il était complètement seul. Quelqu'un dans son proche entourage le trahissait. Sinon, pourquoi l'homme à l'accent français se serait-il adressé à lui personnellement ? Car bien sûr, c'était sur lui que la fameuse taupe de la CIA renseignait les Nervi. Il pouvait s'agir de n'importe qui. L'assistante de Frank, Patrick Washington, Garvin Reed, l'un des analystes... Le seul en qui il avait confiance était Frank, et ce dernier était à l'agonie.

Lucas avait toujours travaillé sur le terrain. Il ne connaissait pas bien les personnels administratifs, lesquels ignoraient pratiquement son existence. Il s'était toujours réjoui de cette situation, mais à présent que la roue tournait, cela pouvait le desservir. À qui se fier ? Qui le défendrait si son initiative tournait au fiasco ? Après tout, il n'était pas censé faire « ami amie » – et encore moins « amant amante » ! – avec Lily Mansfield, mais simplement la ramener par le collet pour qu'elle s'explique sur l'assassinat de Salvatore Nervi. Il s'était mis en grave infraction vis-à-vis de sa hiérarchie, et il risquait de le payer cher. Cela lui apprendrait à jouer les James Bond !

Impossible désormais de demander la moindre information sur le laboratoire de la rue Corvisart, ni d'attendre de l'aide des collègues de Langley. Il lui restait deux options. Mener à bien sa mission telle qu'elle lui avait été signifiée, c'est-à-dire ramener Lily aux USA sans chercher à connaître ses motifs, et vivre toute sa vie avec le regret d'avoir raté quelque chose d'important. Ou bien rester à Paris, s'introduire dans ce fichu laboratoire pour comprendre ce qui s'y tramait, puis découvrir qui était la balance.

Et, si possible, faire l'amour à Lily.

Lily... Plus il la connaissait, plus la désirait. Bien sûr, il l'avait trouvée sexy dès le premier regard, peut-être même dès qu'il avait lu son dossier! Il y avait en elle une énergie et un mystère qui le fascinaient. Mais ce n'était pas tout. Elle le faisait rire, elle l'émouvait, elle éveillait en lui un instinct protecteur qu'il ne se connaissait pas. Elle le rendait fou.

La seule idée de la trahir lui était insupportable. De plus, il avait une furieuse envie de l'aider à percer le secret que gardait si jalousement le Dr Giordano. Avec son intuition de femme, elle avait sans doute mis le doigt sur quelque chose de sérieux.

En réalité, sans qu'il en soit conscient, il avait déjà pris sa décision. Il allait rester à Paris pour aider Lily, avec ou sans le soutien de la CIA. Après tout, il n'était plus un débutant. Et il n'était pas seul. Il était avec Lily, qui possédait au moins autant d'expérience que lui. À eux deux, ils allaient former un tandem explosif!

Peut-être pouvait-il même compter sur un allié, l'homme qui l'avait appelé tout à l'heure. Celui-ci était manifestement très bien informé et désireux de contrecarrer l'action des Nervi. Le tout serait de le retrouver. Mais au fait... Lucas claqua des doigts. Comment n'y avait-il pas pensé plus tôt? Grâce à son portable qui enregistrait les numéros appelants, il possédait les coordonnées du Français!

Qui sait, l'homme pourrait peut-être lui donner le nom de la balance? Il ne le connaissait pas – sinon, il l'aurait mentionné – mais en partageant leurs informations et en les recoupant, ils arriveraient bien à le découvrir !

La seule façon d'être fixé était d'appeler l'inconnu. Par précaution, Lucas décida d'utiliser la carte téléphonique qu'il avait achetée en arrivant à Paris – son premier réflexe chaque fois qu'il débarquait dans un pays. Il ne voulait pas que l'autre refuse de répondre en voyant son numéro de portable s'afficher sur son téléphone. D'autre part, la discrétion la plus élémentaire lui interdisait d'appeler depuis le Bristol.

Il sortit et descendit la rue jusqu'à ce qu'il trouve une cabine téléphonique, à quelques centaines de mètres de l'hôtel. Ayant composé le numéro, il attendit en regardant sa montre. Presque deux heures du matin. Il allait sans doute réveiller son informateur. Tant pis, cela lui apprendrait à lui raccrocher au nez.

— Oui ? répondit une voix ensommeillée.

C'était lui, il reconnaissait son timbre un peu rauque de fumeur.

— Salut, dit-il en anglais. Ne raccrochez pas. Si vous voulez bien me répondre, je me contenterai de vous parler au téléphone. Sinon, je serai obligé de venir chez vous.

— Que voulez-vous ? s'enquit l'homme dans sa langue maternelle.

Se félicitant de savoir assez de français pour le comprendre, Lucas répondit :

— Quelques renseignements.

— Un instant.

Lucas l'entendit marmonner quelques mots, sans doute à sa femme. Il était donc chez lui. Il y eut un silence, une série de déclics, puis l'homme demanda, cette fois-ci en anglais :

— Que voulez-vous savoir exactement ?

— Un nom, par exemple.

— Celui de la taupe ?

— Oui, ainsi que le vôtre.

— Il ne vaut mieux pas.

— Pour vous, certes, mais pas pour moi.

— Écoutez, je risque ma vie et celle de ma femme et de mes gosses dans cette histoire. Rodrigo Nervi n'est pas quelqu'un qu'on traite à la légère.

Tiens, il résistait? Un bon point pour lui. Il semblait plus solide que Lucas ne l'avait pensé.

— Vous travaillez pour lui?

— Bien malgré moi.

— Je ne comprends pas... Il vous paie?

— En ne tuant pas ma femme et mes gosses. Et il me verse aussi de l'argent en échange d'informations confidentielles. Il m'a acheté, si vous voulez.

— Je vois... Comment avez-vous eu mon nom et le numéro de mon portable?

— En recherchant des informations sur une tueuse à gages de la CIA. Votre nom apparaissait comme celui de l'agent envoyé en Europe pour la retrouver.

— Rodrigo Nervi sait qui est cette femme?

— Oui, la taupe de la CIA lui a donné son nom et sa photographie.

— Et moi, il sait qui je suis?

— Je ne pense pas. Je ne suis que l'intermédiaire entre l'informateur de la CIA et les Nervi. Pour ma part, je ne lui ai pas donné votre nom, seulement vos coordonnées. Il cherche un moyen de vous contacter.

— Pour quoi faire?

— Vous proposer un marché, je suppose. De l'argent contre la femme, si vous la trouvez avant lui.

— Qu'est-ce qui lui fait croire que je vais accepter?

— Vous êtes bien un mercenaire?

— Non.

— Vous n'êtes pas tueur à gages?

— Non.

Lucas n'en dit pas plus. S'il était envoyé par la CIA et n'était pas tueur à gages, il ne pouvait être qu'officier supérieur. Le Français était sans doute assez futé pour le déduire.

— Ah… Alors j'ai pris la bonne décision.

— À savoir ?

— Je ne lui ai pas donné votre numéro de portable.

— Au risque de mettre votre famille en danger ?

— J'ai négocié. Ce n'est pas Rodrigo mais son frère, Damone, qui m'avait demandé cette information. Je lui ai fait valoir que s'il vous contactait, vous vous douteriez immédiatement que seul quelqu'un de la CIA pourrait avoir transmis vos coordonnées, et qu'il perdrait rapidement sa source d'informations.

— Il vous a suivi ?

— Je crois qu'il est plus fin que son frère et son père. Je lui ai suggéré de dire à Rodrigo que vous étiez supposé louer un portable en France, mais que n'ayant pas encore appelé la CIA, vous n'aviez pas eu l'occasion de donner votre numéro de téléphone.

Un peu tiré par les cheveux mais crédible, songea Lucas. Du moins, tant que Rodrigo ignorait que les agents de la CIA n'utilisaient que des appareils sécurisés pour appeler le siège. Par ailleurs, Lucas commençait à comprendre à qui il avait affaire. Pour avoir accès à des informations aussi confidentielles et être en relation avec la CIA, le Français devait occuper un poste stratégique.

— Pour qui travaillez-vous ? Interpol ?

L'homme ne répondit pas, mais son silence était éloquent. Décidément, Nervi fourrait son nez partout… et surtout là où il n'y était pas autorisé. Voilà un argument qui apporterait de l'eau à son moulin, s'il devait se justifier devant ses supérieurs…

— Si je comprends bien, résuma-t-il, vous essayez d'en dire le moins possible aux Nervi tout en préservant votre famille. Je suppose que vous pouvez difficilement refuser de collaborer.

— J'ai deux enfants. Vous ne pouvez peut-être pas comprendre…

— Moi aussi, j'ai deux enfants. Je vous reçois cinq sur cinq.

— Dans le cas présent, je n'ai fait que donner au frère de Rodrigo des éléments de décision pour ne pas poursuivre une requête.

— Et vous avez pensé que vous pourriez utiliser mon numéro pour m'avertir de l'existence d'une balance au sein de la CIA.

— Précisément. Une enquête déclenchée par des suspicions en interne a plus de chances d'aboutir que si elle est déterminée par un événement extérieur.

Cet homme n'avait qu'un espoir, comprit Lucas : qu'on identifie l'informateur et qu'on démantèle la filière de renseignement clandestin dont il était un maillon malgré sa volonté. Sans doute éprouvait-il de la culpabilité en pensant à toutes les informations qu'il avait divulguées au fil des années.

— J'ai toujours fait en sorte d'en dire le moins possible, déclara le Français comme si ses pensées avaient suivi le même chemin que celles de Lucas. Mais il fallait bien que je donne des éléments crédibles.

Cet homme était digne de confiance. Il n'avait pas recherché cette situation, et tentait de s'en sortir malgré sa faible marge de manœuvre.

— Connaissez-vous le nom de votre contact à la CIA ?

— Non, et il ne sait pas le mien. Je parle de nos vrais noms, pas de nos pseudos. Il faut bien que nous puissions nous reconnaître.

— Par quelle voie vous transmet-il les renseignements que vous lui demandez ?

— Il les envoie chez moi, sur mon ordinateur personnel. Il lui arrive de m'expédier des télécopies, mais c'est plus rare. La méthode est moins discrète.

— Et lui, comment le joignez-vous ?

— Sur son portable. Je peux l'appeler à toute heure du jour ou de la nuit en cas d'urgence.

— Vous avez essayé de trouver son identité à partir de son numéro de portable ?

— Nous ne menons aucune enquête à Interpol, monsieur. Nous n'avons qu'un rôle de coordination.

Lucas le savait très bien. Il n'avait posé la question que pour tendre un piège à son interlocuteur.

— De toute façon, poursuivit le Français, le portable est sans doute enregistré sous un faux nom.

— Oui, évidemment... Vous êtes souvent en contact avec cet informateur ?

— C'est très irrégulier. Nous pouvons ne pas nous parler pendant des mois. Nous nous sommes appelés à deux reprises ces derniers jours.

— Je suppose qu'un troisième appel éveillerait les soupçons ?

— Pas nécessairement... Vous avez une idée ?

— Oui. J'ai besoin d'un enregistrement de votre prochain échange. Vous pouvez couper le micro quand vous parlerez, je me fiche de la teneur de votre discussion. Ce que je veux, c'est entendre sa voix.

— Vous voulez une empreinte vocale ?

— Exact. Il me faudra aussi les références de votre enregistreur afin de me procurer le même.

La voix d'un individu était unique, comme son visage ou ses empreintes digitales. Elle était la combinaison de variables si nombreuses – la gorge, le souffle, la langue – que même les meilleurs imitateurs ne pouvaient la contrefaire à la perfection. L'analyse par ordinateur permettait une identification infaillible, à condition de comparer des voix enregistrées par le même modèle d'appareil afin d'éviter toute modification, même imperceptible à l'oreille.

— Je vous prépare tout ça.

L'homme marqua une pause, puis ajouta :

— Si vous réussissez, vous me sauvez la vie, monsieur, ainsi qu'à ma famille.

— Si *nous* réussissons, rectifia Lucas. En échange, j'ai une faveur à vous demander.

— Tout ce que vous voudrez, si c'est en mon pouvoir.

— Vous connaissez quelqu'un qui pourrait obtenir les plans du système d'alarme d'un bâtiment ?

— Un bâtiment qui appartient aux Nervi ?

— Bien joué. Alors ?

— Dans l'immédiat, je ne vois personne, répondit l'homme avec enthousiasme, mais je vous donne ma parole que je vais remuer ciel et terre pour vous trouver ça.

C'était peut-être en enfer qu'il faudrait chercher, songea Lucas après avoir raccroché. Si le diable existait, les Nervi étaient ses serviteurs...

22

Paris, rue Lepic – 23 novembre, 8 heures

Lily sourit en entendant son portable sonner. C'était l'heure où Lucas était d'humeur coquine… Sans un regard pour l'écran où s'affichait le numéro de son correspondant, elle souleva le combiné.

— Allô ?

— Mademoiselle Mansfield ?

Ce n'était pas Lucas. La voix qu'elle entendait était monocorde, avec de désagréables inflexions métalliques. Déformée par un filtre spécial, comprit Lily.

Un frisson glacé parcourut la jeune femme. Au prix d'un effort de volonté, elle s'interdit de couper la connexion. D'accord, l'inconnu pouvait la joindre sur son portable, mais cela ne signifiait pas qu'il pouvait la localiser. Le téléphone était au nom de Liliane Mansfield, l'appartement à celui de Claudia Weber. Nul n'était en mesure de relier les deux.

Rapidement, elle passa en revue les personnes à qui elle avait transmis ses coordonnées. Elles tenaient sur les doigts d'une main, et les trois premières ne l'appelleraient plus jamais. Restait Swain. Celui-ci ne se serait pas amusé à lui jouer un tour d'aussi mauvais goût.

Donc, un cinquième individu possédait ses coordonnées.

— Mademoiselle Mansfield ? répéta la voix.

— C'est moi. Qui vous a donné mon numéro ?

Pour toute réponse, l'autre dit, en français :

— Vous ne me connaissez pas, mais je suis une relation de vos amis, les Joubran.

Lily se tendit en entendant mentionner ses amis.

— Qui êtes-vous ?

— Vous m'excuserez, mais je ne puis vous le révéler.

— Pourquoi ?

— Simple mesure de sécurité.

— Pour qui ?

— Pour vous comme pour moi.

L'argument était imparable.

— Que voulez-vous ? questionna Lily.

— C'est moi qui ai loué les services des Joubran pour détruire le laboratoire. Ils n'auraient pas dû y laisser la vie. Cela ne faisait pas partie de mon plan.

— Votre plan ?

— Arrêter les recherches du Dr Giordano.

— C'est donc bien dans ce but que vous avez contacté Tina et Averill… Mais alors, pourquoi m'appelez-vous ? Ils ont réussi !

— De façon provisoire seulement, car les recherches ont repris. J'ai besoin de vous pour y mettre un terme définitif.

— Pourquoi moi ? demanda Lily, méfiante.

— Pour deux raisons. D'abord, vous voulez venger vos amis. Voilà pour vos motifs. Ensuite, vous seule êtes capable de mener à bien une telle mission. Qui d'autre que vous aurait pu forcer les défenses de Salvatore Nervi et le tuer ?

Lily frémit. Comment cette personne savait-elle qu'elle avait assassiné Nervi ? Elle y réfléchirait plus tard. Pour l'instant, sa priorité était d'en découvrir le plus possible sur celui qui l'appelait. Ironie du sort, l'homme – elle supposait que l'individu était de sexe masculin – lui proposait de l'engager pour faire ce qu'elle aurait fait de toute façon. Peut-être aurait-il une solution à lui proposer pour s'introduire dans le laboratoire?

— Qu'attendez-vous très exactement de moi?

— Vous avez entendu parler du virus de la grippe aviaire. Le Dr Giordano a réussi à le modifier de façon à le rendre transmissible entre humains. Il compte profiter de la prochaine épidémie de grippe aviaire pour créer une pandémie à l'échelle mondiale, afin de générer une demande massive de vaccins. Bien entendu, il sait que les enfants, dont le système immunitaire est plus fragile, seront les premiers touchés. Des millions de personnes risquent de mourir, mademoiselle, les enfants les premiers. Ce sera une pandémie plus grave encore que celle de 1918, qui a fait, selon les estimations, entre vingt et cinquante millions de morts.

Les enfants. Zia. C'était pour elle que Tina et Averill avaient accepté la mission. Pour la protéger. Comble de l'horreur, c'était pour cela qu'elle était morte. Une bouffée de rage serra la gorge de Lily.

— Le virus modifié est au point, le vaccin le sera bientôt, continua son interlocuteur. Il ne reste plus qu'à attendre la prochaine épidémie classique pour répandre le virus à travers les populations. Personne ne devinera que sa mutation a été sciemment orchestrée. L'épidémie se propagera très rapidement. La panique s'emparera des populations, il y aura des dizaines de milliers de morts. Alors, l'organisation Nervi annoncera qu'elle a mis au point un vaccin, qu'elle vendra à prix d'or. Elle se taillera une fortune colossale.

C'était donc cela... Un frisson d'effroi parcourut Lily. Les Nervi étaient d'authentiques monstres. Des monstres intelligents et organisés. Leur méthode qui consistait à créer une demande sur un produit dont on s'est assuré le monopole, avait déjà prouvé son efficacité. De Beer l'avait employée avec les diamants, en limitant le nombre de pierres disponibles sur le marché ; l'OPEP l'utilisait avec le pétrole. On pouvait se passer de diamant, et même de voiture. Mais en cas d'épidémie, personne ne survivrait sans le vaccin...

— Pourquoi n'alertez-vous pas les autorités ? demanda-t-elle.

— Salvatore Nervi avait de nombreuses accointances avec les milieux politico-financiers. Il a mis en place tout un jeu d'alliances, où chacun, en dénonçant ses machinations, signerait sa propre perte. D'ailleurs, que voulez-vous prouver ?

— Il a le virus dans son laboratoire.

— La belle affaire ! Comment le Dr Giordano pourrait-il développer un vaccin sans le virus ? Officiellement, cet homme est un saint. Il œuvre pour la santé publique.

Évidemment, vu sous cet angle... Pourtant, Lily ne voulait pas accorder trop de foi aux affirmations de l'inconnu. Comment savoir si Rodrigo ne lui tendait pas un piège ?

— Écoutez, dit-elle, je comprends vos inquiétudes, mais je n'ai aucun moyen de savoir si je peux vous faire confiance.

— C'est exact, et sachez que cela me désole, mais je n'ai pas de solution à ce problème.

— Demandez à quelqu'un d'autre.

— Je n'ai pas le temps. Personne d'autre que vous, à ma connaissance, n'est plus indiqué pour remplir cette mission.

— Tina était experte en systèmes de sécurité. Pas moi.

— Ce n'est pas un obstacle. C'est moi qui ai fourni aux Joubran le plan du laboratoire.

— Il a sûrement été changé.

— Je vous procurerai toutes les informations utiles.

196

— Si vous avez toutes les données, détruisez vous-même le laboratoire.

— Certaines raisons m'en empêchent.

Lily s'absorba dans un silence pensif. À qui avait-elle affaire ?

— Je vous paierai, ajouta l'autre. Un million de dollars.

Pour faire exploser une bombe dans un laboratoire ? C'était beaucoup trop ! Quelque chose clochait… mais quoi ?

— En échange, reprit-il, le Dr Giordano doit mourir. Sinon, il recommencera ses recherches. Tout doit être détruit : le docteur, ses papiers, ses fichiers informatiques, le virus. Tout. J'ai commis l'erreur la première fois de ne pas aller jusqu'au bout de la démarche.

Un contrat sur le Dr Giordano. La somme d'un million de dollars s'expliquait, à présent. En fait, Lily ne décelait rien d'illogique dans le discours de son mystérieux interlocuteur. Ses propos répondaient même à certaines de ses interrogations.

Pour autant, il n'était pas question de se jeter dans la gueule du loup. Elle hésita.

— Eh bien, vous ne dites rien ?

— J'ai besoin de temps pour réfléchir, répliqua-t-elle.

— Je vous comprends tout à fait. Je suppose que la prudence est indispensable dans votre situation. D'un autre côté, le temps est compté. En tergiversant, vous donnez à Rodrigo l'occasion de vous rattraper. Il dispose d'une organisation aux ramifications innombrables, ses informateurs sont partout, on peut vous retrouver d'un jour à l'autre. Avec l'argent que je vous offre, vous aurez largement de quoi lui échapper.

Certes, un million de dollars, ce n'était pas à négliger. La somme améliorerait grandement son compte en banque !

— Je vous donne la journée pour réfléchir, mais pas plus. Il est urgent d'agir. Je vous rappellerai demain.

Sans attendre sa réponse, il raccrocha. Machinalement, Lily posa les yeux sur l'écran de son téléphone. Aucun numéro ne s'y trouvait, comme elle aurait dû s'y attendre. Un homme qui pouvait payer un million de dollars avait les moyens d'assurer la confidentialité de ses appels. Contrairement à ce qu'elle avait d'abord supposé, il ne devait pas travailler pour le laboratoire. Un simple employé, même bien payé, n'aurait pu disposer d'une telle fortune.

S'agissait-il d'un partenaire des Nervi, pris de remords de conscience ? De Rodrigo lui-même, tentant le tout pour le tout afin de la piéger ? D'une main tremblante, elle composa le numéro de Swain. Lui seul pourrait l'aider à prendre une décision.

Il ne répondit qu'à la troisième sonnerie.

— Salut, beauté ! dit-il d'un ton paresseux. Bien dormi, malgré mon absence ?

— Il y a du nouveau, annonça-t-elle, ignorant son accueil charmeur. J'ai besoin de ton aide.

Aussitôt, la voix de Lucas se tendit. Il avait compris que quelque chose n'allait pas.

— Je passe te prendre.

Ce n'était pas une question mais une affirmation. En d'autres circonstances, Lily se serait rebellée. Elle ne songea même pas à protester. À présent qu'un parfait inconnu avait pu se procurer son numéro de portable, elle ne se sentait plus en sécurité.

— Je serai chez toi d'ici une heure ou deux.

— Appelle-moi quand tu arrives, je te rejoindrai en bas de mon immeuble pour gagner du temps.

Ayant raccroché, elle prit une douche puis s'habilla, choisissant une fois de plus un pantalon large et une paire de bottes. Elle releva ses cheveux en chignon afin de pouvoir les dissimuler sous un chapeau. Un coup d'œil à la fenêtre lui apprit que la journée s'annonçait ensoleillée. Tant mieux, songea Lily, ses lunettes noires ne sembleraient pas incongrues.

Elle s'assit à la petite table du coin cuisine et entreprit de vérifier que son arme fonctionnait parfaitement. Ensuite, elle glissa des munitions dans son sac à main. Pas question d'être prise au dépourvu, comme l'autre jour au square.

Une demi-heure plus tard, le téléphone sonna.

— Je serai là dans cinq minutes, annonça Lucas.

— Entendu, à tout de suite.

Elle passa un manteau, mit ses lunettes et son chapeau et quitta l'appartement en saisissant son sac au passage. Par-dessus les bruits habituels de la ville, le rugissement d'un moteur lancé à vive allure se fit entendre. Lucas n'avait pas changé de conduite. Il était déjà devant la porte de l'immeuble lorsque Lily sortit, et redémarra avant qu'elle ait eu le temps de refermer sa portière.

— Que se passe-t-il ?

Il avait parlé d'une voix tendue. Disparu, le séducteur aux allures nonchalantes ! L'homme à son côté était concentré, prêt à passer à l'action. Elle en ressentit un certain soulagement. Elle avait bien jugé ce Swain.

— On m'a appelée sur mon portable, expliqua-t-elle en bouclant sa ceinture. Comme tu es le seul à avoir mon numéro, j'ai décroché sans regarder l'écran. Un homme à la voix brouillée par un filtre électronique m'a offert un million de dollars.

Lucas haussa les sourcils.

— Pour quelle prestation ? J'espère qu'il ne s'agissait pas d'une proposition indécente ?

— Pas dans le sens où tu l'entends. Il s'agit d'un contrat sur le Dr Giordano. Je dois aussi détruire le laboratoire.

Lucas rétrograda pour négocier un virage.

— Continue, dit-il d'un ton intrigué.

Elle lui relata alors l'étrange conversation qu'elle avait eue une heure plus tôt, en essayant de n'omettre aucun détail. Lucas l'écouta sans l'interrompre, une expression d'intense concentration sur le visage.

— Combien de temps avez-vous parlé ?

— Cinq minutes, peut-être plus.

— Alors il aura eu le temps… marmonna Lucas, soucieux.

— De… ?

— De te localiser. En tout cas, de savoir dans quel coin de Paris tu étais. Si c'est Nervi, il n'aura qu'à faire ratisser le quartier par des hommes munis de ta photographie pour te trouver.

— Je ne connais personne, je ne fais pas mes courses près de chez moi et la propriétaire de l'appartement ne vit pas en France.

— Ça ne suffira pas. N'importe qui peut reconnaître tes yeux. Tu as un regard qu'on n'oublie pas, une fois qu'on l'a croisé.

— Merci, marmonna Lily.

— Pas de quoi, c'est gratuit. Bref, tu aurais intérêt à rassembler quelques affaires indispensables et à venir t'installer chez moi, du moins jusqu'à ce qu'il rappelle. Si c'est Nervi et qu'il tente à nouveau de te localiser, tu seras de l'autre côté de Paris. Cela le ralentira dans ses recherches.

Rester avec Swain ? L'idée était a priori séduisante. Elle passerait plus facilement inaperçue dans l'anonymat feutré du Bristol que dans son quartier fréquenté par d'innombrables touristes. De plus, avec un homme de sa trempe, elle se sentait en sécurité. Il était solide, observateur et réagissait vite.

Seule ombre au tableau, elle craignait que l'intimité d'une chambre ne mène à plus d'intimité encore… d'autant qu'ils devraient partager le même lit. Évidemment, il y avait d'autres urgences que de savoir si elle ferait ou non l'amour avec lui…

Il lui jeta un regard en coin. Il savait parfaitement à quoi elle pensait. Au moins, il eut l'honnêteté de ne pas lui promettre d'un ton vertueux qu'il ne poserait pas la main sur elle. Il tenterait sa chance, ils le savaient tous les deux. À elle de prendre une décision.

— Entendu, dit-elle.

Il n'esquissa même pas un sourire de triomphe.

— Très bien, répondit-il simplement. Maintenant que cette question est réglée, tu vas me répéter tout ce qu'il t'a dit sur la grippe aviaire. J'ai un contact à Atlanta qui pourra nous confirmer si ces affirmations sont réalistes. Inutile de nous précipiter pour sauver le monde d'une menace inexistante.

Tandis qu'il rebroussait chemin vers son appartement, Lily répéta tout ce dont elle se souvenait.

— Je crois que j'ai tout mémorisé, déclara-t-il en ralentissant devant son immeuble. Je t'accompagne, au cas où quelqu'un t'attendrait là-haut ?

Elle tapota sa botte.

— Inutile, j'ai de quoi me défendre.

— Bon, alors va prendre tes affaires. Pendant ce temps, je téléphone à Atlanta.

Lily gravit quatre à quatre l'escalier qui menait chez elle. Avant de refermer la porte, elle avait pris la précaution de coller un fin cheveu blond entre le battant et le chambranle. Si on était entré en son absence, elle le saurait tout de suite.

Le cheveu était toujours là, constata-t-elle avec soulagement. Attentive, elle tendit l'oreille. Personne. Ayant ouvert la porte, elle rassembla rapidement quelques effets de première nécessité. Qui savait quand elle reviendrait ?

Si elle revenait.

23

Paris, butte Montmartre – 23 novembre, 9 heures

Certains numéros de téléphone restent gravés dans votre mémoire comme dans du marbre. Hélas, ce n'était le cas de celui de son vieux copain Micah Sumner, regretta Lucas en composant sur son portable le numéro des renseignements internationaux. Par chance, son ami n'était pas sur liste rouge. Après avoir répondu affirmativement à la boîte vocale qui lui proposait d'être mis en relation avec son correspondant, Lucas attendit en observant les alentours. Personne de suspect n'était en vue.

On décrocha à la sixième sonnerie.

— Mmm ? marmonna une voix ensommeillée.

— Micah ? Lucas Swain à l'appareil.

Un bâillement sonore répondit.

— Micah ? répéta Lucas.

— Bon sang, tu sais quelle heure il est ?

Lucas consulta sa montre. Neuf heures en France, soit… voyons… trois heures du matin de l'autre côté de l'Atlantique.

— Désolé, vieux, j'ai une urgence.

— Tu as intérêt. J'écoute.

— Voilà. Que sais-tu de la grippe aviaire ?

— Tu m'appelles à trois heures du matin pour une conférence sur la grippe du poulet ? C'est une blague ?

202

— J'aimerais bien. Est-ce que ce virus est dangereux ?

Micah laissa échapper un soupir de résignation.

— Pas pour le gibier sauvage, mais il peut faire des ravages dans les populations de volaille domestique. Rappelle-toi l'épidémie de 97, on en a assez parlé aux infos. Il a fallu abattre deux millions de poulets à Hongkong.

— En 97, je n'avais pas la télévision ; j'étais dans la jungle. Bon, alors ça ne tue que les oiseaux ?

— Il arrive que le virus mute et franchisse la barrière des espèces. Il y a eu des victimes humaines.

— Tu dirais que c'est plus dangereux que la grippe classique ?

— Beaucoup plus ! L'espèce humaine n'a pas développé d'immunité contre ce virus. Les personnes contaminées ont été très malades, beaucoup en sont mortes.

— C'est rassurant.

— Jusqu'à présent, on a eu de la chance. Les mutations qu'on a observées ne permettaient qu'une infection d'animal à humain. Pas d'un humain à un autre. D'après les experts, voilà déjà quelques années qu'on aurait dû avoir affaire à un recombinant.

— Un quoi ?

— Un recombinant. Un virus «nouvelle génération», si tu veux, composé à partir d'un brassage génétique. Les recombinants sont susceptibles de faire beaucoup de dégâts. Il semble que le virus qui a touché Hongkong n'en était pas un, mais cela ne l'a pas empêché de franchir la barrière des espèces. S'il mutait de façon à être transmissible d'homme à homme, ce qui est statistiquement probable, ce serait une catastrophe.

— Pourquoi ?

— Nous n'avons pratiquement jamais été confrontés aux virus «parents» du recombinant en question.

Par conséquent, l'espèce humaine ne dispose pas de défenses immunitaires contre lui.

— Je vois… Je suppose qu'il n'y a pas de vaccin ?

D'un regard, Lucas vérifia l'entrée de l'immeuble. Lily n'avait sans doute pas fini de rassembler ses affaires.

— C'est quasiment impossible. Les virus nouvellement apparus frappent fort et se propagent rapidement. Il faut des mois pour mettre au point un vaccin et s'assurer qu'il peut être lancé sur le marché. Le virus a le temps de tuer des milliers de personnes.

— Aucun laboratoire n'a relevé le défi ?

— Pas à ma connaissance. Pour une bonne raison : les vaccins sont cultivés dans des œufs.

— Et… ?

— Et la grippe aviaire tue les œufs, bien entendu ! Ce vaccin est le plus difficile à mettre au point.

— L'OMS ne s'affole pas ?

— Ne le dis à personne, mais c'est leur pire cauchemar. Je crois savoir qu'ils financent discrètement des programmes de recherche dans différents pays. Pour l'instant, on n'a pas annoncé d'avancées significatives.

Lucas réfléchit rapidement.

— Si je te suis, il faudrait procéder dans le sens inverse.

— C'est-à-dire ?

— Créer un recombinant, mettre au point le vaccin qui lui correspond et relâcher le virus dans la population. Dans les grandes villes à forte densité humaine, par exemple. On serait ainsi assuré de pouvoir écouler d'énormes stocks de vaccin… et d'amasser une fortune colossale.

Un hoquet de surprise parvint aux oreilles de Lucas.

— Attend, Swain. Personne n'aurait l'idée… Non, ce n'est pas possible !

Puis, comme Lucas ne répondait pas :

— Si ? insista-t-il. Tu penses que c'est un scénario probable ? Tu sais quelque chose ?

Toute fatigue avait disparu de sa voix.

— Rien de précis encore, répliqua Lucas. Je suis sur une piste, mais ça pourrait n'être qu'une rumeur. Avant d'enquêter, je voulais m'assurer que c'était faisable d'un point de vue scientifique.

— Je te confirme que ça l'est. Et ce serait une épouvantable catastrophe. Surtout pour les gosses, dont le système immunitaire est moins développé que celui des adultes.

Puis, après une pause :

— Dis, Swain… si tu savais quelque chose, tu ne me le cacherais pas, hein ? s'enquit-il d'un ton alarmé.

— Écoute, ce n'est qu'une rumeur. La saison grippale a commencé, n'est-ce pas ?

— Oui, mais pour l'instant, les observatoires n'ont rien constaté d'anormal. Si tu as la moindre information à ce sujet, il faut m'en avertir.

— Même à trois heures du matin ?

— À n'importe quelle heure du jour ou de la nuit. J'ai ta parole ?

— Promis. Je te rappelle la semaine prochaine pour te tenir au courant. Merci de ton aide, et toutes mes excuses de t'avoir réveillé. Bonjour à madame.

— Pas de problème, vieux. À bientôt.

Pensif, Lucas rangea le portable dans sa poche. Celui qui avait appelé Lily semblait bien informé ! Non seulement les menaces qu'il avait évoquées étaient vraisemblables d'un point de vue scientifique, mais elles étaient prises au sérieux par les spécialistes, dont Micah faisait partie. Dire qu'il était impossible dans l'immédiat d'en avertir l'Agence ! Frank était absent, son remplaçant était un parfait inconnu, et une taupe avait infiltré les rangs pour fournir des renseignements classés « confidentiel » au clan Nervi…

Pourtant, il était urgent d'arrêter au plus vite les recherches du Dr Giordano. Si Frank avait été opérationnel, il aurait suffi de quelques coups de téléphone pour transformer le laboratoire de la rue Corvisart en un cratère béant. En l'absence de Vinay, Lucas n'avait plus d'interlocuteur fiable à cent pour cent à la CIA.

Que faire ? Il aurait pu remettre l'affaire entre les mains de Micah, mais les services de santé publique fédéraux, auxquels appartenait celui-ci, étaient bien impuissants. Quelle était leur marge de manœuvre, à part alerter l'OMS et attendre une réponse qui pouvait mettre des semaines à venir ? Il fallait que quelqu'un se charge personnellement de régler la question. Tout de suite.

Enfin, Lily refit son apparition, portant deux grands sacs de voyage à chaque main. À son épaule, il reconnut un fourre-tout noir qui lui était familier. Il sourit. Sans cet accessoire, jamais il n'aurait retrouvé la jeune femme.

Il descendit de voiture pour l'aider à poser ses affaires dans le coffre, puis lui ouvrit la porte. Elle semblait un peu essoufflée. Les conséquences de l'empoisonnement qui avait failli lui coûter la vie ? Discrètement, il regarda ses lèvres. Aucune coloration bleue, signe de détresse cardiaque. Ses ongles, non vernis, étaient d'un joli rose pâle. Pas de symptôme alarmant, conclut-il, soulagé.

Puis il songea qu'elle venait de monter et dévaler trois étages, de parcourir à la hâte son appartement, sans doute avec l'angoisse de ne rien oublier d'important derrière elle, et qu'il était naturel que son souffle soit aussi rapide.

Alors qu'elle le frôlait pour s'asseoir, il referma les mains sur sa taille pour la plaquer contre lui. Elle leva vers lui un regard interrogateur, auquel il répondit par un baiser. Que ses lèvres étaient tendres ! Il aurait volontiers prolongé leurs ébats sur un mode plus torride, mais le lieu ne s'y prêtait pas.

À contrecœur, il la repoussa doucement. Elle plongea son regard dans le sien – un regard où se lisait un abandon mêlé d'impatience qui ne fit qu'aviver son désir.

Ayant refermé la portière, il contourna le véhicule et prit place au volant.

— Je vais devoir changer de voiture, dit-il.

— Parce qu'on peut m'avoir vue y monter?

— Exact, répondit Lucas en démarrant. La question est de savoir quel modèle je vais choisir.

— Quelque chose de plus discret, une Lamborghini rouge vif, par exemple? suggéra Lily.

Lucas laissa échapper un rire sonore et se tourna vers elle.

— Bon, j'aime les belles voitures. Ce n'est pas un crime.

— C'est ta conduite qui est un crime. Et sois gentil, regarde devant toi; tu me rends nerveuse.

— À cause de ma façon de piloter… ou de ma virilité hors du commun?

— Vantard. Bon, tu as pu joindre ton ami aux USA?

Aussitôt, l'humeur légère de Lucas s'envola.

— Oui, dit-il d'un ton grave. La mauvaise nouvelle, c'est que cette menace d'épidémie sciemment déclenchée est tout à fait crédible. L'OMS finance d'ailleurs des équipes de recherche travaillant à un vaccin.

— Et la bonne nouvelle?

— C'est que Nervi, s'il envisage effectivement une telle manœuvre, n'agira pas tant qu'il n'aura pas mis le vaccin au point. Or, nous savons que la recherche a pris du retard, grâce à l'intervention des Joubran. Nervi va probablement attendre la prochaine saison pour passer à l'attaque. Nous avons un peu de temps devant nous.

— Alors cela change tout… murmura Lily.

Elle parut hésiter, puis reprit :

— Nous ferions peut-être mieux de demander de l'aide. La CIA ne voudra plus écouter mes arguments, mais je peux appeler discrètement l'un de mes anciens contacts ici. Il se mettra en relation avec eux pour qu'ils interviennent. Ils seront plus efficaces que nous.

— Certainement pas ! s'exclama Lucas.

Lily tourna vers lui un visage interrogateur.

— Pourquoi dis-tu cela ?

— Parce que…

Bon sang, quel argument invoquer ? Lily ne savait pas que Nervi avait une taupe dans les rangs de la CIA, laquelle risquait de tout faire échouer, mais il ne pouvait le lui révéler sans se trahir.

— Parce que Rodrigo Nervi est un homme très influent, dit-il sur une inspiration. Qui te dit qu'il n'a pas d'informateurs jusque dans ton organisation ?

— Je n'y avais pas pensé… admit-elle, songeuse. Évidemment, c'est un risque…

Lucas refoula le soupir de soulagement qui montait à ses lèvres. Il l'avait échappé belle !

— D'après toi, poursuivit Lily, nous ferions mieux d'agir seuls, alors ?

— Ça me semble plus raisonnable.

Il haussa les épaules avec fatalisme.

— Il va falloir sauver le monde nous-mêmes, comme des grands.

La situation prenait une tournure qu'il n'avait pas envisagée. Malgré sa désinvolture, Lucas était gagné par une certaine nervosité. Comment être sûrs qu'ils ne feraient pas plus de dégâts qu'ils n'en éviteraient en manipulant un virus extrêmement dangereux ? S'introduire dans le centre de recherche de la rue Corvisart n'était qu'une première étape : ils allaient avoir besoin d'aide à l'intérieur, pour une visite guidée d'un genre un peu spécial.

— J'espère que le type qui t'a appelée a ses entrées au labo, marmonna-t-il. Sinon, on aura l'air de deux idiots.

— C'est exactement ce que j'allais dire. Il nous faut un expert sur place pour éviter toute erreur de manipulation. Pas question de prendre le moindre risque.

Une fois de plus, elle le surprenait par la rapidité et la justesse de son raisonnement. Ils allaient à la même allure, tous les deux…

Il gara la voiture devant une boulangerie et descendit acheter des croissants.

— Service d'étage, annonça-t-il en tendant le sac à Lily. Le petit déjeuner de madame.

Elle sourit.

— Bonne idée, j'ai une faim de loup. Au fait, dit-elle en mordant à pleines dents dans une viennoiserie, j'ai une faveur à te demander.

Lucas piocha dans le sac à son tour.

— Tout ce que tu voudras.

— Je vais proposer une rencontre à l'homme qui m'a appelée. Il faut que je sache à qui nous avons affaire. Si c'est un piège de Rodrigo et que je suis capturée, sois gentil : tue-moi. S'il me prend vivante, il voudra d'abord s'amuser avec moi avant de m'achever. J'ai peur de ne pas aimer sa façon de jouer.

Lucas cessa de mâchonner son croissant, qui soudain avait un goût de cendre.

— Bien sûr, s'entendit-il murmurer d'une voix blanche. Je te le promets.

— Merci.

Elle lui adressa un sourire radieux, comme s'il venait de lui offrir un superbe cadeau. Lucas posa son croissant, l'estomac noué. Comment pouvait-elle dévorer le sien avec un tel appétit? Elle ne semblait pas se rendre compte que c'était peut-être leur dernier petit déjeuner ensemble.

Il se mordit les lèvres pour réprimer un gronde-ment d'angoisse et de frustration. Il voulait d'autres petits déjeuners avec elle, beaucoup d'autres !

Depuis qu'il était dans le métier, il abordait chaque mission conscient qu'elle pouvait être la dernière. Il savait aussi que Lily faisait son travail en toute connaissance de cause. Pourtant, cela ne l'aidait pas à accepter la situation.

Il allait la laisser proposer un rendez-vous à l'homme qui l'avait appelée, et l'accompagner aussi loin que possible, en toute discrétion. Bien entendu, il serait armé. Si Rodrigo ou ses sbires se montraient, il les abattrait sans pitié. Il était prêt à prendre tous les risques pour elle.

Y compris celui d'y laisser sa peau.

24

Paris, porte de Vincennes – 23 novembre, 11 heures

Lily eut toutes les peines du monde à convaincre Lucas de choisir une voiture petite et discrète, une fois qu'il eut rendu la sienne à l'agence de location.

— Une Fiat trois portes ? gémit-il d'un ton horrifié. Pourquoi pas une voiture à pédales ?

Elle réprima un éclat de rire.

— Il nous faut un modèle passe-partout, insista-t-elle en s'efforçant de conserver son sérieux.

— Moi, je dirais qu'il nous faut un véhicule puissant. Au cas où l'on devrait échapper à des poursuivants.

— Je te l'ai déjà dit, tu regardes trop de films d'action.

— Et toi, tu devrais en voir plus. Quelqu'un qui roule en Mercedes ou en BMW se fiche d'être remarqué. Personne ne le soupçonne de vouloir se dissimuler. Si je cherchais une personne, je surveillerais les Fiat, parce que c'est ce que choisirait quelqu'un qui ne veut pas qu'on le voie.

De fait, Lily devait reconnaître qu'elle avait adopté cette même théorie, en se coiffant ce matin d'une perruque d'un roux criard et en chaussant des lunettes cerclées de rouge vif. À vrai dire, elle avait une autre motivation : le plaisir de voir Lucas au volant d'une petite voiture et de l'entendre grommeler. Dix contre un qu'il serait digne des plus grands comiques ! Elle avait besoin de cela pour chasser la tension nerveuse qui montait en elle depuis quelques heures.

— Il faut savoir tromper l'ennemi, Lucas. On t'a d'abord vu conduire une Jaguar, puis une Mégane. On te cherchera dans une voiture haut de gamme. Personne ne t'imaginera au volant d'une petite Fiat.

— Ce n'est pas du jeu.

On aurait dit un gamin privé de son jouet préféré !

— Eh bien, on y va ?

— Pas envie. Je veux une grosse cylindrée.

— On prend une Fiat, décréta Lily. Si je pouvais, je la paierais avec *ma* carte de crédit, mais Rodrigo en serait informé avant que j'aie fini de saisir mon code. D'ailleurs, je ne sais pas si elle est encore valable, je crois que le délai est expiré.

— Et moi, c'est ma carte de crédit qui risque d'expirer… de honte, à l'idée de servir à payer une caisse à savon sur roulettes.

Pourtant, il poussa la porte de l'agence de location – ils avaient décidé d'en changer afin de ne pas éveiller les soupçons – et se dirigea vers le comptoir. Quelques minutes plus tard, on leur tendait les clés d'une Fiat trois portes bleue.

C'était une bonne petite voiture capable d'accélérations rapides, songea Lily avec satisfaction, mais Lucas ne semblait pas convaincu. D'un air morose, il mit ses sacs dans le coffre et s'installa au volant, non sans avoir reculé le siège le plus loin possible pour loger ses grandes jambes.

— Il y a un système d'aide à la navigation, fit-elle remarquer.

— Pas besoin. Je sais lire une carte.

Puis, tournant la clé de contact, il imita d'une voix de fausset un moteur de faible puissance. Exactement celui que produisait la Fiat, constata Lily avec consternation… avant de laisser échapper un éclat de rire.

— Dire qu'on va me voir arriver au volant de cette tortue en plastique au Bristol ! gémit Lucas.

— Je ne te savais pas aussi snob.

— Ce n'est pas du snobisme, c'est de l'instinct de survie. On aura bonne mine si on doit échapper à des tueurs en grosse cylindrée !

Une fois de plus, la jeune femme ne put retenir un éclat de rire. Aussi surprenant que cela paraisse, étant donné les risques qu'ils s'apprêtaient à prendre, toutes ses angoisses s'étaient envolées. D'un accord tacite, ils avaient décidé de s'offrir une journée rien que pour eux. Comme si ce devait être la dernière.

Elle avait connu des tueurs à gages qui vivaient dans l'instant. À l'époque, cela lui avait semblé fou. Aujourd'hui, elle comprenait plus que jamais la nécessité de savourer chaque seconde sans penser au lendemain. Pour la première fois depuis bien longtemps, elle avait quelque chose à perdre.

Ou plutôt quelqu'un.

Malgré elle, elle songea à toutes les promesses qu'elle pouvait lire dans le regard de Lucas, dans ses gestes, dans sa façon de se préoccuper d'elle... des promesses que la vie ne lui donnerait sans doute pas l'occasion de tenir. Elle aurait pu l'aimer, si les circonstances avaient été différentes. Elle l'aimait déjà un peu, en fait. Il était si drôle, si solide, si rassurant...

— Je déteste cette voiture, marmonna-t-il, l'arrachant à ses pensées. Elle me fait perdre mes moyens.

— Pardon ?

— J'ai l'impression d'être castré. Je te préviens, si je deviens impuissant, tu en porteras toute la responsabilité.

Lily se mordit les lèvres pour contenir le rire qui montait en elle. Lucas était vraiment impossible.

— Et tu devras prendre en charge ma rééducation sexuelle, ajouta-t-il sur le même ton pince-sans-rire.

— Promis.

Comme s'il n'avait attendu que ces paroles, il lui décocha un clin d'œil égrillard. N'était-elle pas allée un peu trop loin ? Elle éprouva soudain l'impression qu'il l'entraînait sur un terrain où elle n'était pas certaine de vouloir s'engager.

Bien sûr, la perspective de passer une nuit avec lui n'était pas déplaisante, bien au contraire. D'un autre côté, elle ne parvenait pas à se sentir à l'aise à cent pour cent avec cette idée. Disons qu'elle avait envie de lui à quatre-vingt-dix-neuf pour cent, et qu'elle se méfiait de lui à un pour cent. Lucas dut deviner sa réticence car il précisa :

— C'était pour rire, Lily. Je n'ai pas l'intention de te harceler.

Elle détourna le regard pour cacher son trouble.

— Ça t'est déjà arrivé de vouloir quelque chose très fort, et d'en être terrorisé ?

— Un peu comme dans les montagnes russes, quand tu es impatient de monter dans le wagon mais que tu as déjà l'estomac au bord des lèvres ?

Elle secoua la tête, incrédule. Il rapportait tout au jeu et au plaisir, même ses inquiétudes ! Au demeurant, sa comparaison était assez juste.

— Si tu veux, oui… La dernière fois que j'ai eu une relation, mon compagnon a essayé de me tuer.

— Un jaloux ?

— Un tueur à gages. Il avait un contrat sur moi.

Sans détourner les yeux de la route, il chercha sa main et la serra tendrement.

— Je suis désolé, dit-il d'un ton sincère. Je comprends que tu sois méfiante.

Ils roulèrent quelques instants en silence.

— C'était il y a longtemps ?

— Six ans.

— Six ans ? Tu n'as pas… approché un homme depuis tout ce temps ?

— Non.

À dire vrai, elle n'en avait pas eu l'envie, et encore moins le temps. Pourtant, la souffrance était toujours là, vivace. À part la mort de Zia, rien ne lui avait fait plus de mal que la trahison de Dimitri. Elle avait eu tellement confiance en lui !

— Je suis très flatté que tu me laisses te faire la cour, dit Lucas après un moment de réflexion.

— Ce sont les circonstances qui nous ont rapprochés. En temps normal, je t'aurais éconduit. Poliment mais fermement.

— Comment, tu serais restée insensible à mon charme ? Tu serais bien la première !

— Il y a un début à tout.

— Dans ce cas, j'ai une sacrée chance que ces types aient ouvert le feu sur toi dans ce square, l'autre jour. Sans eux, jamais je n'aurais croisé ton chemin… Tu crois que c'est le destin ?

— Je crois que c'est le hasard. Et l'avenir nous dira si c'était vraiment une chance pour toi de faire ma connaissance.

Pour ce qui la concernait, elle ne se féliciterait jamais assez d'avoir rencontré Lucas Swain. Même si leur visite du laboratoire s'achevait dans un bain de sang, elle aurait au moins volé quelques heures de bonheur avant de mourir.

Elle éprouvait envers lui une immense gratitude. Avec sa joie de vivre, il l'avait réconciliée avec l'existence. Le spectacle de sa démarche de cow-boy, à la fois sensuelle et virile, était un grand moment de bonheur pour toutes les femmes, même les plus déprimées… Et que dire de ses sourires en coin et de ses regards pétillant de promesses ?

De nouveau, il prit sa main pour la presser entre ses doigts.

— Ne te fais pas de souci, dit-il. Tout se passera bien.

— Tu veux dire que l'homme qui m'a appelée n'est pas Rodrigo, qu'il va nous fournir toutes les informations nécessaires concernant le système d'alarme du laboratoire et que nous allons pouvoir y entrer sans accroc, détruire le virus, tuer le Dr Giordano et nous en aller sans être inquiétés ? C'est beaucoup demander, tu ne trouves pas ?

Lucas fit une petite moue dubitative.

— Tout ne marchera peut-être pas comme sur des roulettes, mais il faut avoir confiance. De toute façon, on n'a pas le droit à l'échec. Donc, on y arrivera.

— C'est de la pensée positive ?

— Absolument. Crois-moi, ça marche. La preuve, j'ai eu envie de vivre une folle aventure avec toi dès que je t'ai vue... et regarde où on en est aujourd'hui !

Paris, rue de Rivoli – 23 novembre, 16 heures

Une fois de plus, il fallait attendre, songea Lily. Il y avait une foule de choses à faire, et rien n'était possible dans l'immédiat. L'expert en systèmes d'alarme qu'avait contacté Lucas n'avait pas rappelé. D'ailleurs, plus le temps passait, plus elle était persuadée que celui-ci n'aurait rien de vraiment intéressant à leur apprendre. Étant donné l'enjeu des travaux qu'on y effectuait, elle soupçonnait que la sécurité du laboratoire ne devait rien avoir à envier à celle du Pentagone...

Avant de retourner à l'hôtel, ils avaient fait halte dans un cybercafé pour effectuer des recherches sur la grippe aviaire. Il y avait tant d'informations qu'ils s'étaient installés derrière deux ordinateurs pour se partager les sites à explorer.

Alors qu'elle s'étirait pour chasser la fatigue due à l'immobilité, elle vit Lucas consulter sa montre et prendre son téléphone pour composer un numéro qui semblait fort long. Elle ne pouvait l'entendre, mais son expression était préoccupée. Un problème personnel ? Lorsqu'il coupa la communication, elle le vit se masser les tempes d'un air soucieux. Elle se leva pour s'approcher de lui.

— Tu as des soucis ?

— Un de mes amis a eu un accident de voiture récemment. J'appelais pour prendre des nouvelles.

— Et alors ?

— Il est entre la vie et la mort. État stationnaire, comme disent les toubibs. Cela dit, il paraît que si on survit aux premières vingt-quatre heures, le pronostic vital est meilleur.

— Tu vas y aller ?

— Aux USA ? Je ne peux pas.

Il ne précisa pas pour quelles raisons, et elle n'osa pas l'interroger. Elle se contenta de poser une main amicale sur son épaule. Si, comme elle le soupçonnait, il était recherché par les autorités, elle comprenait qu'il préfère se faire discret. Au fond, ils étaient dans la même galère, elle et lui...

Elle jeta un regard distrait sur l'écran de l'ordinateur de Lucas. Ce dernier, après avoir consulté le site de l'Institut fédéral américain de recherche sur les maladies, avait entrepris d'explorer tous les sites avec lesquels celui-ci avait un lien. Une liste venait d'apparaître sur le moniteur.

— Enfin ! s'exclama-t-il en cliquant sur « Imprimer ».

Lily se pencha pour lire par-dessus son épaule.

— Qu'est-ce que c'est ?

Baissant la voix, il répondit :

— Un récapitulatif des agents infectieux et des précautions à prendre pour chacun d'entre eux.

Puis, désignant l'ordinateur de Lily :

— Et toi, tu as des résultats ?

— Des études prospectives sur les modalités de propagation de la prochaine pandémie. Rien de bien utile, je le crains.

— De toute façon, je demanderai à mon ami d'Atlanta de me fournir les informations qui nous manquent. Je n'ai pas eu le réflexe de lui poser les bonnes questions ce matin.

Il posa sa main sur celle de Lily, toujours sur son épaule.

— On ramasse nos feuillets imprimés et on rentre à l'hôtel étudier tout ça à tête reposée. On se fera monter à manger, on ne peut pas réfléchir le ventre vide.

— Ils vont s'étonner de me voir m'installer dans ta chambre.

— Je dirai que tu es ma femme. Garde tes lunettes noires dans le hall et ne montre tes yeux sous aucun prétexte. À part le service d'étage, personne n'entre dans la chambre. Tu iras à la salle de bains quand on nous apportera les repas, et tout devrait bien se passer.

Une fois leurs affaires réunies, ils coupèrent les connexions, payèrent et quittèrent le café. Dans la rue, un vent glacial soufflait. Lily remonta le col de son manteau et baissa son chapeau sur ses yeux. On n'était plus qu'à quelques semaines de l'hiver. La nuit tombait déjà lorsqu'ils arrivèrent au Bristol à bord de la Fiat. Pour une fois, nota Lily avec satisfaction, Lucas s'était abstenu de tout commentaire désobligeant sur la voiture. Il avait juste émis à une ou deux reprises un «vroum vroum» d'une voix suraiguë, supposé imiter le bruit du moteur. Elle pouvait bien lui accorder cette petite vengeance…

Réprimant un sourire, elle fouilla dans son sac fourre-tout et en sortit une paire de lunettes aux verres teintés de rose, assez opaques pour masquer la couleur de ses yeux, mais assez claires pour ne pas sembler incongrues par cette soirée d'automne.

— Comment me trouves-tu? demanda-t-elle en les chaussant et en tournant son visage vers Lucas.

— Chic et sexy. Exactement la femme qu'on s'attend à trouver à mon bras.

De fait, personne ne leur prêta la moindre attention quand ils traversèrent le hall du Bristol. Ils devaient former un couple parfaitement assorti, songea-t-elle, surprise de trouver cette idée tout à fait naturelle.

Une fois dans leur chambre, Lucas appela l'accueil pour signaler que sa femme l'avait rejoint et demander du linge de toilette supplémentaire. Pendant ce temps, Lily ouvrit ses deux grands sacs et sortit ses affaires, qu'elle rangea dans les placards et penderies de l'entrée. Ce n'est qu'en voyant ses chaussures sagement alignées à côté de celles de Lucas qu'elle eut un choc.

Désormais, elle vivait avec lui.

Elle recula d'un pas, mal à l'aise, et regarda ses vêtements suspendus à côté de ceux de Lucas, son manteau accroché près du sien. Cela ressemblait à s'y méprendre à l'intimité d'un couple ordinaire.

Levant les yeux, elle constata qu'il l'observait avec attention. Ses pensées avaient-elles suivi le même cours que les siennes ? C'était probable, car il lui ouvrit les bras pour l'attirer à lui.

— Tout ira bien, murmura-t-il en la serrant contre lui avec tendresse. Tout ira bien.

25

Paris, hôtel Bristol – 23 novembre, 19 heures

Lily enfouit son visage au creux du cou de Lucas, dans sa chaleur rassurante. Aussitôt, ses tensions s'apaisèrent. Elle ferma les yeux lorsqu'il déposa un baiser sur ses cheveux.

— J'ai une envie folle de toi… murmura-t-il.

À ces mots, elle se raidit.

— … mais il ne se passera rien ce soir, l'entendit-elle poursuivre. Ni demain. Ni jamais, à moins que tu n'en exprimes le désir.

Elle hocha la tête, soulagée… et un peu déçue.

— C'est peut-être notre seule nuit, protesta-t-elle doucement.

Cette idée avait trotté dans sa tête toute la journée. En temps normal – dans la mesure où il pouvait y avoir un « temps normal » dans sa vie – elle aurait attendu de mieux connaître Lucas, de laisser leur relation s'installer. Même, elle se serait un peu fait désirer. Pour le jeu.

Ce temps-là était révolu. On ne jouait plus. Demain, elle serait peut-être morte… Alors, si elle avait le choix, elle préférait ne pas passer sa dernière nuit toute seule. Elle ne voulait pas mourir sans avoir connu au moins une fois l'étreinte de Lucas, sans avoir entendu battre son cœur contre le sien, sans avoir senti la chaleur de sa peau contre la sienne.

— Pas d'accord, répliqua-t-il. C'est notre première nuit. Et qu'elle soit chaste ou torride, j'ai bien l'intention qu'elle inaugure une longue série.

— On t'a déjà dit que tu es un incorrigible optimiste ?

— Je ne vois pas en quoi c'est un défaut. Ça m'a aidé à endurer les pires supplices. Comme par exemple d'être obligé de conduire une Fiat trois portes.

Lily réprima un éclat de rire.

— Là, j'avoue que j'ai été dure avec toi. Mais je voulais absolument te voir au volant d'une Fiat.

Lucas lui décocha un regard stupéfait.

— Tu veux dire que tu l'as fait *exprès* ?

Elle hocha la tête.

— Franchement, je ne le regrette pas. Si tu savais comme c'est drôle !

— Tu le paieras ! grommela-t-il en resserrant son étreinte.

— Quand tu voudras, murmura-t-elle en levant son visage vers le sien.

Il prit ses lèvres avec une douceur inattendue, ne s'autorisant tout d'abord qu'un frôlement, avant de mordiller ses lèvres avec sensualité, puis de l'obliger à ouvrir la bouche. Lily ne protesta pas lorsque son baiser se fit plus sensuel, plus audacieux, et qu'il referma les mains autour de ses seins, les palpant comme pour en percevoir le poids et la rondeur. Un soupir de bien-être lui échappa au contact de ses doigts qui s'aventuraient sur ses mamelons, déjà durcis par le plaisir.

Allait-il l'entraîner vers le lit ? Elle n'était pas encore sûre de le vouloir. Mais encore une ou deux minutes de ce tendre traitement...

On frappa à la porte. La jeune femme sursauta et s'écarta de lui d'un bond. C'était ridicule, songea-t-elle en se ruant, avec un temps de retard, vers la salle de bains. N'était-elle pas en théorie l'épouse de Lucas ?

Par chance, celui-ci avait devancé la femme de chambre et s'était approché d'elle pour prendre la pile de serviettes de bain qu'elle apportait, l'empêchant de pénétrer dans la pièce.

Quand il rejoignit Lily, après avoir déposé le linge sur le lit, son visage avait retrouvé son expression habituelle. Il prit les feuillets qu'ils avaient imprimés au cybercafé et les déposa sur la table basse du coin salon.

— Au travail, déclara-t-il. On va commencer par faire le tri dans toutes ces informations.

Soulagée de le voir aussi sérieux, Lily s'assit près de lui et prit la liasse qu'il lui tendait. Elle parcourut les documents avec attention.

— Ébola, non… Marburg, non… dit Lucas à mi-voix, tout en laissant tomber les pages sur le parquet à mesure qu'il les feuilletait.

Lily s'absorba dans sa lecture, et un silence appliqué tomba sur la chambre d'hôtel. Une vingtaine de minutes plus tard, elle poussa une exclamation de triomphe.

— Là ! dit-elle. « Le traitement en laboratoire des virus grippaux. » Voyons… « Il n'existe pas d'études sur les infections suite à des manipulations en laboratoire, mais il est recommandé de prendre garde aux furets. »

— Pardon ? demanda Lucas, levant les yeux.

— D'après cet article, résuma Lily, il semble que des furets infectés puissent transmettre le virus aux humains, et inversement. En outre… « un virus génétiquement modifié… au potentiel non déterminé. On préconise une sécurisation biologique de niveau deux. »

Elle leva les yeux vers Lucas.

— Sécurisation biologique de niveau deux ? Connais pas.

— Attends, j'ai vu ça quelque part…

222

D'un geste rapide, il feuilleta la liasse posée sur ses genoux.

— Là! Voyons… Ça correspond à un risque modéré. « Niveau deux. Les personnels employés dans les laboratoires doivent recevoir une formation à la manipulation des virus. De plus, l'accès aux locaux doit être strictement limité pendant les séances de travail. »

Il adressa un clin d'œil à Lily.

— Pour ce qui est de la limitation de l'accès aux locaux, je m'en doutais un peu. À côté du laboratoire Nervi, Fort Knox ressemble à un cabanon de jardin. Je continue… « Les recommandations consistent à se laver les mains… interdit de manger ou de boire dans l'enceinte des laboratoires… décontamination obligatoire des déchets avant leur évacuation… » Tout compte fait, ce n'était pas si stupide d'essayer de passer par les égouts.

— Je préférerais une autre solution, tout compte fait, dit Lily.

— D'accord, mais il n'est pas exclu que nous devions les emprunter. Pour nous en aller, par exemple.

Elle fronça les narines. Évidemment, si elle n'avait pas le choix…

— « Un macaron signalant un danger d'ordre biologique doit être apposé dans un endroit bien en vue », poursuivit Lucas. « Précautions toutes particulières lors du maniement d'instruments tranchants… portes pouvant être verrouillées… en revanche, aucun système de ventilation spécifique n'est requis… »

Il posa les documents sur la table et frotta sa barbe naissante d'un air pensif.

— Bref, résuma-t-il, pas de sas d'entrée, pas de scan rétinien, pas de lecteurs d'empreintes digitales… Je me demande si on n'a pas surestimé la difficulté. Si le Dr Giordano a suivi ces instructions, le seul obstacle qui nous attend est une bonne vieille porte fermée à clé.

— Et un tas de gens armés jusqu'aux dents.

Lucas eut un geste évasif, comme pour signifier que cela ne représentait pas un problème majeur. Puis, croisant les mains derrière sa tête, il s'adossa à son fauteuil.

— C'est plus simple que je ne pensais, dit-il. Je croyais que quand on travaillait sur des virus, on devait traverser tout un tas de portes blindées et de sas munis de caméras. En fait, la sécurité concerne la manipulation, pas le bâtiment en lui-même.

— Alors nous en sommes revenus au point de départ. Il nous faut tout de même des informations sur le système d'alarme.

Il hocha la tête.

— Une fois à l'intérieur, il restera à chercher une porte marquée d'un X. C'est le signe qui indique un danger biologique.

Ils savaient tous les deux que la réalité était loin d'être aussi simple. La salle de recherche pouvait se situer à peu près n'importe où dans les bâtiments, peut-être même en sous-sol, ce qui limiterait les possibilités de fuite en cas de besoin.

À présent qu'ils avaient trouvé ce qu'ils cherchaient – peu de choses en vérité –, ils n'avaient plus besoin de conserver leur documentation. Ils ramassèrent les feuillets épars sur le plancher et les jetèrent dans une corbeille à papier.

Lily s'étira, avant de se déchausser pour s'installer plus confortablement sur le canapé.

— Je descends chercher les journaux, annonça Lucas en se levant. Tu as besoin de quelque chose ?

— Non, merci.

— Alors à tout de suite.

Il la laissait seule dans la chambre ? C'était une aubaine dont elle devait profiter ! Elle compta jusqu'à trente pour s'assurer qu'il ne revenait pas et, sur la pointe des pieds, se dirigea vers la penderie. À vrai dire, elle ne nourrissait aucune méfiance particulière envers Lucas. Chez elle, c'était un réflexe : s'assurer par tous les moyens de la fiabilité d'un partenaire.

Elle palpa la pile de vêtements masculins rangés à côté des siens. Rien d'anormal. Lucas n'avait pas de mallette ni de porte-documents, juste un sac de voyage en cuir. Pas de double fond ni de poche cachée, constata-t-elle. Son neuf millimètres Heckler & Koch se trouvait dans son holster. Rien non plus dans la table de nuit, à part un roman d'espionnage dont une page vers le milieu était cornée. Par mesure de prudence, elle retourna le livre. Aucun papier ne s'en échappa.

S'agenouillant devant le lit, elle passa la main sous le matelas, avant d'inspecter le sol sous le sommier. Toujours rien. Elle se redressa alors et entreprit d'inspecter les poches de sa veste de cuir. À part son passeport, qu'elle avait déjà vu, elle ne trouva rien de suspect.

En tout état de cause, Lucas Swain était bien l'homme qu'il affirmait être. Soulagée, elle reprit sa place sur le canapé et s'y installa confortablement.

Il revint quelques instants plus tard, deux journaux pliés sous son bras, un sac de plastique à la main.

— J'ai acheté des préservatifs, expliqua-t-il. Je ne peux plus avoir d'enfants, mais j'ai pensé que ça te rassurerait.

Lily sourit, touchée par cette attention.

— Tu as souvent pris des risques ? demanda-t-elle avec curiosité. Je veux dire, sur le plan sexuel.

— Une fois, j'ai essayé debout sur un hamac, mais j'avais des circonstances atténuantes : j'avais dix-sept ans.

— Et alors ?

— J'ai perdu l'équilibre, je suis tombé sur les fesses et la fille est partie en me traitant de ringard.

— Pas de chance, commenta Lily en se mordant les joues pour ne pas rire. C'est tout ?

Lucas prit place dans un fauteuil, étendit ses longues jambes devant lui et fronça les sourcils d'un air concentré.

— Réfléchissons… Ensuite, j'ai rencontré Amy, et je lui suis resté fidèle jusqu'au divorce. Puis j'ai eu quelques relations, mais rien de sérieux. J'ai passé la plupart de mon temps dans des coins perdus où les nuits étaient très calmes. Pas de bars, pas de boîtes. Le néant.

— Tu es sacrément bien éduqué pour quelqu'un qui a passé sa vie à bourlinguer, murmura-t-elle, soudain mal à l'aise.

Comment n'avait-elle pas relevé ce détail ?

— Parce que je parle français et que je descends dans des hôtels de luxe ? J'ai appris la langue de Molière en Amérique du Sud, et je ne rate jamais une occasion de séjourner dans un établissement cinq étoiles. C'est ma revanche sur mes années à la dure.

— On parle français en Amérique du Sud ?

— En tout cas, on y rencontre des expatriées prêtes à donner des cours de langue. C'est comme ça que j'ai aussi appris l'espagnol, le portugais et quelques bribes d'allemand. Le mari de Frida est rentré plus tôt que prévu.

Il lui décocha un sourire entendu.

— Un mercenaire est obligé de se faire comprendre du plus grand nombre de gens possibles. Ça peut être une question de survie.

C'était la première fois qu'il évoquait son métier en termes aussi peu équivoques. Lily, bien sûr, avait déjà compris qu'il n'était pas un enfant de chœur. Un « spécialiste en petits boulots » qui « faisait ce qu'on lui demandait » ne devait pas être trop regardant sur la morale. Il était normal qu'il se débrouille dans plusieurs langues.

Elle songea à l'ex-épouse de Lucas, seule à la maison avec deux enfants à élever, ne sachant jamais où il était, quand il allait rentrer, et même s'il était encore en vie.

— Ça doit être un enfer d'être mariée avec toi.

— Tu veux dire… quand je suis à la maison, ou quand je n'y suis pas?

— Franchement, je ne sais pas ce qui est le pire.

— Je suis un compagnon tout à fait charmant, au cas où tu ne l'aurais pas remarqué.

Vaincue, elle se leva pour aller s'asseoir sur ses genoux. Elle nicha sa tête dans son cou, humant avec délice son parfum un peu épicé. Aussitôt, il glissa une main dans ses reins et posa l'autre sur sa cuisse, qu'il caressa avec douceur.

Lily se redressa pour déposer un baiser sur sa joue.

— Qu'ai-je fait pour mériter une telle faveur? demanda-t-il.

Sans attendre sa réponse, il se pencha vers elle pour l'embrasser.

— Rien, parvint-elle à murmurer en s'écartant de lui un instant. D'ailleurs, tu ne la mérites pas. Disons que j'en avais envie.

Cette fois-ci, le baiser de Lucas se fit plus impérieux. Sans cesser de l'embrasser, il passa une main sous sa chemise. Lily retint son souffle lorsque ses doigts se refermèrent sur ses seins. Il joua quelques secondes avec ses mamelons à travers la fine dentelle, avant de soulever son soutien-gorge. Elle laissa échapper un soupir de bien-être. La main de Lucas était chaude sur sa peau, ses caresses aussi tendres qu'audacieuses…

Réprimant un gémissement de volupté, elle s'abandonna à ses agaceries. Déjà, une tiédeur coupable naissait entre ses jambes. Depuis combien de temps n'avait-elle ressenti la lente montée du désir, cette impatience au creux des reins, cette folle envie de se frotter sans la moindre pudeur contre l'homme qui la tenait dans ses bras ?

Il joua longtemps avec ses seins, les flattant du plat de sa paume, les pressant à pleines mains, faisant rouler ses mamelons entre le pouce et l'index, jusqu'à ce qu'elle l'arrête d'un geste impatient. Pourquoi ne l'entraînait-il pas vers le lit ? Pour un amoureux de la vitesse, il ne semblait guère pressé !

Elle allait lui suggérer de se montrer plus entreprenant quand il remit son soutien-gorge en place, rajusta sa chemise et la serra contre lui... avant de déclarer d'un ton satisfait :

— Ne brûlons pas les étapes.

Elle lui jeta un regard stupéfait.

— Pardon ?

— On a tout le temps, non ? D'ailleurs, j'ai faim.

Lily n'en croyait pas ses oreilles. Comment pouvait-il penser à manger alors qu'elle était sur le point de le supplier de lui faire l'amour ? Un peu timidement, elle posa une main sur lui, entre ses jambes. Il la désirait, c'était une évidence. Elle en avait la preuve rigide sous sa paume.

Lucas emprisonna son poignet entre ses doigts. Il demeura immobile quelques instants, comme s'il affrontait un combat intérieur, puis il écarta sa main d'un geste autoritaire.

— Plus tard, dit-il d'une voix un peu rauque.

Partagée entre le triomphe et l'humiliation, Lily laissa retomber sa main. D'un côté, il avait follement envie d'elle et semblait résolu à faire de leur nuit un moment inoubliable. De l'autre, il était assez fort pour résister à l'impulsion de tout précipiter. En refusant de céder à l'appel du désir, il prenait l'avantage sur elle... et elle n'aimait pas du tout cela.

Elle quitta ses genoux et lui tendit la carte du jour, qui se trouvait sur la table basse.

— Commande, dit-elle.

Il choisit pour eux deux – homard aux herbes, poêlée de Saint-Jacques et tarte Tatin, ainsi qu'un entre-deux-mers bien frappé. Vexée, Lily prit un journal et feignit de s'absorber dans sa lecture. Du coin de l'œil, elle observa Lucas, qui avait lui aussi ouvert un magazine.

Il n'était pas l'homme léger et superficiel qu'il prétendait être, songea-t-elle en étudiant son expression concentrée. Lorsqu'il cessait de jouer les fanfarons, il était froid, résolu. Dangereux. Il ne consacrait pas sa vie qu'à la recherche du plaisir, car il n'aurait jamais réussi dans le rude métier qu'il avait choisi. On n'était pas mercenaire par simple goût de l'aventure. Et il était plutôt bon dans son job, elle en voulait pour preuve ses habitudes luxueuses. On le payait bien parce qu'il travaillait bien. Ses manières charmeuses n'étaient qu'une partie de sa personnalité.

Elle avait depuis longtemps renoncé à l'idée d'une relation normale avec un homme normal. Aucun n'aurait compris la vie qu'elle menait. Aucun n'aurait été assez solide pour elle. Quel poids aurait eu un garçon ordinaire face à une tueuse à gages ? Il lui fallait un homme à sa mesure. Indépendant, audacieux, sûr de lui.

Swain possédait toutes ces qualités… et quelques autres qui ne la laissaient pas indifférente. Oui, plus elle apprenait à le connaître, plus elle le trouvait attirant.

Dangereusement attirant.

26

Paris, hôtel Bristol – 23 novembre, 22 heures

Après le dîner, Lily s'était de nouveau plongée dans la lecture d'un magazine tandis que Lucas regardait les informations télévisées. Ils avaient déjà tout d'un vieux couple… y compris le manque de passion, semblait-il !

Pourtant, elle n'avait pas oublié l'érection de son compagnon, tout à l'heure. Il lui semblait encore la sentir contre sa paume. Lucas la désirait. Il voulait seulement lui laisser du temps, ne pas la brusquer. Car il savait, tout comme elle, qu'ils se coucheraient tôt ou tard dans le même lit… et que l'inévitable se produirait.

Elle le regarda, troublée à l'idée de le voir bientôt nu. Elle imaginait déjà leur étreinte, leurs jeux, l'assaut final. Enfin, elle serait libérée du désir qui la brûlait tout entière et pourrait s'endormir, comblée, entre ses bras.

Elle s'étira, puis se leva pour prendre une douche. La salle de bains était carrelée de marbre et équipée de tout un stock de produits de toilette de luxe. Lily savoura le plaisir de se faire belle pour un homme. Shampoing, épilation, masque, elle voulait être parfaite pour sa nuit avec Lucas. La première… et peut-être la dernière.

Une heure plus tard, enveloppée d'un lourd peignoir, elle quitta la pièce embuée de vapeur. Il éteignit la télévision et leva les yeux vers elle.

— Tiens, tu n'as pas mis ta chemise de nuit en flanelle? Moi qui me faisais une joie de te l'enlever!

— Pourquoi pas une robe de bure? Désolée, je ne possède pas ce genre d'article.

— Mais tu m'avais dit...

— Que j'en avais une, c'est vrai. Je n'allais tout de même pas reconnaître que je dors nue!

— Alors tu m'as menti juste pour le plaisir pervers de me priver d'un innocent fantasme? s'écria-t-il, les poings sur les hanches. Tu devrais avoir honte!

Sans répondre, Lily se dirigea d'un pas léger vers le sofa, où elle s'étendit nonchalamment et ouvrit son magazine. Elle entendit Lucas se diriger vers la salle de bains.

Deux minutes et quarante-sept secondes plus tard, il en sortait, vêtu en tout et pour tout d'un drap de bain qui ceignait ses hanches. Des gouttes d'eau perlaient encore sur son torse. Elle regarda ses joues rasées de près.

— Tu as de la chance de ne pas t'être tranché la gorge. Tu fais toujours aussi vite?

— Uniquement quand je suis pressé de me mettre au lit.

D'un haussement de sourcils, elle l'interrogea du regard.

— Avec toi, précisa-t-il d'une voix lourde de promesses.

Traversant d'un pas l'espace qui les séparait, il se campa devant le canapé et tendit sa main à Lily. Elle répondit à son geste, le cœur battant. L'instant attendu était enfin arrivé.

Lucas l'entraîna près du lit, où il la laissa, le temps d'éteindre toutes les lumières de la chambre à l'exception d'une lampe de chevet. Puis il rejeta les draps et couvertures, se tourna vers la jeune femme et l'attira à lui pour la gratifier d'un long baiser passionné. Elle se serra contre lui et l'entoura de ses bras avec ferveur. Qu'il était viril ! Son dos était large et musclé, son ventre plat, et… tiens, il avait laissé tomber sa serviette, nota-t-elle avec une surprise teintée de ravissement lorsque son membre dressé se pressa contre son bassin.

Sans qu'elle s'en aperçoive, sa ceinture s'était dénouée ; les pans de son peignoir s'étaient écartés d'eux-mêmes. D'un petit mouvement d'épaules, elle laissa tomber le vêtement à ses pieds.

Elle était nue, à présent, sous le regard brûlant de Lucas. Docile, elle obéit à son amant qui l'attirait vers le lit. Elle laissa d'abord ses mains parcourir son corps aux muscles saillants, son torse couvert d'une épaisse toison, ses hanches étroites.

De son côté, il ne se priva pas d'explorer avec patience ses courbes et ses rondeurs, caressant ses fesses, effleurant ses hanches, embrassant ses seins. Bientôt, il referma les lèvres autour de son mamelon, qu'il s'amusa à lécher et à mordiller, jusqu'à ce qu'un soupir de félicité échappe à Lily. D'une main, elle le retint contre elle. C'était tellement agréable !

— L'autre, demanda-t-elle dans un souffle.

— Tes désirs sont des ordres, répondit Lucas avant d'administrer le même traitement à l'autre sein.

Lorsqu'il en eut terminé, la poitrine de Lily était tendue et lourde, les pointes brûlantes. La jeune femme gémit doucement. Il lui semblait qu'elle était déjà au bord de la jouissance. Dire qu'il n'avait caressé que ses seins ! Elle était impatiente de le sentir en elle…

Instinctivement, elle tendit la main vers l'objet de son désir. Qu'il était dur ! Incapable de dissimuler son excitation, elle referma les doigts autour du membre de son amant. C'était à peine si elle pouvait les joindre !

Lucas émit un grondement de satisfaction. Elle sourit. Elle le tenait à sa merci ! Emplie d'une joie sauvage, elle raffermit sa pression et imprima à sa main un lent, très lent mouvement de va-et-vient. Un gémissement de pure félicité lui répondit, plus encourageant que les paroles les plus explicites. Lily recommença, presque imperceptiblement, puis rapidement, savourant les halètements de plaisir qu'elle arrachait à son compagnon.

Soudain, d'un geste brusque, celui-ci écarta sa main. Il demeura immobile quelques instants, le souffle court, agité de tremblements.

— Moins une, murmura-t-il d'un ton presque incrédule. Si tu continues comme ça, ma belle, ce sera fini avant d'avoir commencé.

— Moi qui te prenais pour un dieu de l'amour ! répliqua-t-elle, faussement contrariée. Tu es le roi des vantards, oui !

D'un coup de reins, il se redressa et s'étendit au-dessus d'elle. Puis, plaquant une main de chaque côté de sa tête :

— Tu vas voir… si je suis… un vantard, dit-il d'une voix hachée par le désir.

Enfin, enfin ! Elle eut le bonheur de le sentir peser sur elle, de tout son poids d'homme fou d'amour. Dans un réflexe, elle leva les genoux. Elle ferma les yeux au contact de ses hanches étroites contre l'intérieur de ses cuisses. Déjà, l'extrémité de son sexe se pressait contre elle, cherchant un passage. Lily, frissonnante, se cambra pour le guider en elle.

Et il ne se passa rien.

Rien, sinon une désagréable sensation de brûlure. Oh, non ! Elle n'était pas prête pour lui… Déçue, elle le repoussa avec douceur.

— Excuse-moi, murmura-t-elle, terriblement frustrée d'être aussi sèche. J'ai toujours eu du mal à me laisser aller. Il me faut du temps.

Du temps, et des baisers appropriés. Lucas avait-il compris à demi-mot ?

— C'est moi qui te dois des excuses, dit-il. Je te bouscule. Je n'aurais pas dû sauter une étape importante.

— Laquelle ? demanda-t-elle, curieuse.

En guise de réponse, il se pencha vers elle pour mordre très doucement son cou, puis la naissance de sa gorge. Elle lui répondit par un soupir de contentement. Avec une lenteur délibérée, il descendit ainsi jusqu'à ses seins, puis son ventre, avant de soulever l'une de ses jambes pour mordiller l'intérieur de sa cuisse.

Lily renversa la tête en arrière. Elle savait où il voulait en venir. Elle avait beau en mourir d'envie, attendre avec ferveur qu'il parvienne à son but, elle laissa échapper un petit cri de ravissement lorsqu'il donna un premier coup de langue à l'orée de son sexe.

Toute honte oubliée, elle souleva les genoux pour mieux s'offrir à ses baisers. Jouant de sa langue et de ses doigts, il l'effleura tout d'abord lentement, puis plus rapidement, avant de s'aventurer entre les tendres plis de son intimité.

Lily se cambra dans un long gémissement. Bientôt, une moiteur bienfaisante l'envahit. Elle était enfin prête à le recevoir ! Il le savait tout aussi bien qu'elle, mais il s'attardait, savourant le bonheur de lui arracher des petits cris d'impatience… qui se transformèrent en suppliques impudiques.

— Tu es sûre ? s'enquit-il d'une voix tremblante.

— Oui… oh, oui !

Alors, se redressant, il s'étendit de nouveau sur elle. Avant qu'elle n'ait eu le temps de se ressaisir, il était en elle. Cette fois-ci, il glissa en elle d'un long mouvement souple, presque félin. Lily demeura immobile, toutes ses sensations tournées vers le miracle qui s'accomplissait.

Il était enfin en elle… de toute sa longueur. Dur comme un roc sous sa peau soyeuse. Une ode à la virilité !

D'un coup de reins, il plongea avant de se retirer, puis de recommencer. Lily le serra de toutes ses forces pour le retenir, lui faisant pousser une exclamation de plaisir.

— Recommence ! exigea-t-il.

Il avait l'air surpris et heureux. Ravie de son propre pouvoir, elle contracta ses muscles autour de son membre, goûtant le bonheur de lui prodiguer cette caresse si intime. Un gémissement de volupté échappa à son compagnon.

Puis, comme mû par le besoin impérieux de reprendre le contrôle de la situation, il s'éleva au-dessus d'elle et plaqua les mains sur ses genoux pour les maintenir écartés. D'un regard, il parcourut sa toison dorée, son sexe offert, gonflé de volupté, prêt pour l'assaut final.

La jeune femme ferma les yeux. Dans cette position, elle était totalement passive. Elle ne pouvait que s'ouvrir et accepter… Il entra de nouveau en elle, se retira, avant de plonger encore, toujours plus profondément, toujours plus rapidement.

Bientôt, il fut agité de tremblements. Il était au bord de la jouissance… et elle en était encore loin. Une larme de frustration perla aux yeux de Lily. Tout allait s'achever sans elle. Elle aurait tant voulu connaître le plaisir avec lui !

Sans doute Lucas avait-il compris, car il s'immobilisa soudain. Il laissa échapper un soupir, comme si cela lui demandait un effort surhumain… ce qui était probablement le cas. Puis il se retira avec une extrême lenteur, craignant peut-être de perdre la maîtrise de lui-même au dernier instant.

— Laisse-moi faire, ordonna-t-il.

Sans lui laisser le temps de répondre, il roula sur le côté, puis la prit par les hanches pour l'étendre sur lui, sur le dos. Lily pouvait entendre contre son oreille le souffle saccadé de son amant, sentir dans son dos son torse mouillé de sueur, son ventre plat, son membre palpitant. Elle renversa la tête sur son épaule lorsqu'il posa les mains sur ses seins pour les caresser, avant de les plaquer sur son ventre, puis d'écarter ses jambes. Elle frémit. Il n'allait pas… Si ! Il était de nouveau en elle… et une fois de plus, elle ne contrôlait rien.

Tout en la maintenant solidement contre lui, Lucas imprima à ses hanches un lent balancement d'avant en arrière. Elle ferma les yeux, un peu gênée par cette position inhabituelle. La sensation de l'air frais sur son ventre et ses seins était aussi étrange qu'excitante, d'autant que Lucas, prenant avantage de sa situation, venait de glisser une main entre ses cuisses.

Un petit cri de volupté lui échappa quand les doigts de son amant s'insinuèrent entre les plis de son sexe pour masser délicatement le point le plus sensible.

Elle s'arc-bouta, surprise par l'onde de jouissance qui venait de se former au plus profond d'elle-même. Le plaisir, déjà ? Lucas avait recommencé d'aller et venir en elle, toujours plus vite, toujours plus vite… Une vague monta, inexorable…

Dans un feulement de félicité presque animal, elle accueillit l'orgasme qui l'emportait enfin.

Elle laissa retomber sa tête en arrière, le souffle court, le ventre secoué de spasmes de jouissance… Mais son amant n'en avait pas terminé avec elle. Se retirant, il la fit rouler sur le matelas et s'étendit sur elle.

Une seconde plus tard, il était de nouveau en elle. Dans un réflexe, elle agrippa ses fesses pour l'accompagner dans le plaisir qui allait bientôt l'emporter à son tour. Lucas était moite de transpiration, sa respiration haletante, ses muscles agités de tressaillements. Un soupir lui échappait à chacun de ses coups de reins. Dans un dernier effort, il plongea en elle et s'immobilisa en pressant ses hanches avec une telle force qu'elle en eut presque mal. Un grondement rauque lui échappa. Puis, tremblant, il bascula sur elle de tout son poids.

Lily le repoussa avec douceur et se blottit dans ses bras. Elle s'aperçut alors que son visage était mouillé. Des larmes de bonheur ? Sans doute. Pour la première fois de sa vie, elle se sentait comblée, apaisée…

Aimée.

27

Paris, hôtel Bristol – 24 novembre, 10 heures

Lily ouvrit les yeux, paresseuse. Tout allait bien, constata-t-elle. Elle était dans les bras de Lucas. Si seulement cet instant avait pu durer toute la vie!

Son amant l'avait réveillée dans la nuit pour lui faire de nouveau l'amour, plus fougueusement que la première fois. Le plaisir était venu avec facilité, comme si son corps avait appris à l'accueillir. Ils avaient ensuite pris une douche ensemble, avant de se recoucher… et de s'aimer encore, longuement, avec une infinie tendresse.

Leurs ébats les avaient portés jusqu'à l'aube, mais Lily se souciait peu du manque de sommeil. Jamais elle n'avait vécu de tels instants. Jamais elle n'en vivrait d'autres, à moins d'avoir beaucoup de chance. Qui sait si elle serait encore en vie ce soir?

Lucas s'étira et se serra contre elle en passant la main autour de sa taille. Puis il déposa un baiser au creux de sa nuque.

— Salut, toi, murmura-t-il.

— Bonjour…

— Est-ce que je dois encore conduire cette Fiat?

Lily secoua la tête, incrédule. Comment pouvait-il se poser de telles questions alors qu'il était à demi endormi?

— Tu peux conduire la voiture que tu voudras.

— J'ai été si bon que ça ?

Elle réprima un soupir. Sur un point au moins, il était comme tous les hommes. Tellement anxieux d'être rassuré sur ses performances au lit que c'en était attendrissant...

— Tu as été extraordinaire, dit-elle d'un ton volontairement monocorde, comme si elle récitait sa leçon. Tu es l'homme le mieux doté par la nature que j'aie jamais connu, tu es un amant fabuleux, et je suis la femme la plus heureuse du monde. J'ai vécu une nuit d'anthologie, je...

Un formidable éclat de rire l'interrompit. En se retournant, elle constata qu'il avait roulé sur le dos et riait à gorge déployée. Il n'était pas susceptible ? Tant mieux. Elle adorait le faire marcher...

Elle se leva et se dirigea vers la salle de bains. Elle avait besoin d'une douche, seule.

En croisant son reflet dans le miroir, elle fut frappée de voir combien son visage avait changé. Ses traits étaient plus doux, son teint plus rose... et ses yeux ombrés de cernes lui donnaient un air sensuel.

Une nuit d'amour avait donc suffi à opérer un tel miracle ? Pas uniquement. Bien sûr, son corps éprouvait une merveilleuse impression de plénitude. Pourtant, cela n'expliquait pas tout. Il y avait aussi la présence de Lucas, sa tendresse, les attentions qu'il lui avait témoignées. Elle n'était plus seule. Elle avait enfin tourné la page des mois, des années de solitude qu'elle venait d'endurer.

C'était la fin d'un long hiver. Elle renaissait à la vie !

Allons bon, voilà qu'elle était en train de tomber amoureuse. Comme une gamine ! Lily tenta de froncer les sourcils à l'intention de son reflet, sans grand succès. Dans le miroir, l'autre Lily avait toujours le regard étoilé, les joues rosies par l'amour, les cheveux en bataille. Elle se contrefichait de savoir ce que lui réservait l'avenir. Cette Lily-là voulait aimer et être aimée, savourer chaque instant de bonheur que Swain pourrait lui donner, célébrer la joie d'être femme et d'être vivante.

C'était peut-être elle qui avait raison, au fond…

Elle quitta la salle de bains, encore humide de sa douche, et retourna dans la chambre nue comme Ève. Cela tombait bien : Adam l'attendait sur le lit… prêt à reprendre leurs ébats. Malgré elle, elle laissa son regard s'attarder sur le spectacle de la virilité de son amant. Qu'il était beau, dans sa nudité triomphante !

Elle avait de nouveau très envie de lui, mais son corps épuisé par leurs ébats de la nuit criait grâce. Lucas se leva et la rejoignit. Elle frémit au contact de son membre durci contre son bassin.

— J'aurais bien pris une douche avec toi, chuchota-t-il d'un ton canaille.

— Je crois que j'aurais plutôt besoin d'un bon bain relaxant.

— Tu as mal ?

— Un peu.

— Toutes mes excuses. Je me suis comporté comme un voyou.

Lily sourit. Si tous les voyous savaient faire l'amour comme Lucas, le monde aurait été un paradis. Elle enfouit son visage contre son torse. Un gargouillement d'estomac lui répondit.

— Une petite fringale, peut-être ?

— Une faim de loup ! Si tu nous commandais le petit déjeuner ?

Elle regarda le réveil. Déjà dix heures du matin ! Pas étonnant qu'elle se sente aussi faible !

Après avoir vérifié sur son portable que l'inconnu de la veille n'avait pas rappelé, elle s'habilla, glissa le téléphone dans la poche de sa jupe et appela le service d'étage pour demander deux petits déjeuners complets. Café, croissants, jus d'orange… il leur fallait bien cela pour reprendre des forces.

Lucas sortit de la salle de bains au moment où on leur apportait leur commande. Tant mieux, songea-t-elle en se tournant vers la fenêtre. Cela lui éviterait de se montrer au garçon.

Lorsque ce dernier quitta la chambre, elle entendit son portable sonner. Elle le sortit vivement de sa poche et consulta l'écran. Pas de numéro. C'était *lui*.

— Allô ? dit-elle en français.

— Eh bien, avez-vous pris une décision ?

En reconnaissant la voix au timbre métallique, elle fit signe à Lucas de s'approcher pour coller son oreille à l'appareil, qu'elle inclina légèrement afin qu'ils puissent entendre tous les deux.

— Oui, dit-elle. Je suis d'accord, mais à une condition. Je veux d'abord vous rencontrer.

Il y eut un silence à l'autre bout de la ligne.

— C'est impossible.

— Écoutez, vous me demandez de mettre ma vie en danger, tandis que vous ne prenez aucun risque. Je veux savoir à qui j'ai affaire.

— Vous ne me connaissez pas. Je ne vois pas en quoi le fait de me rencontrer pourrait vous rassurer.

Il avait raison. D'ailleurs, Lily était *déjà* rassurée. Si cet homme avait été Rodrigo ou à la solde de ce dernier, il aurait bondi sur l'occasion de la retrouver. Son refus de la voir prouvait qu'il n'était pas du clan Nervi.

— Je comprends…

Elle s'apprêtait à renoncer, mais s'aperçut que Lucas lui faisait signe d'insister. Lui adressant un regard interrogateur, elle obtempéra.

— Je comprends vos raisons, reprit-elle, mais je tiens tout de même à vous voir. Je veux connaître votre visage… puisque vous connaissez le mien, n'est-ce pas ? ajouta-t-elle sur une intuition.

Le silence de son interlocuteur confirma qu'elle avait visé juste.

— Cela ne vous apportera rien. Je puis me présenter sous n'importe quel nom, et vous n'en saurez pas plus.

L'argument était si rationnel que Lily ne sut le contrer. Aussi opta-t-elle pour l'irrationnel.

— C'est à prendre ou à laisser, décréta-t-elle d'un ton têtu. Vous acceptez ma condition, ou vous vous passez de mes services.

Un soupir agacé lui parvint.

— À votre guise, dit l'homme. Je vous retrouverai devant l'entrée principale du jardin du Palais-Royal demain à quatorze heures. Portez une écharpe rouge et venez seule.

Lucas secoua vigoureusement la tête tout en agitant le doigt de droite à gauche.

— Non, répliqua Lily, interprétant son geste. Je viendrai avec un ami. Vous ne risquez rien de ma part, et il veut être certain que vous n'êtes pas un danger pour moi.

Un éclat de rire retentit, transformé par le filtre électronique en aboiement rauque.

— Vous êtes exigeante, mademoiselle. Très bien, venez avec votre gorille. Pas d'autres conditions ?

— Si. Portez une écharpe rouge, vous aussi.

Elle coupa la communication. Le rire métallique résonnait encore à ses oreilles, aussi inquiétant que mystérieux.

— Ce n'est pas Rodrigo, dit-elle.

— Je préfère ça.

— Pourquoi veux-tu à tout prix m'accompagner ?

— Parce que quelqu'un qui ne veut pas montrer son visage a forcément quelque chose à cacher. Je n'ai pas confiance en lui.

La prenant par la main, Lucas l'entraîna vers le canapé et entreprit de disposer le café et les croissants sur la table basse. Puis il versa une tasse et la lui tendit.

— Il t'a fixé rendez-vous demain en début d'après-midi… Tu comprends, bien entendu, ce que cela implique ? demanda-t-il d'un air préoccupé.

Lily le regarda, intriguée. Y avait-il un élément qu'elle avait oublié ?

— Je t'écoute ?

— C'est évident, pourtant. Nous avons toute la journée rien que pour nous. Et la nuit aussi.

28

Paris, jardins du Palais-Royal – 25 novembre,
14 heures

Le lendemain était l'une de ces journées d'hiver radieuses dont Paris a le secret. Un ciel pur et limpide s'étirait au-dessus de la capitale, offrant au soleil un immense boulevard bleu. Lucas observa avec étonnement les flots de touristes qui se déversaient dans les allées du Palais-Royal. À croire qu'ils s'étaient tous donné rendez-vous ici !

De plus, l'entrée principale des jardins était une indication des plus floues. On devait traverser une large cour plantée de colonnes tronquées ornées de rayures, supposées représenter quelque grande idée artistique qui lui échappait. Ces colonnes détonnaient au milieu de l'architecture classique de la place, mais Lucas les trouvait amusantes et modernes.

Pour couronner le tout, d'innombrables badauds avaient eu la bonne idée de porter une écharpe rouge ce jour-là, ce qui compliquait considérablement la tâche. Lucas regarda autour de lui, perplexe. Comment allaient-ils identifier leur inconnu ? Celui-ci avait été fort mal inspiré en leur proposant un tel rendez-vous !

D'une certaine façon, pourtant, ce manque de professionnalisme était rassurant. Selon toute probabilité, ils avaient affaire à un amateur. Un employé du laboratoire Nervi qui souhaitait dénoncer les recherches en cours, peut-être…

Dans sa main, les doigts de Lily étaient glacés. Il raffermit sa prise pour l'attirer plus près de lui. Sa présence le galvanisait, et éveillait en lui un instinct protecteur qu'il ne s'était jamais connu.

Pour un homme qui avait toujours détesté les complications, il était servi. La situation dans laquelle il s'était placé était tout simplement intenable ! Son histoire avec Lily était-elle une aventure sans lendemain ou un sérieux coup de foudre ? Pouvait-il encore considérer la jeune femme comme la proie qu'il était supposé traquer ? D'ailleurs, pour le compte de qui travaillait-il, exactement ? Frank Vinay, à peine sorti du coma ce matin même, mais incapable de parler ? La CIA, organisme tentaculaire et opaque où il ne connaissait personne ?

Depuis qu'il avait atterri à Paris, rien ne s'était déroulé comme prévu et la situation lui échappait à mesure que le temps passait. Il fallait parler à Lily, lui dire la vérité. Il était encore temps d'éviter la catastrophe. Après tout, il n'était pas obligé d'obéir aux ordres de Vinay !

Oui, il aurait fallu tout avouer à Lily… mais il ne pouvait s'y résoudre. Il commençait à la connaître assez pour deviner sa réaction : au mieux, elle disparaîtrait de sa vie pour toujours ; au pire, elle tenterait de le tuer. Il y avait en elle l'énergie d'une biche traquée. Si seulement elle n'avait pas été trahie dans le passé par un amant !

Elle était toujours sur le qui-vive, prête à dégainer son arme. Sans l'incroyable coïncidence qui les avait réunis au square de la rue Corvisart et lui avait donné l'occasion de forcer sa confiance, jamais il ne l'aurait approchée. Tout au fond d'elle-même, elle dépérissait par manque de contacts et de chaleur humaine. Quant à lui, il n'avait qu'une envie : être celui qui lui apporterait l'amour dont elle avait tant besoin.

En quelques jours, elle s'était épanouie comme une fleur longtemps privée d'eau. Lucas en avait le cœur serré. Elle revenait de si loin, elle avait traversé tant d'horreurs ! Pourtant, malgré toute sa bonne volonté – et ses talents au lit, quoi qu'en dise la belle de son ton persifleur –, deux nuits d'amour ne pouvaient combler des années de solitude. Il lui faudrait du temps, beaucoup de temps pour l'aider à devenir la femme radieuse qu'elle aurait toujours dû être. Les circonstances lui donneraient-elles le délai nécessaire ? Et si oui, Lily voudrait-elle de lui, une fois que tout ceci serait terminé ?

Il ne supportait pas l'idée de la perdre. Ces deux jours avec elle au Bristol avaient été les plus heureux de sa vie. Rien de moins ! Il avait découvert une femme sensuelle, courageuse, pleine d'humour... celle qu'il attendait depuis toujours sans le savoir.

— Nom de nom... murmura-t-il, éberlué par la découverte qu'il venait de faire.

Lily se tourna vers lui d'un air inquiet.

— Qu'est-ce qui se passe ?

— Il se passe que... je t'aime.

Au prix d'un effort surhumain, il retint le flot de paroles qui lui brûlait les lèvres. Quelle que soit son envie de tout clarifier entre eux, il était trop tôt pour lui avouer la vérité.

Lily ne parut pas comprendre. Il ne pouvait déchiffrer son regard, caché derrière ses lunettes roses, mais ses lèvres s'étaient arrondies en une expression de surprise. Sans doute ne s'attendait-elle pas à cette réponse, surtout en de telles circonstances !

— Tu dis ? demanda-t-elle.

— Je dis que...

Il fut interrompu par la sonnerie du portable de Lily.

— Fichu téléphone! grommela-t-il en la voyant détourner la tête pour prendre l'appareil dans la poche de sa veste.

Frustré d'avoir été interrompu dans un moment si délicat, il s'empara du portable et consulta l'écran. Mais… il connaissait ce numéro! Il l'avait composé quelques jours auparavant! Bon sang, qu'est-ce que cela signifiait?

— J'écoute? tonna-t-il en prenant la communication.

— Oh… J'ai dû me tromper de numéro, dit une voix hésitante, teintée d'un fort accent français.

— Je ne crois pas, répliqua Lucas.

Il réfléchit à toute vitesse. Si l'homme à qui il parlait était bien celui à qui il pensait…

— Vous appelez pour le rendez-vous? reprit-il.

L'autre avait dû reconnaître sa voix car il marqua une longue hésitation.

— Oui, admit-il enfin.

— Je suis l'ami dont on vous a parlé.

Pourvu que le Français ne le trahisse pas! Il savait que Lucas travaillait pour la CIA. S'il vendait la mèche à Lily, tout était terminé…

— Je ne comprends pas.

Rien d'étonnant à cela. L'homme d'Interpol le savait à Paris, mais pour capturer Lily. Pas pour collaborer avec elle.

— Il n'y a rien à comprendre, grommela-t-il, frustré de ne pouvoir être plus explicite. Dites-moi seulement si le rendez-vous tient toujours.

— Oui. Je vous attends tous les deux devant le grand bassin central.

— On arrive.

Lucas coupa la communication et tendit l'appareil à Lily.

— Pourquoi as-tu fait cela?

— Pour m'assurer que notre ami a bien compris que tu n'es pas seule, maugréa-t-il, incapable de trouver mieux. Il nous attend plus loin, près du bassin.

Prenant la jeune femme par le bras, il voulut l'entraîner vers l'intérieur du jardin, mais elle se libéra d'un geste brusque.

— Un instant, dit-elle.

— Pardon ?

Lucas se tourna vers elle avec impatience. Voulait-elle reprendre leur discussion là où elle avait été interrompue ? Même s'il en brûlait d'envie, ce n'était pas le moment !

— Je préfère qu'on en reste au plan initial, expliqua-t-elle. J'y vais, et tu me surveilles. Même si ce n'est pas Rodrigo, je ne veux pas prendre de risque.

Lucas réprima un mouvement de colère. Laisser Lily seule ? Impossible.

— Justement, moi non plus. Je veux voir ce type de près pour comprendre à qui nous avons affaire. Rappelle-toi qu'on travaille ensemble, désormais.

Elle eut une petite moue de dépit.

— Comme tu voudras. Allons-y. Au fait… dit-elle en lui jetant un coup d'œil par-dessus ses lunettes. Pour ton information, j'ai très bien entendu ce que tu as dit, tout à l'heure.

— Et ?

— Et ça me plaît bien.

Plus touché qu'il ne voulait le montrer, Lucas la prit par la main et gagna le centre du jardin. La plupart des femmes disaient « Je t'aime » avec une facilité déconcertante. Une fois de plus, Lily lui démontrait qu'elle n'était pas la plupart des femmes.

Main dans la main, ils se dirigèrent vers le bassin situé au centre du parc, cherchant du regard, à travers la foule qui se pressait dans les allées, l'homme à l'écharpe rouge.

Celui-ci se leva à leur approche. Pas très grand, brun, une trentaine d'années, bien habillé, nota instinctivement Lucas en étudiant le Français d'un coup d'œil rapide. Il portait un attaché-case, ce qui le distinguait des promeneurs du week-end.

L'homme croisa d'abord le regard de Lucas, puis il se tourna vers Lily.

— Mademoiselle, dit-il en s'inclinant brièvement.

Oui, c'était bien la voix de fumeur dont Lucas se souvenait. Son correspondant à Interpol. Le Français savait déjà son nom, mais afin de prévenir une éventuelle bévue, Lucas déclara :

— Vous pouvez m'appeler Swain. À présent que vous connaissez mon nom et celui de mademoiselle, vous pouvez nous dire quel est le vôtre ?

L'autre lui lança un regard pétillant d'intelligence.

— Georges Blanc.

Il montra sa mallette.

— Tout ce dont vous avez besoin concernant le système d'alarme se trouve ici, mais après réflexion, je me demande si vous pourrez vous introduire clandestinement dans le laboratoire.

Lucas balaya les alentours du regard pour s'assurer que personne ne les écoutait. Une chance que Blanc soit doté d'une voix naturellement basse !

— Nous devrions trouver un endroit plus discret pour parler, grommela-t-il.

— Je comprends, dit Blanc. Désolé, je suis un novice en matière d'espionnage.

Ils se mirent en marche vers un banc inoccupé, non loin d'une rangée d'arbres. Blanc invita Lily à s'asseoir et prit place à son tour, puis il tendit la mallette à la jeune femme. Lucas bondit pour s'en emparer et la rendre à son propriétaire.

— Ouvrez-la vous-même, ordonna-t-il, tendu.

Lily s'était levée pour se placer derrière lui. Elle avait confiance en lui, nota-t-il avec satisfaction, et elle s'était fait la même réflexion : l'attaché-case contenait peut-être une bombe.

Blanc les regarda, visiblement surpris par leur manège.

— Il n'y a que des papiers là-dedans, expliqua-t-il, comprenant enfin la raison de leur agitation.

D'un coup de pouce, il fit jouer les deux fermetures qui s'ouvrirent dans un déclic, puis il souleva le couvercle. Comme il l'avait annoncé, la mallette ne contenait que des feuilles imprimées.

Blanc adressa à Lucas un regard insistant.

— Vous pouvez me faire confiance, assura-t-il.

Message reçu, songea Lucas. Blanc ne le trahirait pas.

— Désolé, dit-il. Avec Nervi, je m'attends à tout.

— Oui, je suppose que c'est assez logique.

— Vous disiez qu'on ne peut plus tenter de pénétrer dans le laboratoire ? demanda Lily.

Blanc acquiesça d'un hochement de tête.

— Les mesures de sécurité ont été renforcées, surtout la nuit. Chaque entrée est gardée par plusieurs vigiles armés. Le dispositif est allégé dans la journée, quand le personnel est présent.

D'un regard, Lucas l'invita à poursuivre.

— Je peux vous aider à entrer dans les locaux pendant la journée.

— Vous avez un plan ? questionna Lucas, intrigué.

— Je vous ai fait embaucher par le cadet des Nervi, Damone. Il est arrivé de Suisse voici quelques jours pour aider son frère. L'avez-vous déjà rencontré, mademoiselle ?

Lily secoua la tête.

— Non. À ma connaissance, il gère les affaires financières du groupe. Ce qui m'étonne, c'est qu'il recrute du personnel. Rodrigo l'y a autorisé ?

— Il est venu en France pour aider son frère dans ses tâches de direction, en particulier en ce qui concerne leur laboratoire du XIIIᵉ arrondissement. Il a décidé de revoir toute la sécurité et demandé une expertise du dispositif.

— Rodrigo et ses employés m'ont déjà vue, objecta Lily.

— En revanche, il ne connaît pas M. Swain. Et j'ai cru comprendre que vous êtes dotée d'un certain talent pour le déguisement ?

— En effet.

— Vous croyez vraiment que ce Damone va nous engager sur notre bonne mine ? intervint Lucas, guère convaincu.

Blanc lui adressa un petit sourire.

— C'est lui qui m'a demandé de trouver quelqu'un de compétent. Il a confiance en moi et ne contestera pas mon choix. Damone Nervi vous ouvrira en personne les portes du laboratoire. Avouez que vous n'auriez pu rêver meilleur guide !

29

Paris, quartier du Palais-Royal – 25 novembre,
15 heures

— Il nous reste un certain nombre de questions à régler, dit Lucas.

Ils avaient trouvé refuge dans un petit bistrot non loin du jardin, autant pour se réchauffer que par souci de discrétion. Attablés devant des tasses de café, Lily, Blanc et lui-même étaient occupés à examiner le contenu de la mallette. Blanc parlait en français, Lucas en anglais, et Lily dans l'une ou l'autre langue, selon celui à qui elle s'adressait.

— Je vais avoir besoin d'une bonne semaine pour réunir le matériel nécessaire, poursuivit-il.

Agacé, il vit Blanc tourner un regard interrogateur vers Lily, comme pour lui demander confirmation.

— Je n'ai aucune connaissance en la matière, expliqua-t-elle en haussant les épaules. Le spécialiste, c'est Swain.

Il ne s'était pas présenté comme un expert en explosifs, mais il apprécia la confiance qu'elle lui témoignait. Au demeurant, il savait se servir d'un détonateur.

— Votre idée de nous faire passer pour des professionnels de la sécurité me semble excellente, mais il va nous falloir l'étayer. Ce Damone Nervi n'est pas naïf, et Rodrigo ne nous laissera pas entrer dans le laboratoire sans avoir pris tous ses renseignements sur nous.

— Sur ce point, pas de doute, approuva Lily d'un ton grave.

— Par conséquent, nous devons lui laisser le moins de temps possible pour s'informer. Il faut placer les explosifs lors de notre première visite. Nous n'aurons peut-être pas de seconde chance.

Puis, se tournant vers Georges Blanc :

— Damone vous fait-il assez confiance pour nous laisser entrer dans le laboratoire *avant* d'avoir reçu le feu vert de Rodrigo ?

— Oui, je le pense. Je lui dirai que j'ai moi-même effectué une enquête sur vous deux.

Lucas allait demander à Blanc si Damone ne risquait pas de se méfier, Interpol n'étant pas supposé mener des investigations pour son propre compte. Par chance, il retint ses paroles. Comment expliquer à Lily qu'il savait que Georges était d'Interpol ?

— Il va nous falloir une camionnette, des cartes et du papier à en-tête de notre société… enfin, tout ce qui permettra de parfaire l'illusion. Je présume que vous ne savez pas où précisément est située la salle de travail que nous devons faire exploser ?

Blanc secoua la tête.

— Je ne peux même pas vous affirmer que tous les éléments à détruire sont réunis dans un lieu unique. Qui sait si, par mesure de précaution, on ne les a pas dispersés dans tout le complexe ? Je sais, cela peut sembler illogique…

— Ou très futé, intervint Lily. Il est possible qu'ils aient prévu différentes unités de stockage pour entreposer des copies de leurs travaux, en cas d'accident. Damone pourrait-il demander au Dr Giordano de nous guider ? Celui-ci sera le mieux placé pour nous indiquer les points qu'il souhaite sécuriser. Je suis sûre qu'il ne résistera pas au plaisir de nous les montrer.

Lily possédait un remarquable sens de la psychologie, Lucas l'avait lu dans son dossier. C'était d'ailleurs pour cette raison qu'il avait décidé, avant même de l'avoir rencontrée, de jouer franc-jeu avec elle... sauf sur un point, bien sûr. Son appartenance à la CIA. La moindre incohérence dans son attitude, et elle se serait méfiée de lui. Elle avait rencontré Giordano, avait parlé avec lui. Elle le connaissait assez pour anticiper sa réaction à l'arrivée de deux experts chargés de sécuriser des travaux qui représentaient toute sa vie. Il leur ferait confiance. Il n'avait pas le choix.

Une expression inquiète se peignit sur le visage de Blanc.

— Vous allez faire exploser le laboratoire en plein jour ? Alors que les personnels seront présents ?

— Il doit s'écouler le moins de temps possible entre l'installation des explosifs et leur déclenchement, si on veut viser l'efficacité maximale, répliqua Lucas.

— Il faudrait demander un exercice d'évacuation juste avant de nous en aller, au motif que nous voulons évaluer la rapidité de réaction des employés, suggéra Lily. Dans la confusion, personne ne se méfiera... Mieux, on pourrait disposer dans les locaux les explosifs en prétendant qu'ils sont faux et organiser un concours. Les employés devraient les retrouver et les signaler, avec interdiction absolue de les déplacer ou même d'y toucher.

Lucas la regarda, ébahi. C'était une idée de génie ! Non seulement ils pourraient installer leurs explosifs en toute tranquillité, mais le Dr Giordano leur indiquerait avec zèle les meilleurs emplacements, sans en oublier aucun... puisque, croirait-il, ce serait dans son intérêt !

— C'est machiavélique, murmura-t-il, admiratif. Cela nous donnera, en outre, un argument pour justifier que nous transportons de véritables explosifs, au cas où nous serions repérés. Nous pourrons prétendre que c'est pour les montrer au personnel afin de leur apprendre à en reconnaître s'ils en voient.

— Vous comptez utiliser une bombe au plastic ? s'enquit Blanc.

— C'est la méthode la moins dangereuse et le matériau le plus fiable, répondit Lucas. De plus, je devrais pouvoir m'en procurer rapidement. Vous allez nous organiser un rendez-vous avec Damone la semaine prochaine ; si j'ai besoin d'un délai supplémentaire, je vous contacterai.

— Je m'en occupe.

— Autre chose, dit Lily. Vous ferez déposer sur mon compte la récompense d'un million de dollars pour lundi prochain. Nous allons avoir besoin d'argent pour préparer cette mission. Voici mon numéro de compte.

Tout en parlant, elle avait griffonné une série de chiffres sur un morceau de papier, qu'elle tendit à Blanc. Ce dernier le prit comme à contrecœur.

— Bien sûr, marmonna-t-il. Je vais… faire en sorte que cette question soit réglée au plus vite.

Il avait vraiment l'air mal à l'aise. Qu'avait-il espéré ? Que Lily allait risquer sa vie pour la gloire ? Lucas, lui, savait qu'elle aurait détruit le laboratoire sans la moindre contrepartie financière, mais dans la mesure où le Français lui avait proposé de l'argent pour le faire, pourquoi semblait-il le regretter ?

Il paya les consommations pendant que Lily rangeait les documents dans la mallette, puis ils se séparèrent. Une fois sur le trottoir, Lucas prit la main de la jeune femme. Une semaine ! songea-t-il. Il avait devant lui sept jours pour préparer l'attaque du laboratoire… et sept nuits pour faire l'amour à Lily. C'était plus qu'il n'avait osé l'espérer.

— On divisera la somme par deux, précisa-t-elle.

— Pardon ?

— Le million de dollars… on va le partager, bien entendu.

— Je n'en veux pas ! s'exclama-t-il.

Il était sincère. Il n'avait pas besoin de cet argent – d'autant que, contrairement à elle, il était en mission commandée.

— Garde-le, reprit-il. J'ai largement de quoi vivre, et de toute façon c'était ton idée, pas la mienne. Tu seras contente d'avoir renfloué ton compte quand toute cette histoire sera terminée.

La question étant de savoir si Lily vivrait pour en profiter… Il le faudrait, pourtant. Il ne supporterait pas qu'il en soit autrement.

Tout en prenant la direction de la plus proche station de métro, Lucas s'absorba dans ses pensées. Quel intérêt l'homme d'Interpol avait-il à commanditer la destruction du laboratoire ? Et comment aurait-il pu financer une telle opération ? Avec les sommes que lui versaient les Nervi ? Ou bien agissait-il pour le compte du gouvernement français ?

Ce soir-là, alors que, un crayon à la main et une calculatrice dans l'autre, Lucas étudiait les plans fournis par Blanc pour déterminer la surface à plastiquer, Lily vint s'asseoir à son côté sur le canapé. Le Français avait eu la bonne idée d'indiquer la fonction assignée à chaque pièce, réduisant ainsi leur champ d'investigations. Inutile de faire exploser les toilettes ou les salles de réunion !

— Moi aussi, je t'aime, déclara Lily en posant la tête sur son épaule. Enfin, je crois… C'est un peu effrayant, non ?

De surprise, Lucas laissa tomber son crayon.

— Oui, admit-il. Au début, je pensais que ce serait juste une aventure. Et voilà que je m'inquiète de savoir si tu as assez mangé pour ton petit déjeuner ou si tu n'as pas froid quand on marche dans la rue. Je n'ai rien vu venir.

— Et moi donc ! J'étais tranquillement en train de me faire tirer dessus par les hommes de Nervi quand tu es arrivé au volant de ta Jaguar... Ça t'apprendra à te mêler des affaires des autres.

— Je n'allais pas rester sans réagir alors qu'une dame en détresse se faisait agresser par des voyous !

— Surtout si tu entrevoyais une chance de mettre la dame en question dans ton lit.

Lucas posa sur la table basse sa liasse de papiers.

— Exactement, dit-il. À propos...

Paris, porte de la Chapelle – 28 novembre, 23 heures

— Tu restes dans la...

— Ah, ne recommence pas ! l'interrompit Lily. Je refuse de t'attendre dans la voiture.

— Tu y seras plus en sécurité, et je n'ai pas besoin de ton aide.

— Si tu n'as pas besoin de mon aide, c'est qu'il n'y a pas de danger. Donc, je viens.

Tout en maugréant, Lucas serra entre ses mains le volant de la Mercedes classe S. Lily était une négociatrice redoutable. Elle aurait dû faire de la politique !

Il s'apprêtait à prendre livraison des pains d'explosif ; ses nerfs étaient tendus à se rompre. Il savait d'expérience que ce type d'achat n'était pas sans risque – il n'allait pas à la boulangerie chercher des croissants ! – et la présence de Lily à ses côtés ne l'aidait en rien, bien au contraire. Seul, il avait toujours pris tous les risques. À présent qu'il découvrait ce que c'était qu'avoir peur pour quelqu'un, son job prenait une dimension fort désagréable...

Il ne lui avait fallu que trois jours pour trouver un revendeur capable de lui fournir la quantité de matériel suffisante. L'homme, un certain Bernard, lui avait fixé rendez-vous dans une petite rue déserte du nord de Paris. Lucas savait que le commerce des explosifs était fort lucratif, d'autant que certains n'hésitaient pas à poignarder leur acheteur pour revendre plusieurs fois la même marchandise. Il arrivait aussi que des clients abattent leur fournisseur pour éviter de mettre la main au portefeuille. Bref, c'était un business à haut risque, et le dénommé Bernard serait probablement aussi nerveux que lui-même.

— Je ne peux pas te surveiller depuis la voiture, ajouta Lily en abaissant le miroir du rétroviseur pour vérifier son maquillage.

Elle avait entrepris de perfectionner son art du déguisement en endossant chaque jour une personnalité masculine. Ce soir, elle s'était glissée dans la peau d'un motard. Vêtements noirs de la tête aux pieds, veste de cuir, lourdes bottes à bouts ronds... elle était méconnaissable. D'autant plus qu'elle avait fixé un morceau de latex couleur chair sur son menton pour le faire paraître plus carré, épaissi au crayon noir la ligne de ses sourcils... et collé une fausse moustache sous son nez pour parfaire l'illusion.

Lucas avait éclaté de rire en la voyant sortir de la salle de bains, tout à l'heure dans leur chambre du Bristol, mais à présent, dans la faible lueur des réverbères, elle ressemblait vraiment à un homme. Surtout avec son arme dégainée, qu'elle avait sortie de son holster afin de pouvoir réagir plus rapidement au cas où l'affaire tournerait mal.

Il détestait l'idée qu'elle quitte la sécurité – relative – de la voiture, mais il semblait qu'une fois de plus, il n'aurait pas le dernier mot. Cela devenait une habitude... Il aurait dû la bâillonner et la ficeler sur le lit ! songea-t-il, maussade. Enfin, si la chose était possible. D'après son dossier, Lily était ceinture noire de karaté.

Malgré le froid polaire qui s'était abattu sur Paris dans la journée, Lucas abaissa sa vitre. Il voulait entendre ce qui se passait dehors, au cas où quelqu'un se serait dirigé vers eux. Il avait tourné les rétroviseurs extérieurs vers le bas, de façon à surprendre quiconque tenterait de s'approcher en rampant ou en marchant à croupetons.

Il éteignit les phares. Aussitôt, l'obscurité envahit l'habitacle. Lorsque ses yeux se furent accoutumés à la pénombre, il put distinguer le profil de Lily à son côté. Il chercha sa main pour la serrer dans la sienne. Elle portait des gants afin de dissimuler ses doigts. Ce point demeurait l'un des derniers problèmes à résoudre : faire en sorte que ses mains si féminines ne la trahissent pas quand elle entrerait dans le laboratoire Nervi sous une identité masculine.

Elle ne tremblait pas, nota-t-il, et ne manifestait aucun signe de nervosité. À vrai dire, elle était la personne la plus solide qu'il puisse imaginer. Il n'aurait voulu de personne d'autre pour l'accompagner dans une mission à haut risque.

Une lueur de phares apparut devant eux. Une voiture venait d'emprunter un virage pour se diriger vers eux à une allure modérée. Dans le silence qui régnait, Lucas reconnut aussitôt un moteur de Fiat. Instinctivement, il alluma les phares de la Mercedes et mit le moteur en marche. D'abord, parce qu'il préférait que Bernard, ou quel que soit son nom, ne voie pas Lily. Ensuite, parce qu'il voulait pouvoir démarrer en trombe en cas de besoin.

À peine avait-il tourné la commande que la jeune femme, entrouvrant sa porte, se glissa à l'extérieur de la voiture pour la contourner par l'arrière, en se penchant pour ne pas être vue du ou des occupants de la Fiat.

Abaissant son pare-soleil, Lucas parvint à protéger ses yeux de la lumière aveuglante des phares. Il put ainsi compter les silhouettes de trois têtes dans la voiture. Bernard n'était pas seul.

Lorsque la petite voiture ne fut plus qu'à deux ou trois mètres, elle s'immobilisa sur la chaussée. C'était le moment de voir si l'autre réagissait. Lucas coupa ses phares ; le Français l'imita aussitôt.

Il chercha le reflet de Lily dans les rétroviseurs, en vain. Au même instant, il vit s'ouvrir la porte de la Fiat, côté passager. Un homme grand, de large carrure, en sortit et s'immobilisa derrière la portière. Lucas prit la mallette de Georges Blanc, vidée de ses documents et emplie d'argent liquide, et descendit à son tour.

Il se sentait désagréablement exposé à un tir d'arme à feu, mais il se rassura. L'autre, en face de lui, n'était guère mieux loti. Une portière de voiture n'était pas une protection contre les balles. Seul le bloc-moteur offrait un abri suffisant – une information qu'il avait apprise sur le terrain, dans une embuscade en Amérique latine.

— Qui êtes-vous ? demanda l'homme.

— Swain. Vous êtes bien Bernard ?

L'autre hocha la tête.

— Vous avez la camelote ?

Nouveau hochement de tête.

— Et toi, tu as le fric ?

— Affirmatif, dit Lucas en faisant passer la mallette dans sa main gauche.

Il voulait avoir la main droite libre pour dégainer son arme de son holster, passé à son épaule, sous sa veste de cuir. Bernard ne semblait pas armé, mais ses deux acolytes l'étaient probablement.

— Où est la marchandise ? questionna Lucas, méfiant.

— Dans la voiture.

— Voyons ça.

Il attendit que le Français se soit penché vers son siège pour y prendre un sac de sport visiblement plein, avant d'avancer dans l'espace entre les deux véhicules.

— Ouvrez-le, ordonna-t-il.

Bernard obtempéra en maugréant. Dans la lueur des phares, une rangée de pains de plastic apparut, chacun emballé dans de la cellophane.

— Sortez-en un, dit Lucas. Non, pas sur le dessus. Tout au fond du sac... Très bien, déballez-le.

Dans un soupir de contrariété, le Français s'exécuta.

— Maintenant, prenez-en un peu et roulez-le entre vos doigts.

— Il est tout neuf, protesta Bernard.

— C'est justement ce dont je veux m'assurer.

Sans doute convaincu par le ton inflexible de Lucas, l'autre fit ce qu'on lui demandait. Il arracha un morceau de pâte au coin du pain de plastic et le roula en boule.

— Là, tu me crois maintenant ?

— C'est bon.

Lucas ouvrit sa mallette pour montrer les billets qui s'y trouvaient. Quatre-vingt mille euros en billets de cinq cents. Puis il rabattit le couvercle et ferma les attaches.

Bernard remit la boule de plastic sur le pain, qu'il jeta dans le sac. Ses lèvres s'étirèrent en un sourire mauvais. Il tendit la main vers la mallette.

— Donne-moi le fric, gronda-t-il, sans faire mine de toucher au sac, toujours par terre.

— Bernard ? intervint alors une voix si basse que seuls eux deux pouvaient l'entendre.

Le Français, l'air contrarié, balaya les alentours du regard, mais les phares l'empêchaient de voir au-delà du cercle de lumière qui les entourait.

— Tu ne peux pas me voir, confirma la petite voix, mais moi, si. Mon arme est braquée directement sur toi. Ou plus exactement, sur tes testicules. Si j'appuie sur la détente, ma balle traversera ta vessie, ton colon, une partie de tes intestins… et je ne parle pas du reste. Tu survivras, mais la question est de savoir si tu auras envie de vivre, une fois émasculé.

— Que voulez-vous? aboya-t-il.

— La marchandise, répondit Lucas. Vous aurez l'argent, comme prévu. Mais pas d'entourloupe, compris?

Bernard se contenta de hocher la tête.

— Parfait. Vous allez me donner ce sac, prendre la mallette et dire à votre chauffeur de faire marche arrière. Vous suivrez la voiture à pied et vous n'y monterez qu'une fois arrivé au niveau du second carrefour. Je suis clair?

— Très.

Tant que le Français ne serait pas remonté à bord de la Fiat, il offrirait une cible toute désignée. De plus, le chauffeur ne serait pas tenté de foncer sur la Mercedes. La voiture allemande était plus lourde que l'italienne, mais en prenant de la vitesse, celle-ci pouvait infliger de sérieux dommages à leur Mercedes… et à Lily, qui s'était glissée dessous.

Bernard tourna légèrement la tête et, haussant la voix de façon à être entendu de ses complices :

— Ne faites rien !

Puis il donna le sac à Lucas et, dans le même geste, prit la mallette que celui-ci lui tendait, avant de reculer en la serrant contre lui, visiblement mal à l'aise.

— J'ai été honnête. Pas la peine de t'énerver, mec.

Lucas avait glissé sa main sous sa veste. Sa paume effleurait déjà la crosse de son arme.

— Personne ne s'énerve, dit-il. Sauf si votre chauffeur ne se décide pas à faire marche arrière.

Bernard indiqua à son comparse de reculer, tout en le suivant à pied.

— Lily, chuchota Lucas sans remuer les lèvres, remonte tout de suite dans la voiture.

— C'est fait.

Elle n'avait pas attendu de s'assurer que le Français obéissait ? Peu importait… Voyant que la Fiat continuait de reculer vers le carrefour situé à une cinquantaine de mètres, Lucas remonta dans la Mercedes, jeta le sac sur les genoux de Lily et passa la marche arrière. Braquant le volant au maximum, il fit demi-tour dans un crissement de pneus et s'éloigna en trombe.

Malgré le rugissement de la Mercedes lancée à toute allure, il entendit un claquement de porte derrière eux, suivi du grincement d'un moteur de faible puissance. Bernard était remonté à bord de la Fiat pour se lancer à leur poursuite. Un coup de feu résonna.

— Il nous tire dessus, grommela Lucas.

Bon sang, il allait encore rendre une voiture transformée en passoire ! Il allait finir par figurer sur la liste noire des agences de location…

— Roule, je m'en occupe, dit Lily en baissant sa vitre.

Qu'espérait-elle ? Toucher une cible mouvante depuis un support instable ? Elle méritait un prix d'optimisme… Lucas enfonça la pédale de l'accélérateur, faisant plus confiance à ses talents de pilote qu'à la chance de sa compagne.

Lily s'était agenouillée sur son siège, dos à la route, et avait passé la tête par la fenêtre ouverte. Lucas entendit une détonation, suivie d'un son caractéristique : celui d'un freinage en catastrophe. Dans le rétroviseur, il vit des phares rayer la chaussée de zigzags lumineux, avant de revenir dans l'axe de la rue.

Elle avait au moins touché le pare-brise, songea-t-il, admirateur. Il tourna dans un boulevard, vide à cette heure tardive, et lança la Mercedes à pleine vitesse.

Derrière eux, la Fiat disparut rapidement. Lucas ne put retenir un éclat de rire.

— Qu'y a-t-il de si drôle? s'étonna Lily en s'asseyant et en remontant sa vitre.

— Il y a, dit-il entre deux hoquets, que si on avait gardé la voiture à pédales, on ne les aurait jamais semés!

30

Paris, hôtel Bristol – 29 novembre, 1 heure

— Tu me fais peur, grommela Swain en se débarrassant de sa veste de cuir.

D'un geste sec, il lança le vêtement sur le lit, avant de détacher son holster.

— Ah oui ? répliqua Lily, distraite.

Sans réfléchir à ce qu'elle faisait, elle prit la veste, caressa du plat de la main le cuir pour en savourer le velouté, puis la passa sur ses épaules. Comme elle s'en était doutée, elle était bien trop grande pour elle. Les manches dépassaient ses mains d'une bonne dizaine de centimètres. Elle s'en moquait, au demeurant. La veste était encore tiède de la chaleur de Lucas, imprégnée de son odeur à laquelle se mêlaient des senteurs de cuir enivrantes. Si elle avait été une chatte, elle en aurait ronronné de plaisir !

— Que fais-tu ? s'étonna Lucas.

Elle lui jeta un regard amusé. Qu'avait-elle l'air de faire ?

— Tu le vois, j'essaie ta veste.

— Comme si elle était à ta taille !

— J'avais juste envie de la sentir sur moi.

Elle rabattit les pans devant elle et se planta devant le miroir... avant d'éclater de rire en s'apercevant qu'elle portait encore sa fausse moustache. Elle décolla doucement le postiche et les rembourrages de latex qui exagéraient la ligne de son menton, puis ôta son bonnet et passa une main dans ses cheveux pour les faire bouffer. Puis, retirant la veste de cuir décidément trop large, elle s'assit sur le bord du lit pour se déchausser.

— Pourquoi est-ce que je te fais peur ? demanda-t-elle.

— Ce n'est pas toi qui m'effraies, rectifia Lucas. C'est moi qui ai peur pour toi. Que se serait-il passé si la Fiat avait heurté la voiture pendant que tu étais couchée dessous ? As-tu seulement idée de... Mais... que fais-tu ?

De nouveau, elle lui décocha un regard amusé.

— Je me déshabille, expliqua-t-elle du ton patient que l'on prend avec les personnes un peu lentes d'esprit.

Elle ne portait plus que ses sous-vêtements. Ayant dégrafé son soutien-gorge, elle le jeta sur le lit, puis se débarrassa de son slip. Nue comme au premier jour, elle remit la veste de cuir et retourna devant le miroir.

Là, c'était bien mieux, songea-t-elle avec satisfaction. Elle disparaissait presque dans le vaste vêtement, mais l'image que lui renvoyait la glace avait pris une dimension nettement plus sexy. Surtout avec ses cheveux en bataille et ses jambes nues. Elle pivota pour étudier son reflet vu de dos.

— J'adore cette veste, roucoula-t-elle tout en relevant le bas, juste assez pour dévoiler la naissance de ses fesses.

Son cœur battait la chamade, tandis qu'une sensation brûlante l'envahissait tout entière. Pourquoi faisait-il aussi chaud, dans cette chambre ? Par jeu, elle souleva encore un peu le bas du vêtement...

— Je t'en fais cadeau, si tu veux, dit Lucas d'une drôle de voix. À une condition : que tu la portes toujours de cette façon.

— Nue?

Hochant la tête, il s'approcha pour plaquer ses mains sur ses cuisses.

— Tu ne trouves pas ça un peu restrictif? protesta-t-elle.

— C'est à prendre ou à laisser.

Les mains de Lucas couraient à présent sur ses hanches, ses fesses, son ventre, en un ballet étourdissant. Lily ferma un instant les yeux, avant de les rouvrir, saisie de vertige. D'où venait la tension soudaine qui s'était emparée d'elle? Elle était si excitée qu'elle en avait honte…

— Allez, je te la rends, dit-elle en secouant ses épaules pour faire glisser la veste. Tu es dur en affaires.

— Pas seulement en affaires, rétorqua Lucas dans un halètement caractéristique. Attends.

Lily perçut un mouvement entre eux. Avec un temps de retard, elle comprit qu'il venait d'ouvrir la braguette de son pantalon.

— Penche-toi, ordonna-t-il.

Incapable de trouver la force de protester – en avait-elle envie? –, elle posa les mains sur le mur et se baissa. Elle retint son souffle au contact du membre rigide de son amant contre sa chair frémissante et se cambra pour mieux s'offrir. Il entra en elle d'une lente poussée puis, la saisissant par les hanches, se retira, avant de plonger de nouveau. Lily mordit ses lèvres pour retenir un gémissement.

Dans les films, elle avait toujours trouvé cette position ridiculement acrobatique. À présent qu'elle l'expérimentait par elle-même, elle en découvrait avec délice tout l'intérêt : elle qui d'habitude ne pouvait atteindre le plaisir sans quelques caresses, elle savait que cette fois-ci serait différente des autres… Plus rapide, plus érotique, plus animale… Tout se combinait pour exacerber son excitation : l'étrangeté de cette position, la sensation du cuir sur sa peau, l'odeur musquée qui l'enivrait, le fait d'être nue contre Lucas… Déjà, un spasme divin se formait au plus profond d'elle-même…

Dans un long cri d'impatience et de soulagement mêlés, elle accueillit l'onde de jouissance qui l'entraînait vers le néant. Confusément, elle comprit que Lucas l'avait soulevée entre ses bras pour la déposer sur le lit et s'agenouiller derrière elle, avant de la prendre de nouveau. À présent délivrée de l'attente du plaisir, tout à l'écoute de son amant, elle percevait les moindres sensations annonciatrices de son orgasme. Son membre s'était fait plus rigide encore, sa respiration plus saccadée, son rythme plus rapide, si cela était possible… Puis elle sentit une sourde pulsation au creux de son ventre, une onde tiède, tandis que Lucas laissait échapper un grondement sauvage, avant de retomber sur elle, à bout de forces.

Ils demeurèrent immobiles de longues minutes, le cœur battant, encore palpitants de plaisir. Lily voulut se retourner pour se lover contre le torse de son compagnon, mais celui-ci l'immobilisa d'une main autoritaire.

— Ne bouge pas, dit-il.

Il souleva le bas de la veste de cuir, exposant peu à peu ses cuisses, ses fesses, ses reins.

— Je crois que je viens de me découvrir un nouveau fantasme, murmura-t-il d'une voix tremblante d'émotion.

— De *nous* découvrir un nouveau fantasme, rectifia-t-elle.

— Tant mieux, tant mieux…

Tout en parlant, il avait plaqué ses mains sur les fesses de Lily pour les masser, d'abord avec douceur, puis de façon plus énergique. Que c'était agréable ! C'était presque… excitant. Lucas devait partager cette impression car il ne s'était pas encore retiré d'elle et semblait prêt à reprendre leurs ébats d'un instant à l'autre...

Elle laissa échapper un soupir de bien-être.

— Nous devons être dangereusement dépravés, toi et moi. Une bande de voyous nous tire dessus, et voilà l'effet que ça nous fait...

— L'adrénaline a ses raisons que la raison ignore... Cela dit, si tu réagis comme ça quand on te prend pour cible, je sais ce qu'il me reste à faire...

Lily éclata de rire, puis, se dégageant de l'étreinte de Lucas d'un coup de reins, elle roula sur elle-même et entreprit de le déshabiller.

— Viens, dit-elle, nous avons besoin d'une bonne douche.

Elle quitta à regret la veste de cuir et entraîna son compagnon vers la salle de bains. Elle aurait volontiers pris un bain mais, craignant que Lucas ne s'y endorme, elle opta pour une douche, plus tonique.

Ils ne quittèrent la salle de bains qu'une heure plus tard, épuisés mais ivres de plaisir. Jamais Lily n'avait envisagé le potentiel érotique d'une douche partagée avec un amant imaginatif !

Rêveuse, elle passa une chemise empruntée à Lucas et rejoignit celui-ci sur le lit. Vêtu en tout et pour tout d'un caleçon, il avait entrepris d'inspecter le contenu du sac. Il sépara les pains de plastic en deux tas, ceux qui étaient en état de fonctionner et les autres. Seuls cinq étaient hors service.

— C'est bon, commenta-t-il en remettant les autres dans le sac. J'ai de quoi travailler.

— Et les autres ? Que vas-tu en faire ?

— Les jeter à la poubelle, pourquoi ? s'enquit-il en se composant une expression stupide.

Lily secoua la tête. Quand cesserait-il de faire le pitre ?

— La meilleure façon de s'en débarrasser, c'est une bonne déflagration. On les fera sauter avec les autres, au laboratoire. Même s'ils n'explosent pas, ils brûleront dans l'incendie qui s'ensuivra.

Elle le regarda tracer, de la pointe de son couteau suisse, une croix sur les pains à détruire, puis les ranger dans le sac. Pas de doute, Lucas Swain connaissait son boulot d'aventurier sur le bout des doigts.

— Et maintenant ? demanda-t-elle en étouffant un bâillement. Quelle est la suite du programme ?

— Trouver des détonateurs radiocommandés, dit Lucas en hissant le sac en haut de la penderie. Il faudra être à bonne distance quand je déclencherai le feu d'artifice, et je ne peux pas prendre le risque de dérouler des mèches sur des centaines de mètres : ça paraîtrait suspect.

— Hmm… approuva Lily en luttant contre le sommeil. Et puis ?

— Une fois qu'on aura rassemblé la panoplie du parfait petit artificier, on fera imprimer nos cartes de visite, puis on trouvera une camionnette et on la maquillera en véhicule professionnel. Rien de très compliqué.

— Hmm…

La tension de la soirée était retombée ; la jeune femme parvenait à peine à garder les yeux ouverts. Elle se glissa entre les draps et ferma les paupières. Lucas la rejoignit rapidement. Déjà somnolente, elle comprit qu'il la débarrassait de sa chemise, puis se serrait contre son dos et posait une main sur son ventre. Elle sourit, heureuse.

— Je t'aime, murmura-t-elle.

Il pressa doucement sa main sur elle.

— Moi aussi.

Elle eut encore la sensation de ses lèvres dans son cou, puis elle sombra dans un lourd sommeil.

Le jour J arriva enfin. Dans la salle de bains, Lily inspecta avec inquiétude l'image que lui renvoyait le miroir. Son déguisement allait-il tromper le Dr Giordano ? Si ce dernier la reconnaissait, tout était perdu.

Elle avait d'abord envisagé de couper très court ses cheveux et de les teindre, mais elle avait finalement opté pour une perruque noire et courte, sur laquelle elle avait vissé une casquette ornée des initiales de leur prétendue société. SSC, Swain Security Contractors. Conscient qu'il ne pourrait jamais se faire passer pour un Français, Lucas avait choisi un nom américain.

Du bout du doigt, elle effleura son menton rendu plus carré par un patch de latex. Elle avait également accentué l'arête de son nez, épaissi ses sourcils à l'aide de postiches et collé une fausse moustache afin de masquer le modelé trop féminin de ses lèvres. Des lentilles de contact colorées assombrissaient ses yeux et, par mesure de précaution, elle avait chaussé une paire de fines lunettes cerclées de métal. Elle avait poussé la perfection jusqu'à recouvrir d'une touche de latex les lobes de ses oreilles. Trop peu d'hommes avaient les deux oreilles percées pour qu'elle prenne le risque de laisser voir ce détail.

Elle recula d'un pas afin de vérifier une dernière fois sa silhouette. Le froid de l'hiver aidant, elle avait choisi une tenue qui dissimulait idéalement sa silhouette : large bleu de travail et veste polaire élimée. Ses bottes de sécurité, avec leurs épaisses semelles, lui donnaient quelques centimètres de plus, achevant la transformation. Elle était méconnaissable.

Puis elle regarda ses mains. Elle avait eu toutes les peines du monde à leur donner une touche masculine. Après avoir taillé ses ongles très court et sans souci de régularité, elle avait souligné le tracé des veines d'un trait de fard bleu, et caché la ligne fuselée de ses doigts sous des pansements adhésifs supposés recouvrir des blessures courantes chez un travailleur manuel.

Par chance, elle n'aurait pas besoin de prendre la parole : Lucas s'en chargerait. Elle s'était toutefois exercée à parler de la voix la plus grave possible, au cas où elle devrait répondre à une question.

La semaine qui venait de s'écouler n'avait pas été consacrée qu'à la préparation de son déguisement. Lily avait aussi dû trouver une camionnette et l'équiper de plaques magnétiques aux initiales de la SSC, faire imprimer les cartes de visite et autres papiers à en-tête, réunir le petit outillage nécessaire à leur intervention, et dénicher le costume de Lucas, un bleu de travail et des chaussures de sécurité assez usés pour être crédibles. Pendant ce temps, Lucas, qui semblait avoir bon nombre d'accointances douteuses dans Paris, s'était procuré un détonateur radiocommandé et le reste du matériel nécessaire.

De plus, ils avaient planché de nombreuses heures sur les cartes fournies par Georges Blanc afin de déterminer où placer les charges explosives, ainsi que la puissance de celles-ci. Lily n'avait jamais envisagé la démolition d'un bâtiment d'un point de vue mathématique. Heureusement, Lucas s'était révélé un expert en la matière.

Combien de fois s'était-elle félicitée de son aide providentielle ? Sans lui, elle n'aurait jamais pu mener sa mission à bien. Swain avait croisé son chemin à point nommé… et pas uniquement en ce qui concernait sa mission. Leurs dernières nuits avaient été aussi bien remplies que leurs journées, chacune étant pour elle l'occasion de constater combien ils étaient faits l'un pour l'autre…

Lucas, qui savait admirablement alterner les moments de détente et les séances de travail, lui avait expliqué le maniement des explosifs, la façon de les disposer, ainsi que le fonctionnement d'un détonateur. Elle n'ignorait plus rien des différences entre plastic, C-4 et semtex, et savait localiser sur le plan tous les points destinés à recevoir une charge.

Lucas avait poussé le professionnalisme jusqu'à l'emmener loin de Paris, dans un champ, où il avait tracé au sol les plans du laboratoire pour qu'ils se fassent une meilleure idée des distances et de la disposition générale du bâtiment. D'après ses estimations, il leur faudrait une heure pour placer la totalité des pains de plastic. Plus ils prolongeraient leur séjour dans le laboratoire, plus ils risqueraient d'être découverts, en particulier Lily. Surtout si Rodrigo était présent. Au cas où celui-ci ferait une apparition, ce qui était probable, Lucas irait le saluer pendant que Lily, feignant d'être occupée, s'éloignerait. Avec un peu de chance, Rodrigo n'insisterait pas pour rencontrer l'assistant de Swain.

Elle devrait également se méfier du Dr Giordano, qui l'avait déjà vue et l'avait examinée. Ce serait plus difficile, car elle serait la plupart du temps sous son regard. Là aussi, elle comptait sur Lucas pour occuper son attention. Après tout, c'était lui l'expert en sécurité, celui dont l'avis intéresserait Giordano !

Lorsqu'elle songeait que le malheureux ne verrait sûrement pas la fin de cette journée, elle en avait le cœur serré. Elle n'avait pas oublié la gentillesse avec laquelle il l'avait soignée dans la villa des Nervi, après l'assassinat de Salvatore. Comment cet homme en apparence si dévoué pouvait-il mettre son art au service de l'ignoble projet de Salvatore et Rodrigo ? Cela restait pour elle une énigme. Il devait mourir, il fallait bien qu'elle l'admette...

Leur plan était d'une simplicité parfaite. Ils placeraient les charges explosives sous prétexte de former le personnel, organiseraient un exercice d'alarme sous prétexte de minuter le temps nécessaire à l'évacuation des bâtiments, puis Lucas actionnerait le détonateur. Au même instant, Lily exécuterait le docteur, puis ils sauteraient à bord de la camionnette et s'enfuiraient, profitant de la panique générale.

Le Bristol n'était pas l'endroit idéal pour préparer leur « mission impossible ». Non seulement il avait fallu cacher plans et explosifs chaque jour avant l'arrivée des femmes de chambre, mais ils n'avaient pas pu charger le matériel dans la camionnette, de peur qu'elle soit volée.

— Prêt, JP ? demanda Lucas.

Jean-Philippe Fournier, alias JP, était le nom d'emprunt de Lily. Lucas avait l'air de trouver cela très amusant.

Elle se détourna de son reflet dans le miroir de la salle de bains et le rejoignit dans la chambre. Elle virevolta sur elle-même, un peu lourdement à cause des bottes de sécurité.

— Autant que je peux l'être. Comment me trouves-tu ?

— Eh bien… je n'ai plus aucune envie de te faire des avances.

— Alors tout va bien, dit Lily en lissant ses moustaches.

Lucas venait d'achever de remplir son sac – les pains d'un côté, le détonateur dans une boîte à part, et la radiocommande sans ses piles, par mesure de précaution. Lui aussi avait enfilé son bleu de travail aux initiales SSC, sous lequel il portait une chemise blanche et une cravate, façon de faire savoir qu'il était le patron.

Son bleu était assez ouvert pour révéler ce détail, mais suffisamment large pour dissimuler le holster attaché à son épaule. Lily, quant à elle, avait gardé son Beretta fixé à sa cheville. Il lui faudrait un peu plus de temps que d'habitude pour s'emparer de son arme, mais dans le cas présent la rapidité n'importait pas. Si tout se déroulait comme prévu, elle aurait tout le loisir de prendre son arme lorsque la dernière minute du Dr Giordano aurait sonné.

Elle vit Lucas consulter sa montre. C'était l'heure. Elle prit la boîte qui contenait le détonateur et suivit son « patron », lequel portait les pains de plastic dans une besace de cuir.

Le couloir était vide, et par chance, personne ne se trouvait dans la cabine de l'ascenseur. Pourtant, Lily et son compagnon n'échangèrent pas un mot. Chacun savait ce qu'il avait à faire et se concentrait sur sa mission. Malgré la tension qui l'habitait, la jeune femme était sereine. Pour une fois, elle ne partait pas seule. Elle avait un partenaire… et quel partenaire !

Une fois au sous-sol, Lucas lui tendit les clés de la camionnette.

— C'est toi qui prends le volant, dit-il.

Elle le regarda, surprise.

— Tu n'as pas peur que je nous envoie dans le décor ?

— Petit a, étant le boss, je ne suis pas supposé jouer les chauffeurs. Petit b, il n'y a rien d'amusant à conduire une camionnette. En route, JP !

— Je me disais, aussi… marmonna Lily d'un ton rogue.

Ils devaient retrouver Damone Nervi au laboratoire à quinze heures. Selon Lucas, c'était le moment idéal, celui où les gens ne sont plus aussi vigilants que dans la matinée. En arrivant à la hauteur du petit parc, Lily eut un pincement au cœur. C'était là que Lucas avait fait irruption dans sa vie, au volant d'une Jaguar. Les journaux avaient évoqué la fusillade, mais comme on n'avait déploré aucune victime, l'affaire en était restée là. Elle nota avec soulagement que les promeneurs étaient plus rares que la dernière fois. Tant mieux. Moins il y aurait de monde, plus le risque serait réduit.

Elle ralentit pour engager la camionnette dans la cour, puis s'arrêta devant le garde qui s'était approché d'eux, une main levée. Elle toussa pour enrouer sa voix.

— Société SSC pour M. Nervi, annonça-t-elle en abaissant sa vitre.

Elle prit le permis de conduire que lui tendait Lucas pour le présenter au vigile, avant de chercher sa fausse carte d'identité dans la poche de son bleu de travail.

— Swain et Fournier, lut le vigile à l'intention de son collègue, qui consultait un registre.

Lily eut le temps de voir que leurs noms étaient les seuls pour cet après-midi. Pas d'autres rendez-vous, pas de contretemps, se félicita-t-elle. Elle récupéra les deux documents que le garde lui rendait.

— L'entrée principale est sur votre gauche, indiqua celui-ci. Sur le parking, vous trouverez des places réservées aux visiteurs. Je signale votre arrivée à M. Nervi. Vous n'aurez qu'à appuyer sur la sonnette de la porte pour qu'on vous ouvre de l'intérieur.

Elle remercia d'un hochement de tête et remonta sa vitre. Alors qu'elle redémarrait, elle vit deux hommes sortir du laboratoire.

— Là, dit-elle à Lucas. Celui en blouse blanche est le Dr Giordano. L'autre doit être Damone Nervi.

Ce dernier offrait un indéniable air de famille avec Rodrigo, mais alors que l'aîné des Nervi n'était « que » séduisant, le cadet était d'une beauté saisissante. Son épaisse chevelure noire et lustrée rehaussait la perfection de ses traits au modelé sensuel et l'éclat de son teint mat. Sous l'arc de ses sourcils dignes d'un maître de la Renaissance, son œil noir brillait d'intelligence... mais non de joie.

— Il y a un problème, murmura Lily.

— Pourquoi dis-tu cela ?

— Tu as vu sa tête ?

— Et alors ? Ce n'est pas un rigolo, voilà tout.

L'explication de Lucas était rationnelle, mais Lily ne pouvait chasser un sombre pressentiment. Quelque chose n'allait pas, même si elle ne savait quoi exactement. Elle gara la camionnette sur une place marquée « Visiteurs ». À peine avait-elle coupé le moteur que Lucas descendait de voiture pour aller saluer les deux hommes. Il ne se tenait pas de la même façon que d'habitude, constata-t-elle. Le déhanchement de cowboy avait cédé la place à une démarche décidée… pour ne pas dire agressive. Tout dans son attitude dénotait l'homme d'affaires qui n'a pas de temps à perdre.

Comme ils en étaient convenus, elle alla ouvrir la portière arrière de la camionnette pour y prendre des formulaires à l'en-tête de la SSC, ainsi que des testeurs électriques, qui n'avaient pas d'autre fonction que d'être aussi impressionnants que possible. Prenant soin de ne pas porter les documents contre la poitrine, comme l'aurait fait une femme, elle glissa son équipement sous son bras et rejoignit le petit groupe.

— Ah ! Mon associé, Jean-Philippe Fournier.

D'un geste, Lucas désigna les deux hommes.

— M. Nervi, le Dr Giordano. Pour gagner du temps, le docteur va nous montrer les locaux.

Ses mains étant occupées, Lily se contenta d'un bref hochement de tête à l'intention des deux hommes. Si Vincenzo était toujours aussi affable, Damone, lui, semblait s'être encore rembruni. Il paraissait contrarié de leur visite. C'était pourtant lui qui avait organisé ce rendez-vous ! Décidément, quelque chose clochait. Leur avait-on tendu un piège ? Si c'était le cas, Rodrigo était plus fin renard qu'elle ne l'avait supposé. Au lieu de l'appréhender par la force dans un lieu public, il l'avait attirée dans ce laboratoire où tout le personnel était à sa solde, et où il pouvait les faire disparaître en toute discrétion. Son sang se glaça. S'il arrivait malheur à Lucas par sa faute...

— Allons, mon petit, murmura alors le docteur à Damone, ce n'est pas si grave ! Gisèle n'a pas pu venir, mais ce n'est que partie remise !

Lily se mordit les lèvres pour retenir un soupir de soulagement. Cette Gisèle devait être sa fiancée, et elle avait apparemment annulé un rendez-vous. Ce n'était que cela !

Devant eux, le docteur saisit un code sur un clavier encastré dans la porte d'entrée. Puis il se tourna vers Swain.

— Au début, expliqua-t-il en poussant la porte et en s'effaçant pour laisser passer ses visiteurs, nous avions des passes magnétiques, mais les employés perdaient tout le temps leur carte. Nous avons mis en place cette formule, que nous trouvons plus sûre.

— À condition de se placer devant le clavier pour faire écran de son corps quand on saisit le code, rétorqua Lucas. Ce que vous n'avez pas fait. C'est le six neuf huit trois un cinq. Cela dit, même si vous aviez pris cette précaution, je l'aurais tout de même trouvé.

Tout en parlant, il avait sorti de sa poche un enregistreur miniaturisé, dont il pressa une touche. Aussitôt, une série de six notes résonna dans le hall.

— Le code, expliqua Lucas. Il m'aurait suffi ensuite de le comparer à n'importe quel clavier sonore du commerce pour le décrypter.

Une expression de dépit se peignit sur les traits du Dr Giordano.

— D'ordinaire, je suis plus prudent, expliqua-t-il. Je ne me méfie pas de vous, voyez-vous.

— Vous ne devez faire confiance à personne ! répliqua Lucas avec fermeté. Et il est urgent de remplacer ce clavier par un modèle silencieux.

Vincenzo prit un calepin dans la poche de sa blouse et y griffonna quelques notes.

— J'y veillerai, dit-il d'un ton penaud.

— Très bien. Autre chose, à présent. Après notre visite, je tiens à ce que nous fassions deux petits tests. Il n'y en aura pas pour longtemps, et cela nous donnera de précieuses indications sur votre niveau de sécurité. Avec mon associé, je vais disséminer quelques fausses charges explosives dans les laboratoires. Je veux savoir combien de temps il faut à vos employés pour remarquer qu'il se passe quelque chose d'anormal et faire remonter l'information aux responsables. Ensuite, nous effectuerons un exercice d'évacuation, par exemple en prétendant qu'une bombe a été signalée. Il est indispensable de déterminer le temps qu'il faut à votre personnel pour évacuer les locaux.

Lily eut du mal à cacher son admiration. Lucas était un acteur né ! Il était d'ailleurs si convaincant que Vincenzo Giordano battit des mains à sa suggestion.

— Excellente idée ! approuva-t-il. Nous allons commencer tout de suite notre visite. Si vous voulez bien me suivre…

Consternée, Lily le vit prendre Lucas par le bras, ce qui l'obligeait à marcher derrière eux… juste à côté de Damone Nervi. Elle émit une petite toux rauque.

— Il faut te soigner, JP. Tu devrais passer voir un médecin, lança Lucas par-dessus son épaule.

— Oui, chef, coassa JP.

— Vous êtes malade ? s'enquit Damone.

— Juste une petite toux.

— Vous devriez peut-être porter un masque. On travaille sur des virus, ici, et les personnes malades sont plus vulnérables.

— Nous n'entrerons pas dans la salle de recherche, annonça le docteur en se tournant vers elle. D'ailleurs, par mesure de précaution, vous resterez aussi à l'écart du laboratoire où je vous emmène. Tenez, c'est ici. Et mon bureau est juste à côté.

D'un geste, il indiqua une porte située au bout du long couloir qu'ils venaient de parcourir, sur laquelle était apposée une plaque portant son nom. Là aussi, l'entrée était commandée par un clavier encastré.

Lily acquiesça d'un hochement de tête et émit une nouvelle quinte de toux pour faire bonne mesure. À côté d'elle, Damone lui jeta un regard intrigué. Impatiente d'échapper à sa curiosité, elle pivota vers Lucas afin de lui donner quelques imprimés et l'un des deux testeurs électriques, puis elle s'adossa au mur pour attendre, comme elle avait vu bien des hommes le faire.

Elle vit Swain ressortir du bureau une dizaine de minutes plus tard, un carnet à la main. Pourvu qu'il ait pensé à enregistrer le code d'accès de cette pièce ! Cette fois, en effet, Vincenzo avait pensé à faire écran de son corps avant d'entrer la série de chiffres sur le clavier, et ils en auraient besoin pour placer les charges explosives, tout à l'heure.

— JP, dit Lucas d'un ton absent, tu vérifies le modulateur GF sur le 365 BS, s'il te plaît.

— Tout de suite.

Elle n'avait pas la moindre idée de ce qu'était un modulateur GF, mais elle obéit. Son « boss » faisait preuve d'une telle autorité que personne ne songea à la retenir lorsqu'elle entra dans le bureau du Dr Giordano. Il en fut de même durant toute leur visite. Chaque fois qu'ils passèrent devant l'un des points où ils devaient placer les charges explosives, Lucas inventa un prétexte pour observer plus attentivement les lieux, ou pénétrer dans une pièce dont la porte serait restée fermée.

Si Vincenzo se montra vivement impressionné par son charabia, Damone, au contraire, ne se départit pas de son masque d'impassibilité. À plusieurs reprises, Lily croisa son regard énigmatique. Ce client-là était plus difficile à convaincre que le médecin !

— Je vous remercie, dit Lucas quand ils parvinrent au terme de leur visite. Je vais vous demander une petite heure pour valider les points que j'ai relevés avec JP. Ensuite, avec votre accord, nous procéderons à l'exercice d'évacuation dont je vous ai parlé.

Damone s'inclina brièvement devant eux, puis se tourna vers le docteur.

— Je crois que ma présence n'est pas indispensable, dit-il. Vincenzo, je vous confie ces messieurs. Vous en savez plus que moi sur le laboratoire, après tout.

Sur ces mots, il serra la main de Lucas, puis pivota vers Lily. Impossible de ne pas répondre à son geste ! Elle referma ses doigts de toutes ses forces sur ceux de Damone, imprima une secousse à son poignet, puis relâcha la main de l'Italien. Celui-ci lui jeta un dernier regard impénétrable, puis il s'éloigna.

Elle n'aimait pas cela ! Il n'y avait pourtant pas d'autre solution que de continuer... en priant pour que tout se déroule sans accroc. Emboîtant le pas à Lucas, elle se dirigea vers le parking où était stationnée la camionnette. Ils étaient seuls, pour quelques instants.

— Tout va bien ? demanda-t-il à mi-voix, sans la regarder.

— Parfaitement, mentit Lily.

À quoi bon l'alarmer en lui parlant des regards curieux de Damone ?

— Alors on passe à l'étape suivante. Installation des charges explosives. Tu as bien le plan en tête ?

— Tout est noté, chef.

Ils se répartirent les vrais faux pains de plastic et les détonateurs, puis Lucas consulta sa montre.

— On a une demi-heure pour placer le matériel. Exécution !

31

Paris, rue Corvisart – 2 décembre, 16 heures

Lucas connaissait son travail. Grâce aux plans du bâtiment soigneusement annotés par ses soins, et aux numéros qu'il avait gravés sur les pains de plastic, Lily put répartir les charges explosives sans la moindre hésitation. Il lui avait aussi indiqué comment les disposer de façon que, tout en restant invisibles jusqu'au dernier moment, elles fassent le plus de dégâts possible.

Tandis qu'elle arpentait les couloirs du complexe, sa besace à l'épaule, Lily se répétait en boucle la même petite phrase – presque un mantra. *C'est bientôt fini. C'est bientôt fini. C'est bientôt fini…* Leur intervention se déroulait comme prévu. Personne ne prêtait attention à elle, ce qui lui permettait de garder sa concentration. Étrangement, le simple fait qu'on l'ait laissée entrer dans le laboratoire semblait justifier sa présence. Elle était ici, donc elle avait le droit de s'y trouver. Elle sourit de l'ironie de cette situation. Au fond, son job comportait une bonne part de psychologie…

Pour elle, les minutes qui allaient suivre représenteraient le couronnement de longs mois de tension, de traque, de périls… Au fil des semaines, sa vengeance personnelle avait pris un tour différent. Elle était ici pour achever le travail commencé par Tina et

Averill. Pour empêcher que les travaux issus du cerveau génial et malade du Dr Giordano ne causent des millions de morts.

Bientôt fini, bientôt fini, bientôt fini… Lily déposa la charge numéro huit dans le bureau où étaient archivées les copies informatiques du laboratoire. Il ne devait rien rester des recherches que l'on menait ici. Elle songea à Lucas, qui devait s'occuper du bureau de Vincenzo et des deux salles où l'on travaillait sur le virus. Hélas, c'était aussi celles où le vaccin était développé. Quel dommage que l'on ne puisse pas sauver ces travaux-là !

Elle poussa une porte et descendit un escalier de service qui menait aux sous-sols. Là, elle plaça plusieurs charges explosives au pied de murs porteurs, aux points névralgiques du bâtiment. Il ne fallait rien négliger pour que la destruction soit complète.

Lorsqu'elle remonta au rez-de-chaussée, son cœur battait à grands coups désordonnés. Elle devait se rendre à l'évidence : elle n'avait pas retrouvé sa forme physique depuis l'empoisonnement. Dès que tout ceci serait terminé, elle s'envolerait pour les USA et irait consulter un cardiologue.

Seul problème : Swain lui avait laissé entendre qu'il ne pouvait rentrer au pays. Or, elle n'imaginait pas l'avenir sans lui. Ils n'avaient jamais parlé de ce qu'ils feraient après… en admettant qu'il y ait un après. Il ne voudrait certainement pas retourner en Amérique du Sud. Il leur restait le Canada, songeait-elle. Elle avait toujours été attirée par le Nord. Lucas, en revanche, semblait préférer les pays chauds. Et s'ils passaient l'été au Canada et l'hiver plus au sud ? Lily réprima un soupir. À quoi bon se poser tant de questions quand tout restait en suspens ?

Un homme en blouse blanche la salua d'un hochement de tête et poursuivit son chemin d'un air pensif.

Personne ici ne semblait s'intéresser à leur manège. C'était si facile que c'en était presque décevant !

Elle rejoignit Lucas dans le bureau du Dr Giordano, comme prévu. Swain était assis face au médecin, une tasse de café à la main.

— ...vraiment un problème, disait-il lorsqu'elle entra. J'ai pu placer tous mes faux pains de plastic sans que personne ne me pose la moindre question. Je suppose que tu as constaté la même anomalie, JP ?

Elle approuva d'un coup de menton qu'elle espérait viril.

— Vos employés se désintéressent totalement de la sécurité du laboratoire, poursuivit Lucas en martelant ses mots. Il faut réagir !

— Mais ce sont des scientifiques, protesta Vincenzo. Que voulez-vous que je fasse ? Leur demander de ne plus penser à leur travail ?

— Pas du tout. Vous devez recruter du personnel uniquement dédié aux tâches de sécurité. L'électronique ne suffit pas. Je suis surpris que votre compagnie de sécurité ne vous ait pas fait cette recommandation.

— Ils l'ont faite. C'est moi qui ai pris la décision de ne pas introduire d'employés non scientifiques ici. Ils ne comprendraient pas la spécificité de nos recherches.

— Tout le monde peut comprendre, si on lui explique. Enfin...

Lucas haussa les épaules, comme pour signifier qu'il avait fait son devoir.

— Vous êtes averti du danger, ce n'est plus de mon ressort. Je signalerai ce point sur mon rapport, bien entendu, et vous en ferez ce que bon vous semblera.

Il consulta sa montre.

— Je crois que nous pouvons passer à la phase suivante. Pouvez-vous demander aux employés s'ils arrivent à localiser les faux pains de plastic ? Précisez-leur bien de ne pas y toucher, comme s'ils étaient vrais, et de se contenter de nous les signaler.

— Leur temps est précieux. J'espère qu'il n'y en aura pas pour longtemps.

— Cinq minutes, promit Lucas.

Le docteur se dirigea vers une console installée dans un coin de la pièce et, après avoir pressé une série de boutons qui devaient commander des haut-parleurs, fit une annonce pour expliquer la situation aux employés du laboratoire. Puis il coupa le micro et se tourna vers Lucas.

— Combien avez-vous placé de charges ?

— Une quinzaine.

Ils attendirent en silence, pendant que Lucas feignait de prendre des notes avec Lily. Cinq minutes plus tard, ils n'avaient reçu que quatre appels. Visiblement contrarié, Giordano reprit le micro pour annoncer les résultats. Puis il lança à Lucas un regard interrogateur, comme pour dire : « À vous de jouer, maintenant ! »

Lily s'était assise, préoccupée. Une grande tristesse s'était abattue sur elle, aussi soudaine qu'incompréhensible. Pourquoi ne ressentait-elle aucun soulagement ? Elle avait attendu cet instant avec tant d'impatience !

Elle était fatiguée de tuer. Y aurait-il une fin à cette malédiction ? De plus, même si elle faisait une croix définitive sur son job, Rodrigo Nervi ne cesserait jamais de la rechercher. Elle serait toujours en cavale, toujours sur le qui-vive...

Elle regarda Lucas se lever de sa chaise et se diriger vers la console.

— Nous allons voir si nous pouvons redynamiser un peu vos troupes, docteur Giordano. Vous permettez ?

D'un hochement de tête, le médecin indiqua le microphone.

Alors, pressant les touches comme l'avait précédemment fait ce dernier, Lucas prit le micro et s'écria, dans son français fortement teinté d'accent yankee :

— Les explosifs sont bien réels ! Il y a eu une erreur. Sauvez-vous, sauvez-vous tout de suite ! *Vite !*

Puis il invita le docteur à le suivre hors du bureau. Par réflexe, Lily tendit la main vers sa cheville, mais Lucas l'arrêta d'un regard. *Cours à la camionnette !* ordonna-t-il en formant les mots avec ses lèvres sans les prononcer à voix haute.

La jeune femme tressaillit. Comment n'avaient-ils pas pensé à ce détail ? La camionnette était bien trop près du bâtiment. Elle allait être détruite par le souffle de l'explosion. Tandis que Lucas insérait les piles dans la radiocommande des détonateurs, elle chercha ses clés dans la poche de son bleu de travail.

Dans le couloir, régnait la plus grande confusion. Des gens couraient dans différentes directions, d'autres se jetaient des regards incrédules.

— C'est une plaisanterie ? demanda une femme.

— Pas du tout, cria Lily de sa voix la plus grave. Quittez le bâtiment, vite !

Puis, se tournant vers le Dr Giordano :

— Je dois aller à la camionnette, ajouta-t-elle.

La voyant s'éloigner au pas de course et monter à bord du véhicule, plusieurs personnes l'imitèrent. Devant cet afflux de trafic dans la cour du laboratoire, les vigiles quittèrent leur guérite, surpris. De loin, Lily vit que Lucas distrayait l'attention de Vincenzo en montrant du doigt les employés qui couraient sur le parking. Tout en parlant, il entraînait le médecin avec lui, à l'écart des bâtiments.

Lily gara la camionnette entre le poste des gardes et l'entrée du laboratoire, bloquant la vue des vigiles de façon qu'ils ne voient pas Lucas et le médecin.

Elle s'empressa ensuite de les rejoindre.

— Bien, je suppose que tout le monde est sorti? demanda Lucas.

— Comment voulez-vous que je le sache? répliqua Vincenzo.

Lucas lui jeta un regard stupéfait.

— Comment, vous ne tenez pas le compte précis du nombre de personnes présentes heure par heure? Il faudra y remédier.

Puis il tendit à Lily la radiocommande.

— Vas-y, JP. À toi l'honneur.

Il lui avait expliqué le fonctionnement de l'appareil, qui n'avait plus de secret pour elle, mais cela n'aurait pas dû être à elle de déclencher l'explosion. Pourquoi modifiait-il leur plan au dernier moment? Impossible de lui poser la question : le docteur les regardait sans cacher sa curiosité. Il n'était plus temps de réfléchir. Lily activa la radiocommande. Aussitôt, un témoin lumineux s'alluma. Plus qu'un geste, songea-t-elle, et tout serait fini. Plus qu'un geste…

Elle pressa la touche centrale.

Il y eut d'abord un murmure étouffé qui semblait provenir des entrailles de la terre. Puis, comme dans un film au ralenti, toutes les fenêtres du laboratoire volèrent en éclats, tandis que les murs s'effondraient dans un fracas assourdissant. Le souffle de l'explosion les projeta au sol, brûlant tout sur son passage, rapidement suivi d'une pluie de débris incandescents. Une fumée noire envahit l'air, qui devint opaque et étouffant. Du verre pilé avait volé au loin, blessant plusieurs personnes. Autour d'eux, on courait, on toussait, on appelait à l'aide.

Lily se redressa, sonnée par le choc. Il ne restait du laboratoire qu'un tas de pierres fumantes, d'où émergeaient çà et là des morceaux de ferraille noircie. Un homme sortit des décombres en titubant. Dieu merci, il ne semblait pas gravement blessé !

Un mouvement tout près d'elle attira son attention. Essuyant ses yeux brûlés par la poussière, elle vit que Giordano s'était tourné vers Lucas, sur qui il dardait un regard où se mêlaient l'horreur et l'incrédulité. Puis les traits du médecin se tordirent en une effroyable grimace.

Il comprenait enfin ce qui venait de se passer.

C'était le moment de lui donner le coup de grâce. Lily se baissa pour prendre son arme... et s'aperçut que Lucas l'avait devancée. Déjà, il plaquait son arme contre la poitrine du médecin. Avant qu'elle ait pu reprendre son souffle, il avait pressé deux fois sur la détente.

Vincenzo Giordano s'effondra sur le bitume, sans vie.

D'une bourrade, Lucas poussa la jeune femme dans la camionnette et grimpa au volant. Le moteur tournait encore. Il fit virer le véhicule à vive allure et prit la direction de la sortie. L'un des vigiles tenta de les retenir, mais Lucas ne se laissa pas impressionner et accéléra de plus belle. L'homme n'eut que le temps de bondir de côté pour éviter le choc.

En se retournant, Lily vit que son collègue était au téléphone, sans doute pour appeler les secours. Pendant ce temps, le garde s'était relevé et bondissait vers le poste des vigiles. Pour actionner la commande de la grille et leur barrer la route ? Oui ! Devant eux, le portail commençait déjà à se refermer. Lucas fit rugir le moteur de la camionnette. Le véhicule fonça entre les grilles, qu'il heurta violemment en forçant le passage, et vira dans un grincement de gomme surchauffée. Il était moins une !

De l'autre côté du square, arrivaient les premiers camions des pompiers, sirènes hurlantes.

Damone venait d'entrer dans le bureau de Rodrigo
lorsque le téléphone sonna. Il vit son frère porter le
combiné à ses oreilles, puis se figer, le teint soudain
blême.

— Un problème? demanda Damone en s'approchant.

Rodrigo avait raccroché d'un geste d'automate. Son
regard était vide, son visage inexpressif.

— Eh bien? s'impatienta son frère.

— Le laboratoire a été détruit. Soufflé par une
explosion. Vincenzo a été tué…

Rodrigo plongea son regard dans celui de Damone,
tandis qu'une lueur de rage s'allumait dans ses prunelles.

— … par l'expert en sécurité que *tu* as fait entrer
dans les locaux.

Damone prit une profonde inspiration. Puis, aussi
calmement que possible, il répondit :

— Je ne pouvais pas te laisser répandre ce virus
dans la population.

— Pardon?

Son frère affichait une telle incrédulité que, l'espace
d'un instant, Damone fut presque désolé de lui faire
aussi mal. Puis une expression de fureur déforma le
visage de son aîné, et il retrouva sa froide détermination.

— Tu… tu savais ce qu'ils allaient faire? hoqueta
Rodrigo d'un ton douloureux.

— C'est moi qui les ai engagés.

Un nouveau silence tomba entre les deux frères.
Rodrigo passa les mains devant ses yeux, comme
pour chasser un mauvais cauchemar. Lorsqu'il les
rouvrit, les traits de son visage s'étaient durcis. Il
commençait enfin à entrevoir la vérité. Damone en

fut presque soulagé. Ces longs mois de mensonge, de doute, de culpabilité… il n'en pouvait plus !

— La première explosion… c'était toi, n'est-ce pas ? Damone hocha la tête.

— C'est donc toi qui as recruté les Joubran ?

— Pas de chance, Vincenzo a recommencé ses recherches et rattrapé le temps perdu. J'ai dû prendre des mesures plus radicales.

— À cause de toi, papa est mort ! *Mort !*

Il y avait dans sa voix une telle détresse que Damone faillit se laisser émouvoir une fois de plus. Mais il fallait en finir. Tout de suite. Avant de manquer de courage.

Levant son revolver, il appuya trois fois sur la détente. Deux balles dans le cœur, la troisième dans la tête. Son frère ouvrit un regard étonné, vacilla, tourna sur lui-même, avant de s'effondrer sur le parquet. Damone laissa retomber sa main. Une larme roula sur sa joue, qu'il n'essuya pas.

Voilà où l'avaient mené les événements du mois d'août. À la mort d'un frère et d'un père tendrement aimés. Il laissa échapper le gémissement de douleur qu'il retenait depuis de longues minutes. Tout ce qu'il avait voulu, c'était détruire le virus. Et voilà où il en était ! Celui qui affirmait que l'enfer était pavé de bonnes intentions ne croyait pas si bien dire…

Au départ, il n'avait agi que pour protéger Gisèle – sa belle et fragile fiancée, dont le système immunitaire avait été supprimé pour que son corps accepte la greffe rénale effectuée sur elle l'an dernier. Une épidémie de grippe aviaire l'aurait tuée à coup sûr… En découvrant le plan machiavélique de son père, Damone avait vu rouge. Tout, plutôt que de laisser quelqu'un mettre en danger la vie de la femme qu'il aimait plus que lui-même !

L'annonce de l'assassinat des Joubran et de leur fille l'avait terriblement choqué. Voilà ce qu'il en coûtait de se mettre en travers de la route de Salvatore Nervi ! Mais les choses n'en étaient pas restées là. Les Joubran avaient une amie, une certaine Lily Mansfield… C'est elle qui avait tué son père. Elle était la seule à qui il avait pu demander de mener à son terme la mission d'abord confiée à Tina et Averill Joubran.

Elle avait failli tout faire échouer en insistant pour obtenir un rendez-vous quand il l'avait rappelée. Par chance, Georges Blanc, dont il s'était fait un allié, avait accepté de le représenter.

Damone ne s'était pas préparé à la rencontre avec cette diablesse qui non seulement avait assassiné Salvatore Nervi mais, au lieu de se sauver comme n'importe qui l'aurait fait, avait eu l'audace de revenir détruire le laboratoire de Giordano. Il avait ressenti un profond malaise lorsque Swain et son « associé » étaient arrivés au laboratoire. Il n'en avait aucune preuve formelle, mais son intuition lui avait soufflé que le fameux JP et Liliane Mansfield n'étaient qu'une seule et même personne. Pour s'en convaincre, il lui avait suffi de lui tendre la main et de sentir le contact de ses doigts féminins et de sa peau douce.

À présent, il savait. Elle avait accompli sa mission et l'avait obligé à la rétribuer, en exigeant un paiement d'avance. Elle connaissait son métier sur le bout de ses jolis doigts effilés…

Il avait espéré qu'elle laisserait sa peau dans l'explosion, mais le destin en avait décidé autrement. D'après les gardes, elle était parvenue à s'enfuir avec son complice américain.

Qu'il en soit ainsi ! Il avait tué son propre frère, et par sa faute son père était mort, ainsi qu'une famille entière. En contrepartie, il avait sauvé Gisèle, et sans doute des millions de personnes. Son âme irait peut-être brûler en enfer, mais il était trop tard pour changer le cours des choses.

Il décrocha le téléphone et composa un numéro.

— Monsieur Blanc ? Je vous libère de mon service.

Puis, ouvrant la porte du bureau derrière laquelle on s'était attroupé, alerté par la triple détonation, il s'adressa à Taddeo.

— Mon frère est mort. Fais affréter le jet, je le ramène pour l'enterrer au côté de papa.

32

Paris, hôtel Bristol – 2 décembre, 18 heures

— Pourquoi la Grèce ? demanda Lily en jetant en hâte ses affaires dans son sac de voyage.

— Parce qu'il y fait beau et que c'est le premier vol que j'aie pu trouver. Tu as ton passeport ?

— Lequel ?

— Le vrai. J'ai pris ton billet à ton véritable nom.

Lily hésita. Avait-il oublié qu'elle avait la CIA aux trousses ? Jusqu'à présent, elle était passée entre les mailles du filet. Jusqu'à présent...

— J'espère qu'il n'y aura pas de problème.

Après l'explosion du laboratoire cet après-midi, il y avait fort à parier qu'on la rechercherait plus activement. Au fait, les actualités télévisées devaient avoir annoncé l'événement ! Curieuse, Lily alluma le poste et choisit une chaîne d'information en continu. Soit le sujet était déjà passé, soit les autorités l'avaient gardé secret : la présentatrice n'y fit pas une seule allusion. Lily aurait bien attendu le journal suivant, mais ils n'en avaient pas le temps. Lucas avait déjà sorti leurs valises dans le couloir et appelé l'ascenseur. Trois minutes plus tard, il avait payé la note et entraîné la jeune femme vers la ruelle où, une heure auparavant, ils avaient laissé la camionnette après en avoir détaché les initiales SSC en lettres autocollantes.

— Nous devons passer à mon appartement, dit-elle en attachant sa ceinture de sécurité.

— Il y en a au moins pour une heure !

— Peu importe. Je veux récupérer mes photos de Zia.

— On n'a pas le temps, décréta Lucas.

Lily lui jeta un regard désespéré. Ne pouvait-il pas comprendre combien les portraits de Zia étaient importants pour elle ? C'est tout ce qui lui restait de sa fille !

— Eh bien, on prendra un autre vol. Personne ne nous attend, que je sache.

Lucas pianota sur le volant, songeur. Puis elle vit son visage s'éclairer, tandis qu'il mettait le moteur en marche et passait la première vitesse.

— C'est parti ! dit-il.

— Oh, non ! gémit-elle en fermant les yeux.

Dix-huit minutes plus tard, ils se garaient en bas de son immeuble, rue Lepic. Lily détacha sa ceinture d'une main tremblante. C'était bien la dernière fois qu'elle laissait Lucas conduire à une telle allure. Son cœur ne le supporterait plus !

— J'en ai pour une minute, dit-elle en cherchant ses clés dans son sac à main.

— Je t'accompagne.

Une fois en haut de l'escalier, elle ouvrit la porte pour laisser passer son compagnon, arme au poing, bras tendus devant lui. Une rapide inspection de l'appartement les ayant convaincus que personne ne les y attendait, Lily ouvrit la porte d'un placard.

— On laisse nos armes ici, déclara-t-elle. L'appartement est loué pour encore huit mois, cela nous laisse tout le temps de les récupérer.

Elle avait d'abord envisagé de démonter son Beretta pour le faire voyager en pièces détachées, mais elle préférait éviter d'attirer l'attention. D'autant qu'il était souvent plus facile de se procurer une arme à l'étranger que d'en transporter une dans ses bagages.

Elle prit les portraits de Zia, les glissa dans son sac à main et sortit de l'appartement. Alors qu'elle refermait la porte, Lucas se pencha vers son oreille.

— C'était *ça,* ton lit acheté chez les sœurs ?

Elle sourit.

— J'avoue tout, dit-elle. J'ai menti.

— Il va falloir te faire pardonner, murmura-t-il d'un ton canaille.

— Promis. Dès qu'on sera en sécurité.

En remontant dans la camionnette, elle consulta sa montre. Trop tard pour attraper leur avion. Elle prit son portable afin de prévenir l'aéroport et réserver deux places sur le vol suivant. Lucas n'avait plus aucune excuse pour se croire au rallye de Monte-Carlo !

— Pourquoi as-tu abattu le Dr Giordano à ma place ? questionna-t-elle tandis qu'il engageait la camionnette dans le trafic dense des boulevards.

— Ah, tout de même ! Je me demandais quand tu me poserais la question.

Il sembla s'absorber dans ses pensées, comme s'il cherchait ses mots.

— Je l'ai fait pour t'épargner, dit-il finalement. Pour que tu n'aies pas à porter la culpabilité de cette mort-là. Tu en as déjà assez sur la conscience… et mon intuition me dit que tu aimais bien le Dr Giordano, avant de comprendre quel jeu il jouait.

Lily s'inclina sur l'appuie-tête, songeuse. Lucas avait raison. Elle n'en pouvait plus de tuer, fût-ce pour les meilleures raisons du monde. Même si le meurtre de Vincenzo Giordano était sans doute le plus justifié de toute sa carrière de tueuse à gages…

Swain l'avait bien compris. Et il avait accepté de supporter ce fardeau à sa place.

Comme s'il avait suivi le cours de ses pensées, il prit sa main pour la serrer tendrement.

— N'y pense plus, dit-il. C'est terminé.

Terminé! Elle ferma les yeux et laissa échapper un soupir. Tout était fini. Pour la première fois de sa vie, elle n'avait plus de projet, plus aucun but. Elle était à la dérive... et pourtant, une immense sérénité l'habitait.

Une fois à l'aéroport, ils déposèrent la camionnette à l'agence de location et procédèrent aux formalités d'enregistrement. Leur avion ne décollait que deux heures plus tard. Main dans la main, ils errèrent dans l'aérogare. Lily était presque surprise que tout se passe aussi facilement. Les employés de l'aéroport n'avaient pas paru réagir à la lecture de son nom sur son passeport. Lucas et elle s'attablèrent dans un restaurant et commandèrent un dîner léger.

Soudain, elle entendit un nom qu'elle connaissait bien. Nervi. Elle se tourna vers la télévision fixée au mur, non loin d'eux, et fit signe à son compagnon.

— ... vient d'annoncer le décès de son frère Rodrigo dans l'explosion qui a ravagé cet après-midi le laboratoire parisien du groupe Nervi. Selon les autorités, la déflagration serait due à une conduite de gaz défectueuse. Une enquête est en cours...

Elle regarda Lucas, interdite. Rodrigo? Mais...

— Il n'était pas au labo! murmura-t-elle.

— Je sais.

— Un règlement de comptes entre frères? suggéra Lily.

Une étincelle s'alluma dans les yeux de Lucas.

— Tu veux dire que Damone l'aurait tué et aurait profité de l'explosion pour maquiller le meurtre?

— C'est ce qu'on dirait. Pourtant, je ne comprends pas pourquoi. Il ne l'aurait pas abattu comme ça, sur une impulsion...

— Non, il avait une bonne raison de le faire. Je ne sais pas laquelle, mais... Non... ce n'est pas possible!

— Je t'écoute?

— L'homme qui t'a appelée pour faire sauter le labo... c'était lui !

— Tu crois ?

— Qui pouvait se procurer les plans ? Qui pouvait nous faire entrer dans les locaux ? Qui avait toute la confiance de Rodrigo et du Dr Giordano ?

Lily secoua la tête, incrédule. L'hypothèse de Lucas était folle... mais c'était la plus logique. Elle expliquait un autre élément jusqu'alors resté mystérieux. Si Damone avait commandité le second attentat, c'était aussi lui qui avait organisé le premier. L'homme au physique d'acteur que la vieille Mme Bonnet avait vu chez les Joubran n'était autre que Damone Nervi. Il tirait les ficelles dans l'ombre depuis le début.

Île d'Eubée, Grèce – 21 décembre, 16 heures

Lily fut réveillée de sa sieste par des éclats de voix. Elle s'assit sur le lit et tendit l'oreille. À qui Lucas parlait-il ? Elle ne le voyait pas, mais elle pouvait l'entendre. Il se trouvait sur la terrasse, sans doute au téléphone, si elle en jugeait aux silences qu'il marquait entre deux exclamations.

— Bon sang, j'ai dit non, Frank ! Non, non et non, tu comprends ?... Bon, très bien, mais sache que ça ne me plaît pas du tout. C'est vraiment pour te faire plaisir, alors j'espère que tu sais ce que tu fais.

Il dut couper la communication, car il cessa de parler et arpenta la terrasse à grands pas rageurs. Elle le vit passer plusieurs fois devant la fenêtre, les mains dans les poches, avant de se planter devant le paysage. Le bleu de la mer Égée ne semblait pas apaiser sa colère, songea Lily en se levant, car il demeurait immobile, tapant du pied sur le sol carrelé de la terrasse.

Elle franchit la porte-fenêtre et le rejoignit. Ayant passé les bras autour de sa taille, elle appuya son front contre son épaule nue.

— Tu as pu joindre Frank ? demanda-t-elle.

Frank était cet ami qui avait eu un accident, et pour qui Lucas s'était fait tant de souci. Il avait quitté l'unité de réanimation quelques jours plus tôt, mais les médecins avaient interdit les visites et les coups de téléphone. Lucas n'avait pu le joindre que la veille, et encore leur conversation n'avait-elle duré que quelques secondes.

— Quelle fichue tête de lard ! marmonna-t-il en prenant la main de Lily pour la serrer contre lui.

— Il y a un problème ?

— Oui. Je ne suis pas d'accord avec ce qu'il me demande.

— De quoi s'agit-il ?

— D'un job qui ne me plaît pas.

Elle savait que cet instant arriverait. Qu'un jour ou l'autre, la parenthèse de bonheur se refermerait… Voilà trois semaines qu'ils s'étaient établis sur cette petite île loin de tout, sans radio, sans télévision. Coupés du monde, ils avaient installé une agréable routine, faite de journées paresseuses et de nuits brûlantes. Ils vivaient à demi nus, mangeaient à leur fantaisie, dormaient après l'amour…

La maison était située sur les premiers contreforts de la montagne, au-dessus du petit port de Karystos où ils allaient parfois se balader, main dans la main. De la terrasse, on avait une vue spectaculaire sur la mer Égée, si bleue, même au cœur de l'hiver. Lily était tombée sous le charme de cette petite bâtisse aux murs blanchis à la chaux et aux volets couleur de ciel. Elle serait bien restée ici pour toujours, aux côtés de Lucas…

Mais s'il acceptait la mission que souhaitait lui confier son ami, il partirait bientôt. Bien sûr, elle pouvait rester sans lui… mais en avait-elle envie ? D'un autre côté, elle ne se berçait pas d'illusions. À aucun moment, Lucas n'avait laissé entendre qu'il envisageait une liaison durable.

— Tu devras partir loin ? s'enquit-elle.

— Aucune idée.

— Puisque tu ne sais pas où tu vas, pourquoi refuser ce job ?

— Parce que je devrai m'en aller d'ici…

Il pivota sur ses talons et prit Lily dans ses bras.

— … et que je n'en ai aucune envie.

— Alors reste.

— Frank ne me laisse pas beaucoup de choix.

— C'est une mission qui peut durer longtemps ?

Lucas ne répondit pas. Pourquoi ne voulait-il pas parler ?

— Je pourrais peut-être t'accompagner ? suggéra-t-elle, surprise de sa propre timidité.

Pourtant, il fallait regarder la vérité en face : il ne souhaitait pas s'encombrer de sa présence. S'il l'avait voulu, il l'aurait déjà proposé ! D'un autre côté, il avait semblé heureux avec elle. Il lui disait tous les jours qu'il l'aimait… et il le lui prouvait à chaque minute par ses baisers, ses caresses, ses tendres attentions. Elle ne savait plus que penser.

— Je ne pourrai pas t'emmener avec moi, dit-il enfin. Si j'accepte.

— Quand dois-tu donner ta réponse ?

— Pas avant quelques jours.

Il cueillit son visage entre ses mains pour la regarder comme s'il cherchait à mémoriser ses traits. Une lueur indéchiffrable éclairait ses prunelles bleu marine.

— Pour l'instant, je suis incapable de prendre une décision. Tout ce dont je suis sûr, c'est que je ne veux pas m'en aller.

— Très bien. Reste.

Il laissa échapper un rire teinté de tristesse.

— Si cela pouvait être aussi simple ! Quand Frank s'est mis une idée en tête...

— Il a un moyen de pression sur toi ?

Lucas détourna le regard. Lily eut froid, tout d'un coup. C'était la première fois qu'il réagissait ainsi. Lui cachait-il quelque chose ?

— Non, pas du tout. Disons qu'il sait ce qu'il veut, et comment l'obtenir. De plus, c'est le seul homme en qui j'aie une confiance absolue.

Il frissonna. Le soleil était bas sur l'horizon, un vent frais s'était levé.

— Rentrons, proposa-t-il.

Le repas les attendait, préparé par une dame du village qui venait chaque jour faire un peu de ménage et de cuisine pendant qu'ils sortaient se promener. La pièce principale était toute simple : une table de bois, quelques chaises, des tapis de couleurs vives. Lily avait placé au mur une photographie de Zia, et le lendemain, les portraits des enfants de Lucas l'avaient rejointe. Elle n'avait pas posé de question, et il n'avait pas donné d'explication.

— Ils te manquent ? demanda-t-elle en désignant du menton les deux clichés.

— À en crever. Je suppose que c'est tout ce que je mérite.

Elle n'avait pas mesuré combien il se sentait coupable, ni combien il souffrait d'être éloigné de ses enfants.

— Pourquoi n'essaies-tu pas de te rapprocher d'eux ? Un de ces jours, ils auront des petits, à leur tour. Ce n'est pas parce que tu as été un père absent que tu dois être un grand-père absent.

Lucas tourna son vin dans son verre d'un geste songeur.

— Qui te dit qu'ils ont envie de me voir, eux ? Ils ont grandi sans moi, ils n'ont pas besoin de moi.

— La meilleure façon de le savoir, c'est de leur poser la question. Et puis, tu n'étais pas là mais tu leur as toujours offert de quoi vivre dans le confort et la sécurité.

— Ce n'est pas si simple… Pour un gamin, la seule chose qui compte, c'est la présence de ses parents. Moi, je n'ai pas été là. C'est triste, mais c'est comme ça.

— Nuance. C'est triste, mais ça peut changer, rectifia Lily, plus touchée qu'elle ne voulait le montrer par la détresse de son compagnon.

Il vida son verre mais ne répondit pas. Elle refoula une exclamation d'agacement. Comment pouvait-il se montrer aussi défaitiste ?

— Si Zia était en vie, je serais toujours là pour elle, moi.

Seulement, ce n'était pas possible. Zia ne reviendrait jamais. Jamais ! Lucas, lui, avait toujours ses enfants.

Avait-il perçu son amertume ? Il prit sa main et lui adressa un sourire.

— Je sais. Tu as raison, je devrais faire un effort. Je vais y penser.

— Voilà des années que tu y penses. Quand vas-tu agir ?

Il leva les yeux au ciel, mais son sourire démentait son attitude.

— Bientôt. Je te le promets.

— Bravo !

— Viens là, dit-il en se levant pour l'attirer entre ses bras.

Lily posa son front sur son torse. Combien de temps pourrait-elle encore se blottir contre lui et fermer les yeux pour oublier ses soucis ? Il fallait savourer chaque minute qu'il leur restait, quelle que soit sa décision d'accepter ou de refuser le travail que lui proposait son ami Frank. Au lieu de se lamenter du peu de temps qu'elle aurait eu avec lui, elle voulait se réjouir de sa chance. Combien de femmes vivaient des instants aussi merveilleux auprès d'un homme aimé ?

Île d'Eubée – 22 décembre, 13 heures

Il faisait si chaud ce jour-là que Lily avait décidé de mettre le couvert sur la terrasse. C'était peut-être leur dernier déjeuner dehors, face à la mer. Elle portait une longue robe blanche qu'elle avait achetée dans une petite boutique du port, et des sandales de cuir. Elle était enfin débarrassée de ses lourdes bottes destinées à dissimuler son holster ! Ici, pas besoin d'armes, de déguisements, de ruses... Elle pouvait être elle-même.

Elle embrassa du regard l'horizon toujours bleu, les maisonnettes blanches qui s'étageaient au-dessous d'eux jusqu'au port, la terrasse où elle paressait de longues heures au soleil, tel un chat. Elle était heureuse ici. Même si Lucas partait, elle n'imaginait plus pouvoir vivre ailleurs.

— Le type qui t'a recrutée... commença-t-il, l'arrachant à sa rêverie. Tu te souviens de son nom ?

— M. Rogers. Enfin, c'est comme ça qu'il s'est présenté, mais je suppose que c'était un pseudonyme. Pourquoi ?

Il ne répondit pas tout de suite.

— Tu as l'air tellement jeune ! dit-il finalement. Je me demandais comment tu étais à seize ans, et quel genre de salaud a pu proposer un job aussi répugnant à une gamine de ton âge.

— Le genre à obtenir ce qu'il veut, sans états d'âme.

Il secoua la tête avant de s'absorber de nouveau dans ses pensées.

Après le déjeuner, Lily s'étendit sur une chaise longue. C'est la main de Lucas qui la réveilla – une main audacieuse glissée sous sa robe après l'avoir retroussée jusqu'à ses cuisses pour la caresser. Elle se cambra de plaisir… avant de se figer, un peu honteuse.

— On peut nous voir, protesta-t-elle.

— Pas depuis les maisons d'en bas, j'ai vérifié, répliqua-t-il sans retirer sa main. Et nous sommes tout en haut du village.

Que répondre à un tel argument ? Déjà, il avait repris sa tendre exploration et s'aventurait entre les plis les plus secrets de sa chair, là où il savait si bien allumer le désir au creux de ses reins. Elle referma les paupières, vaincue, et s'abandonna aux sensations qui grandissaient en elle. La jouissance arriva très vite – une onde de volupté, une série de spasmes, une sensation de détente et de félicité parfaites… Lorsqu'elle rouvrit les yeux, ce fut pour voir Lucas s'asseoir sur elle, entièrement nu, son membre fièrement dressé.

Il lui fit l'amour avec une grande douceur, se montrant à la fois tendre et hardi, attentif à son plaisir. Ce n'est qu'après l'avoir emportée de nouveau jusqu'à l'extase qu'il la rejoignit, dans un long gémissement de bonheur.

C'était la première fois qu'elle faisait cette expérience… et elle regrettait de ne pas l'avoir tentée plus tôt ! Le soleil sur sa peau, le souffle tiède de l'air n'avaient fait qu'aviver ses sensations. Elle s'étira en regardant son amant se lever et rentrer dans la maison.

Quand il revint quelques instants plus tard, elle prit le verre de vin qu'il lui tendait et en but une gorgée. La vie était si douce… pourquoi cela devait-il avoir une fin ?

— Tu as des projets pour cet après-midi ? demanda-t-elle tout en sirotant son résiné.

— Rien de précis. Lire un peu. Regarder la mer. Compter les nuages…

Il alla s'asseoir sur le muret qui bordait la terrasse, son verre à la main. Lily ne pouvait s'empêcher d'observer sa silhouette aux larges épaules qui se découpait idéalement contre le ciel. Elle laissa ses paupières retomber, envahie d'une agréable torpeur. L'odeur de Lucas qui flottait encore sur elle, la légère ivresse du vin, la chaleur du soleil sur sa peau… cela suffisait à son bonheur. Elle était bien, merveilleusement bien. Un peu grise, aussi. Elle n'aurait pas dû boire si vite. Ce vin l'endormait…

Au prix d'un effort de volonté, elle rouvrit les yeux. Lucas la regardait avec fixité. Il n'y avait plus rien de nonchalant dans son attitude. Elle ne le reconnaissait pas ! Pourquoi semblait-il aussi tendu ? Comme si… comme si…

Pauvre naïve ! se moqua une petite voix en elle. Tu t'es laissé prendre, comme tu as pris Nervi.

La tête lui tournait à présent. Ses membres étaient lourds. Ses veines charriaient son sang avec peine. Elle voulut se lever, mais ne parvint même pas à poser une main sur l'accoudoir. Elle laissa sa tête retomber en arrière, vaincue. Il était trop tard. Déjà, ses pensées s'effilochaient… Où était-elle ? Pourquoi Lucas l'observait-il ainsi ?

— Ne lutte pas, dit-il en s'approchant.

Il avait l'air malheureux. Pourquoi avait-il l'air malheureux ? Elle tenta de le lui demander, renonça. Ses lèvres refusaient de former les mots. D'ailleurs, elle avait déjà oublié la question. L'homme penché sur elle semblait triste.

— Qui… es… tu ? articula-t-elle.

En vérité, elle le savait déjà. Puisqu'il ne travaillait pas pour les Nervi, il était à la solde de la CIA. Peut-être un tueur à gages, comme elle. Il terminait sa mission. Il la liquidait.

— Dors, répondit-il.

Elle se raidit en le voyant tendre une main vers elle, puis s'apaisa lorsqu'il caressa son visage avec une tendresse presque paternelle. Elle était étonnée de ne pas souffrir. Au moins, il avait fait en sorte qu'elle parte en douceur. Parce qu'il l'avait aimée... même un peu ? Ou bien avait-il menti jusque dans ses baisers, ses caresses ?

— Embrasse-moi... s'entendit-elle murmurer, avant de sombrer dans le néant.

Lucas demeura penché sur Lily de longues minutes, ses lèvres sur les siennes. Puis il s'écarta lentement. Qu'elle était belle ! Déjà, son souffle ralentissait. Une légère pâleur envahissait ses joues. Il prit le verre qu'elle tenait entre ses doigts crispés et le posa sur la table. Il laissa rouler une larme. Fichu Frank ! Fichue CIA ! Ils avaient eu le dernier mot...

Vinay n'avait rien voulu entendre. Il avait confié une mission à Lucas, celui-ci devait la mener à son terme, aussi absurde soit-il. Et pas de demi-mesure. Si Lucas refusait d'obtempérer, il enverrait quelqu'un d'autre finir le boulot.

Il soupira. Quel choix avait-il eu, sinon faire en sorte qu'elle ne souffre pas ? Et pas moyen de discuter, avec cette maudite taupe qui pouvait surprendre leur conversation ! Lucas avait conservé l'enregistrement, envoyé par Georges Blanc, d'une conversation avec la taupe. À présent, il n'avait qu'un but : rentrer à Washington pour faire étudier le document sonore et démasquer la balance qui s'était infiltrée dans les rangs de l'Agence.

Il caressa Lily d'un dernier regard, déposa sur ses lèvres immobiles un baiser, puis se dirigea vers le téléphone.

Moins de trois minutes plus tard, le vrombissement d'un hélicoptère se fit entendre au-dessus de lui.

L'appareil apparut bientôt, énorme insecte noir dans le ciel d'azur, et se posa sur le flanc pelé de la montagne à quelques mètres de la maison. Lucas vit trois hommes en sortir, bottés et cagoulés.

Il ne leur fallut que quelques secondes pour enjamber le rebord de la terrasse, jeter une couverture sur Lily et la préparer pour le transport.

— Prends les pieds, dit un homme à l'un de ses camarades.

— *Ses* pieds, rectifia Lucas, outré. C'est une personne, pas un objet. Et traitez-la avec respect, elle le mérite plus que vous trois réunis.

L'homme lui jeta un regard gêné.

— Bien sûr, monsieur. Je n'avais pas l'intention…

— C'est bon, le coupa Lucas. Allez-vous-en.

Trente secondes plus tard, l'hélicoptère s'élevait dans les airs, son précieux fardeau à bord. Lucas le regarda s'éloigner vers l'horizon, jusqu'à ce qu'il ne soit plus qu'un point noir dans l'immensité bleue. Puis il rentra dans la maison sans même tenter d'essuyer son visage inondé de larmes.

Épilogue

Washington – 3 juin, 14 heures

Lily pressa le pas. Elle ne voulait pas être en retard pour son rendez-vous avec le Dr Shay – le dernier d'une série qui s'était étirée sur six mois. Plus de vingt-cinq semaines de séances de psychothérapie, c'était assez !

Il avait bien fallu cela, cependant, pour l'aider à se déprogrammer, à quitter sa peau de tueuse à gages. Après avoir surmonté la rage folle qui s'était emparée d'elle lorsqu'elle s'était aperçue, à son réveil, qu'on la retenait prisonnière, la jeune femme avait saisi la chance qui lui était donnée de tourner la page et de retrouver sa véritable personnalité. Celle qu'elle n'aurait jamais perdue si elle n'avait un jour croisé la route d'un certain M. Rogers...

Deux mois auparavant, elle avait subi une opération chirurgicale. Réparer l'âme ne suffisait pas ; il fallait aussi reconstruire son cœur affaibli par le poison... L'intervention avait été longue, la convalescence douloureuse, mais Lily ne le regrettait pas. Elle évitait juste de penser à ce qu'on lui avait fait, à son cœur qu'on avait volontairement arrêté le temps de remettre en service sa valve endommagée, au fait qu'elle aurait pu ne jamais se réveiller.

Le Dr Shay ne ressemblait pas à l'image qu'elle s'était toujours faite des psychothérapeutes. C'était une femme ronde et souriante, rayonnante de générosité. Lily l'adorait. Elle aurait pu tuer pour la protéger… et c'était précisément pour cette raison qu'elle avait eu tant besoin d'être soignée.

Comme elle le soupçonnait depuis longtemps, elle était loin, très loin de la normalité, du moins en ce qui concernait sa réponse au stress. Une agression, un simple regard de travers, et son premier réflexe était de chercher son arme. Pour se protéger de cette déviance, elle s'était instinctivement éloignée de ses semblables, jusqu'à devenir une louve solitaire. Au fil des années, au fil des contrats, elle s'était peu à peu dépouillée d'une partie de son humanité. Elle avait réduit le risque d'un dérapage en s'isolant de ses semblables.

Elle aurait pu y perdre la raison.

Avec l'aide du Dr Shay, elle avait appris à regarder ses émotions en face, à les observer avec recul, à les canaliser. Un jour, sa famille lui avait manqué. Lily avait trouvé le courage d'appeler sa mère, de la revoir. Elle avait versé bien des larmes, mais en avait ressenti un indicible soulagement. Elle s'était réconciliée avec son passé, avec elle-même.

Sans qu'elle aborde cette question en thérapie, elle avait pressenti qu'un autre changement se faisait jour en elle : son travail de deuil s'était poursuivi, presque à son insu, jusqu'à ce que la disparition de Zia devienne supportable. D'après le Dr Shay, à qui elle s'en était ouverte, ce processus était courant. Tel un puzzle à l'échelle humaine, toute sa personnalité se reconstruisait lentement.

Le seul élément de sa vie dont elle n'avait pas parlé en séance était Lucas. Elle ne l'avait jamais revu depuis ce jour lointain où, croyait-elle alors, il l'avait assassinée. Avait-il seulement deviné ce qu'elle s'était imaginé cet après-midi-là en comprenant que le vin était drogué ? Elle n'avait pas eu l'occasion de lui poser la question. Elle ne savait même pas s'il avait été blâmé ou félicité pour la façon dont il avait rempli sa mission – après tout, il était censé l'arrêter tout de suite, et non pas l'aider à faire sauter le laboratoire des Nervi! Aussi s'était-elle abstenue de parler de lui, purement et simplement. D'ailleurs, sa vie amoureuse ne regardait pas la psychothérapeute.

Elle frappa à la porte du Dr Shay.

— Entrez! dit une voix masculine.

Surprise, elle poussa la porte et regarda l'homme qui se tenait derrière la table. S'était-elle trompée d'étage?

— Entrez, répéta-t-il en lui faisant signe de s'asseoir.

Elle obéit, intriguée.

— Je m'appelle Vinay, précisa-t-il. Frank Vinay.

Ainsi, c'était lui. Le directeur des opérations de la CIA. L'ami de Lucas. Et aussi… Oui, c'était *lui*. Après toutes ces années, elle le reconnaissait très bien. Il avait vieilli, mais son regard était toujours aussi perçant.

— Vous avez eu un accident de voiture? demanda Lily.

— Oui, et ce n'était vraiment pas le moment! J'étais le seul à donner ses instructions à Swain. Du jour au lendemain, il a perdu son unique interlocuteur à l'Agence. Comme si ça ne suffisait pas, il a appris que les Nervi avaient une balance à la CIA. Il ne pouvait se fier à personne… sauf à vous, ce qui est un comble quand on sait que je l'avais envoyé vous chercher précisément parce que je me méfiais de vos réactions. Enfin, tout est bien qui finit bien.

Il croisa les mains et lui adressa un sourire bienveillant.

— Je vous prie d'accepter les remerciements du gouvernement pour les services que vous lui avez rendus.

— Je croyais que vous alliez me faire abattre.

— Après tout ce que vous avez fait pour votre pays? Vous n'y pensez pas! Je me doutais depuis un moment que vous étiez au bout du rouleau, et qu'il était temps de vous proposer de raccrocher votre arme. Vous m'avez pris de vitesse. Quand vous avez descendu Salvatore Nervi, j'ai craint que vous ne mettiez à mal tout le réseau en Europe.

Il désigna le bureau du Dr Shay.

— Je voulais vous proposer un travail de psychothérapie pour vous aider à revenir à la vie normale, mais vous vous seriez sauvée. Ou vous auriez dégainé avant qu'on ne puisse discuter. Il fallait vous capturer pour vous faire soigner. Je n'avais pas d'autre solution que de vous envoyer mon meilleur chasseur, avec mission de vous ramener à la maison.

Il hocha la tête, pensif.

— J'ai été bien inspiré de le choisir. Personne d'autre n'aurait su gérer la situation comme il l'a fait et prendre les bonnes initiatives.

— Vous parlez de la présence de cette balance ?

— Oui, et de ce que vous avez découvert au laboratoire Nervi. Vous l'avez déjà compris, je suppose : c'est Damone Nervi qui a tout déclenché en louant les services des Joubran, lorsqu'il a appris ce que tramaient son père et son frère. Il craignait pour la vie de sa fiancée, de santé fragile.

— Tous ces morts... dit Lily dans un soupir. Et pour quel résultat ? Le virus de la grippe aviaire peut muter n'importe quand...

— C'est exact, mais au moins personne ne l'aura-t-il volontairement répandu à travers le monde dans le but de s'enrichir. À propos de questions de santé... et vous ? comment allez-vous ?

— Bien. L'opération n'a pas été une partie de plaisir, mais je suis parfaitement rétablie.

— J'en suis heureux. Swain était là, vous savez.

Elle le regarda sans comprendre.

— Pardon ?

— Swain a assisté à votre opération. Il tenait à être présent quand on vous brancherait sur le respirateur artificiel. Il a failli s'évanouir lorsque votre cœur a cessé de battre.

— Comment le savez-vous ?

— Parce que j'y étais aussi. Vous êtes l'un de mes meilleurs agents, Liliane. Enfin, vous *étiez*. Vous avez gagné le droit de passer à autre chose. Avez-vous une idée de ce que vous voulez faire, à présent ?

— Passer quelque temps dans ma famille. Ensuite... je ne sais pas.

Lily secoua la tête. Quel avenir pouvait-elle envisager, elle qui n'avait pas encore tout à fait renoué avec son passé ?

— Nous avons toujours besoin de collaborateurs loyaux et compétents. N'hésitez pas à m'en parler.

Il se leva avec difficulté. Tiens ? Il lui fallait une canne, à présent.

— Vous voulez le voir ? ajouta-t-il.

Lily n'eut pas besoin de demander à qui il faisait allusion. Son cœur battit un peu plus fort.

— Oui, dit-elle.

— C'est bien. N'oubliez pas que les choses ont été difficiles pour lui aussi.

Le vieil homme contourna le bureau à pas lents et pressa l'épaule de Lily.

— Tâchez d'être heureuse, Liliane. Vous le méritez.

— Merci... monsieur Rogers.

Il lui adressa un dernier sourire et quitta la pièce.

Dix secondes plus tard, la porte s'ouvrait à la volée, poussée par un Lucas visiblement bouleversé.

— Lily, murmura-t-il en lui ouvrant les bras. Il faut que je t'explique...

Elle se jeta contre lui.

— Je sais. Moi aussi, je t'aime.

SUSPENSE

Retrouvez l'autre nouveauté de la collection en magasin :

Le 3 janvier :

La dernière nuit ❧ Meryl Sawyer (n° 4323)
Hawaï, un paradis qui, brusquement, vole en éclats ! La juge Dana Hamilton est traquée. Un maître chanteur menace de dévoiler son passé... Rob Targett, ancien flic, journaliste au passé trouble, est le seul à pouvoir l'aider. L'étau se resserre, Dana n'a plus le choix, elle doit lui faire confiance...

Découvrez les prochaines nouveautés de la collection :

Le 3 février :

Seule avec mon ennemi ❧ Karen Robards (n° 3931)
Pour fuir la misère, Maggy avait épousé l'homme le plus puissant de Louisville. Quand le conte de fées tourne au cauchemar, elle se tait... Pour protéger son fils. Mais nul n'échappe à ses souvenirs. Le beau Nick, son amour d'autrefois, est de retour. Que veut-il ? Se venger parce qu'elle l'a abandonné ?

Terreur au bout du fil ❧ Holly Lisle (n° 7892)
Phoebe lit les cartes à ses clients par téléphone. Une nuit, la voix de son ex-mari haï, Michael, résonne à son oreille. Impossible : Michael est plongé dans un coma profond. Mais les appels continuent. Une apparition la conduit alors chez le docteur MacKerrie. Acceptera-t-il de l'aider ?

> *Nouveau ! 1 rendez-vous mensuel*
> *aux alentours du 1ᵉʳ de chaque mois.*

AVENTURES & PASSIONS

Le 3 janvier :
À toi jusqu'à l'aube ✍ Teresa Medeiros (n° 7856)
Pour impressionner Cecily, Gabriel rejoint la marine. Il revient blessé, aveugle et aigri. Sa famille engage Samantha Wickersham pour le soigner. Grâce à son caractère vif, elle obtient la guérison de Gabriel : il veut vivre ! Il désire aussi la connaître mieux. Mais il ignore que Samantha a un secret...

Un mariage de convenance ✍ Kathleen E. Woodiwiss (n°7857)
Promis dès l'enfance, Colton et Adriana se retrouvent seize ans plus tard. Colton, opposé aux projets matrimoniaux de son père, est très attiré par la beauté qui apparaît devant lui. Adriana, elle, pense encore au « beau chevalier » de son enfance. Au cœur des intrigues, l'amour l'emportera-t-il ?

Le 19 janvier :
Les frères Malory - 1 : Le séducteur impénitent ✍ Johanna Lindsey (n° 3888)
Nick lance sa monture vers la jeune femme, la saisit par la taille et la jette en travers de la selle. Bien joué ! Il lui enfonce un mouchoir dans la bouche et la ligote : une maîtresse infidèle ne mérite pas d'autre traitement ! Chez lui, Nick, stupéfait, découvre la vérité : qui est cette inconnue ?

L'ange de minuit ✍ Lisa Kleypas (n° 4062)
Saint-Pétersbourg, 1870. Coupable de meurtre, Tasia ne se souvient de rien. Elle parvient à s'enfuir la veille de son exécution et se fait engager comme gouvernante en Angleterre. Face à un homme habitué à régner en maître et à obtenir tout ce qu'il veut. Y compris la ravissante Tasia...

La favorite du pharaon ✍ Judith E. French (n° 7862)
Kayan apprend que l'amour de sa vie a été tuée ! Il jure de se venger. En vérité, Roxane est en vie mais amnésique. Favorite du pharaon, elle est retenue captive et se méfie des épouses royales qui veulent l'éliminer. Un jour, Kayan se présente à la cour et reconnaît sa princesse...

---

*Nouveau ! 2 rendez-vous mensuels
aux alentours du 1ᵉʳ et du 15 de chaque mois.*

Passion intense

Quand l'amour vous plonge dans un monde de sensualité

Le 19 janvier :
La captive d'Istanbul ✑ Bertrice Small (n° 3613)
Dans les bains de marbre et de mosaïque, les femmes du harem se prélassent. Le prince Selim contemple l'exquis tableau offert à ses yeux. Son regard se fixe sur la nouvelle arrivée : Cyra. Enlevée au large de l'Italie, instruite aux arts de l'amour, elle seule saura ensorceler ses nuits…

Une femme nommée désir ✑ Melanie George (n° 7863)
Caine vit dans la maison familiale qu'a laissée son père criblé de dettes à Olivia. Olivia, qui contraint Caine à être son amant. Furieux et humilié, il voit son salut en l'arrivée d'une jeune Française. La perfide Olivia le met au défi de séduire la jeune femme, en usant et abusant de son pouvoir sexuel…

**Nouveau ! 1 rendez-vous mensuel
aux alentours du 15 de chaque mois.**

Et toujours la reine du roman sentimental :

Le 3 janvier :
L'amour comme dans un rêve (n° 7861)
Lady Toria (n° 3236) - Collect'or

Le 19 janvier :
Lilas blanc (n° 2701)

*Nouveau ! **2** rendez-vous mensuels
aux alentours du 1ᵉʳ et du 15 de chaque mois.*